Das Glück in Bildern

Liebesroman

MARTINA GERCKE

Impressum

Das Glück in Bildern ©2020 by Martina Gercke

Herstellung und Verlag: BoD – Books on Demand, Norderstedt

ISBN: 9783750462021

www.martinagercke.com

Besuchen Sie mich auf Facebook:

http://www.facebook.com/pages/autorinmartinagercke

Covergestaltung: Catrin Sommer www.rausch-gold.com

Martina Gercke wird vertreten durch die Literatur-Agentur AVA München

Viel Spaß beim Lesen und alles Liebe.

Eure Martina Gercke

1

Molly

Ich starrte auf den Bildschirm meines Laptops. Seit Stunden versuchte ich, ein paar zusammenhängende Worte zu formulieren, die einigermaßen Sinn ergaben. Ohne Erfolg. In meinem Kopf herrschte absolutes Vakuum. Der Abgabetermin für mein nächstes Buch war in knapp drei Monaten, und ich hatte bis auf wenige Seiten noch nichts geschrieben. Wie es aussah, würde sich daran heute nichts mehr ändern. Ich seufzte. Mein Blick wanderte zum Fenster. Wie so häufig zu dieser Jahreszeit an der Küste von North Carolina herrschte schlechtes Wetter. Dunkle Wolken trieben über den Horizont. Es regnete seit dem frühen Morgen. Das Meer war aufgewühlt, und riesige Wellen rollten auf den Strand und nagten gierig am Land.

Zum fünften Mal in der letzten Stunde stand ich auf und holte mir ein Glas Wasser aus der Küche. Dabei fiel mein Blick auf das Foto an der Wand. Parker und ich hatten es aufgehängt. Ein Schnappschuss von uns, während des Umzugs aufgenommen. Parker hielt mich fest in seinen Armen, und das Glück lachte uns aus den Augen. Was würde ich dafür geben, noch mal so von ihm gehalten zu werden und zu hören, wie sehr er mich liebte!

Abrupt wandte ich mich ab und ging zurück an den Schreibtisch. Regen prasselte gegen die Fensterscheibe, als würde das Universum die Tränen weinen, die ich nicht mehr hatte.

Zum hundertsten Mal glitt mein Blick über den letzten Satz mit dem blinkenden Cursor. Ich straffte die Schultern und fing an zu tippen. Meine Professorin für Literatur und kreatives Schreiben hatte immer gesagt:»Besser, einen Satz zu Papier gebracht als gar keinen.« Bisher hatte sich dieses Motto für mich bewährt.

Eine Benachrichtigung, dass ich eine E-Mail bekommen hatte, tauchte auf dem Bildschirm auf. Lexie hatte geschrieben. Mit klopfendem Herzen klickte ich auf ‚Öffnen'. Lexies Berichte waren das einzige Highlight in meinem Leben und auf skurrile Art und Weise meine Verbindung zur Welt außerhalb meiner vier Wände.

Hallo Schwesterchen,
endlich haben wir wieder genügend Strom, Wasser und Internet. Du kannst dir nicht vorstellen, wie froh ich bin, wieder heiß duschen zu können. Meine Haare waren völlig strohig, und meine Haut hat eine gräuliche Farbe angenommen, die nicht mehr verschwinden wollte. Es ist, als würde sich der Dreck festwachsen. Ich habe laut gesungen, als ich gestern unter der Dusche stand, wie früher zu Hause. Leider habe ich vergessen, dass alle mich hören können, und als ich aus der Dusche kam, stand das ganze Dorf davor und hat mich ausgelacht.

Ich musste schmunzeln bei der Vorstellung, wie Lexie, den Duschkopf in der Hand haltend, sang und die Einwohner des kleinen Dorfes ihr lauschten, so wie ich früher. Lexie war schon immer die Musikalische von uns beiden gewesen.

Unser Projekt kommt nur mäßig voran. Immer wieder unterbrechen die Militärs unsere Bemühungen. Manchmal beschleicht mich das Gefühl, dass wir nie fertig werden. Aber dann schaue ich in die kleinen dreckigen Gesichtchen und weiß, dass ich weiterkämpfen muss, damit diese Kinder eine bessere Zukunft haben können. Allerdings macht sich mehr und mehr das Heimweh bemerkbar. Meine Gedanken wandern immer häufiger zu dir und Kitty Hawk mit seinem launischen Wetter. Die ewige Hitze kann einem hier schon gehörig auf den Geist gehen.

Ich nickte unbewusst. Schon immer hatte ich Lexies Kampfgeist bewundert. Ich erinnerte mich genau daran, wie sie auf die drohende Klimakatastrophe aufmerksam machen wollte und die Schule geschwänzt hatte, um einen Protestmarsch zu organisieren. Mum und Dad waren entsetzt gewesen, als der Schulleiter sie angerufen hatte. Letztendlich hatte sich Lexie durchgesetzt und war mit ihrer Aktion auf der Titelseite der Zeitung gelandet. Nachdem sie ihr Ziel erreicht hatte, hatte sie sich jedoch innerhalb kürzester Zeit einem neuen Projekt zugewandt und den Klimaschutz ihren Mitschülern überlassen.

Wie geht es dir? Warst du heute schon draußen? Wenn nicht, möchte ich, dass du mir zuliebe einen Spaziergang zu Cathy's machst und dort für mich einen Cappuccino trinkst. Den leckeren mit Zimtgeschmack. Und komm mir nicht mit der Ausrede, dass es regnet. Du lebst in Kitty Hawk, da regnet es im Gegensatz zu hier ständig! Ich möchte einen genauen Bericht, wie es war, und ein Foto dazu.

Ich lächelte traurig. Wenn Lexie mir eine E-Mail schickte, war sie mit kleinen Aufgaben verbunden. Sie wusste, dass ich ihr keine Bitte abschlagen konnte, und sei sie noch so skurril.

So, ich muss Schluss machen. Heute Abend findet ein Fest im Dorf statt. Ich habe keine Ahnung, was auf mich zukommt (ich kann nur hoffen, man will mich nicht verheiraten). Aber es wird getanzt, so viel weiß ich immerhin. Drück mir die Daumen. Ich warte gespannt auf deine Antwort.

Ich liebe dich.

Deine saubere und ausnahmsweise gut duftende Lexie

Ich lehnte mich in meinem Stuhl zurück und stellte mir vor, wie Lexie mit ihren blonden Haaren zwischen den Einheimischen tanzte, wie ihr breiter, voller Mund lächelte und ihre Augen strahlten. Lexie beim Tanzen zuzuschauen, war Lebensfreude pur zu erleben.

Ich war keine so gute Tänzerin, aber auch ich mochte diese Form der Bewegung. Parker und ich hatten oft beim Kochen miteinander getanzt, wenn ein gutes Lied im Radio lief. Er hatte mich herumgewirbelt, bis ich lachend in seinen Armen gelandet war. Mit Parker war auch die Musik aus meinem Leben gegangen.

Ich öffnete die Augen und rief ein leeres Dokument auf, um Lexie zu antworten.

Liebste Lexie,
leider kann ich dir nicht viel Neues berichten. Die letzten Tage sind verstrichen, ohne dass etwas Außergewöhnliches passiert wäre. Ich habe mir schon Sorgen gemacht, dass du krank oder gar verletzt bist, nachdem ich zwei Tage nichts von dir gehört habe. Mum hat mich angerufen und sich erkundigt, wie es mir geht. Ich soll dir ganz liebe Grüße ausrichten und dir sagen, dass du immer schön auf dich aufpassen sollst. Sie hat sich eine neue Frisur zugelegt. Ihren Schilderungen nach zu urteilen, hat sie jetzt einen Pudel auf dem Kopf. Dad verbringt

die Tage im Keller, um seinem neuen Hobby, dem Basteln von Wind-
spielen, zu frönen. Ich kann mir vorstellen, dass er einfach keine Lust
hat, den ganzen Tag von Mum gegängelt zu werden.

Dog hat heute eine tote Möwe gefunden und sie mir ins Haus ge-
bracht. Eigentlich müsstest du meinen Schrei bis nach Afrika gehört
haben. Keine Ahnung, was er sich dabei gedacht hat. Ich habe das arme
Tier hinter dem Haus beerdigt.

Ich warf einen Blick unter den Tisch, wo Dog lag. Als hätte er nur
darauf gewartet, warf er mir einen Blick aus seinen treuen Hundeaugen
zu.

Du hast tatsächlich recht, was das Wetter anbelangt. Es schüttet
schon seit heute Morgen in Strömen. Aber ich hatte ohnehin vor, zu
Cathy zu fahren, um mal rauszukommen. Den ganzen Tag im Haus zu
sitzen und auf den Laptop zu starren, macht einen ganz rammdösig im
Kopf. Du fehlst mir sehr.

Bitte pass auf dich auf und lass dich nicht verheiraten.

Ich liebe dich.

Deine Molly

Ich las die Mail noch mal durch, dann drückte ich auf ‚Senden'. Seufzend klappte ich den Laptop zu. Es regnete noch immer. Ich würde mich
in ein Ganzkörperkondom hüllen müssen, wenn ich nicht nass werden
wollte.

***

Eine halbe Stunde später machte ich mich eingemummelt in Jeans, Pullover und Regenjacke auf den Weg. Unser Haus lag etwas außerhalb
von Kitty Hawk. Lexie und ich hatten es von unseren Großeltern geerbt.

Ich liebte das alte Gebäude mit seinen knarrenden Holzdielen, den
alten Möbeln und den schiefen Fensterläden. Für mich war es mein lieb-
gewonnenes Zuhause geworden.

Viele Freunde waren verwundert darüber gewesen, dass ich beschlossen hatte, dort wohnen zu bleiben, jetzt, wo Lexie nicht mehr da
war. Die meisten hatten angenommen, dass ich nach Parkers Tod nach
Chesapeake ziehen würde. Dorthin, wo der Großteil meiner Familie

wohnte. Aber es wäre mir wie ein Verrat an meinen Großeltern vorgekommen. Außerdem hatte die gewohnte Umgebung etwas Tröstliches für mich.

Die schweren Tropfen prasselten gegen meinen Schirm und sprangen dort vom Rand wie kleine Selbstmörder, um auf den Steinen des schmalen Weges zu landen, wo sie zerplatzten. Der alte Dodge stand neben dem Haus. Erleichtert, dem Regen zu entkommen, ließ ich mich auf den braunen Ledersitz gleiten. Dog nahm auf dem Beifahrersitz Platz. Sein goldbraunes kurzes Fell war auf den wenigen Metern vom Haus zum Wagen nass geworden. Ich bückte mich zum Rücksitz und holte das Handtuch, das ich vorsorglich dort aufbewahrte, und warf es ihm über den Rücken. Ich drehte den Zündschlüssel. Mit einem heiseren Husten sprang der Motor an, und der Wagen rollte auf die Straße.

Auf dem Asphalt hatten sich dicke Pfützen gebildet, in denen sich der Himmel düster spiegelte. Gemächlich fuhr ich die Landstraße runter. Rechts von mir breitete sich das Meer bis zum Horizont aus. In der Ferne waren die weißen Segel eines Schiffes zu erkennen, das Einfahrt in den kleinen Hafen nahm. Ich fragte mich, wer so verrückt war, bei diesen Bedingungen aufs Wasser zu gehen. Die meisten Segler hatten ihre Schiffe bereits ins Winterlager gebracht, wo sie bis zum Frühjahr vor den Stürmen geschützt waren.

Die ersten Häuser von Kitty Hawk tauchten vor mir auf. Die meisten von ihnen waren direkt ans Wasser gebaut worden. Dank der hölzernen Stelzen, die als Fundament dienten, waren sie auch jetzt vor den hochklatschenden Wellen geschützt.

Ich bog in die kleine Straße am Hafen ein, von wo der Hauptsteg bis ins Meer ragte. Die Fenster der Geschäfte waren verriegelt. Im Sommer lockte man hier die Touristen mit Souvenirs und Strandartikeln, aber jetzt war es menschenleer. Lediglich *Cathy's Café* am Ende des Stegs hatte seine Türen geöffnet. Von dort hatte man einen geradezu fantastischen Blick auf das Meer.

Ich parkte den Dodge seitlich zum Steg. Das Donnern der Wellen war allgegenwärtig, als ich dir Tür öffnete. »Komm, Dog.«

Mit einem Satz war er draußen. Ich folgte ihm. Eine Gruppe Möwen flog kreischend über uns hinweg. Anscheinend schien ihnen das Wetter genauso wenig zu gefallen wie mir. Ein Windstoß wirbelte meine Haare durcheinander. Verärgert schob ich die langen Strähnen hinter mein Ohr. Ein zweckloses Unterfangen, wie ich feststellen musste. Der Wind hatte zugenommen. Das Boot, das ich aus der Ferne beobachtet hatte, war sicher in den Hafen eingelaufen und hatte am Dock festgemacht. Ich ging den schmalen Steg bis zu Cathy's Café entlang. Dog trottete treu neben mir her. Dicke Regenschlieren liefen über das Schaufenster und verschleierten die Sicht auf die köstliche Auslage, die sich dahinter verbarg. Cathy war gelernte Bäckerin und eine Meisterin ihres Fachs. Sie konnte aus Mehl, Wasser, Zucker und Eiern Köstlichkeiten zaubern wie keine andere. Ihr Café war einer meiner Lieblingsplätze und hatte mich schon über manch traurige Stunde hinweggetröstet. Hier trafen sich Freunde und Bekannte, und man war niemals alleine.

Ich holte tief Luft, bevor ich das Café betrat, so als würde ich für die Dauer meines Aufenthalts aufhören zu atmen. Es klingelte leise, als ich die Tür öffnete, und Cathy hob den Kopf. Sie begrüßte mich mit einem strahlenden Lächeln.»Hi, Molly!«

Das Café war gut gefüllt und fast alle Plätze waren besetzt. Der Duft von frisch gebrühtem Kaffee mischte sich mit dem Geruch der Süßwaren. Mein Magen meldete sich beim Anblick der köstlichen Kuchen und Sandwiches zu Wort. Ich war so in meine Arbeit vertieft gewesen, dass ich das Essen vergessen hatte.

»Hi, Cathy.« Ich schenkte ihr ein Lächeln und ließ meinen Blick durch den Raum gleiten. Im Gegensatz zu draußen war es hier angenehm warm, was dem alten Ofen zu verdanken war, der im hinteren Teil des Raumes bollerte. Ich liebte die plüschigen Sessel und die alten Holztische, die den Charme des Cafés ausmachten.

Mein Blick wanderte zu dem freien Platz am Tresen. Entschlossen hängte ich meinen Mantel an die Kleiderstange, die sich unter der Last der vielen Jacken bereits bedenklich durchbog. Ich ging zum Tresen, um Cathy richtig zu begrüßen. Sie kam mir mit ausgebreiteten Armen entgegen. Ihre graugrünen Augen musterten mich besorgt.

»War wohl kein so toller Tag?«, mutmaßte sie. Die Falte zwischen ihren Augenbrauen wurde tiefer.

»Sagen wir, es war kein besonders guter. Ich erlebe gerade eine richtige Schreibblockade.« Dog machte es sich auf dem Boden neben dem Stuhl gemütlich.

Cathy ließ mich los und verschwand wieder hinter dem Tresen.»Hm. Da habe ich genau das Richtige für dich.«

»Liebe Grüße von Lexie«, richtete ich ihr ordnungsgemäß aus. Ich rutschte auf den Hocker und legte meine Handtasche – ein verbeultes Ding, das auch schon mal bessere Zeiten gesehen hatte – auf den Tresen. Eigentlich hätte ich sie schon längst entsorgen müssen, aber die Tasche war ein Geschenk von Parker zu meinem Geburtstag gewesen, und ich brachte es nicht übers Herz, mich von ihr zu trennen.

»Danke. Wie geht es ihr?« Cathy wischte sich die Hände an der Schürze ab, die sie sich um die Hüfte gebunden hatte und auf der einige Flecken zu sehen waren.

»Sie hat Heimweh, und es läuft nicht ganz so, wie sie es sich vorgestellt hat.«

»Das wundert mich nicht. Man sieht ja immer wieder im Fernsehen, wie schwer es ist, mit der Bevölkerung in Kontakt zu kommen.«

Ich konnte mir ein Lächeln nicht verkneifen angesichts Cathys naiver Vorstellung von den Verhältnissen dort.»Ich glaube, das ist nicht das Problem.«

»Kann ich dich mit einem *heißen Winterzauber* beglücken? Das hilft, deine trübselige Stimmung aufzuhellen.«

Ich lächelte.»Das klingt vielversprechend.«

Cathy dachte sich für ihre Kaffeemischungen immer die verrücktesten Namen aus. Letztes Ostern hatte sie ihre aktuelle Spezialität *Häschendroge* genannt.

»Ist meine neuste Kreation aus Kaffee mit einem Hauch Zimt, Kardamom und Schokolade. Wenn das nicht hilft, dann weiß ich auch nicht. Die Indios sagen dieser Mischung wundersame Kräfte nach.«

»Ich bin gespannt!«

»Gut.« Cathy hantierte an der chromfarbenen Kaffeemaschine herum. Keine drei Minuten später reichte sie mir einen großen Porzellanbecher, auf dem eine Sahnehaube thronte, deren Spitze mit Schokoraspeln bedeckt war.»Hier ist dein Winterzauber mit einer Extraportion Sahne, damit du endlich was auf die Rippen bekommst.«

Ich hatte seit Parkers Tod vier Kilo abgenommen. Meine Hosen, die immer stramm gesessen hatten, schlabberten, und ich musste einen Gürtel verwenden, damit sie mir nicht von der Hüfte rutschten.

11

»Danke.« Ich nahm den Becher entgegen. Vorsichtig, um mich nicht zu verbrennen, nippte ich daran. »Mmm. Damit hast du dich selbst übertroffen.« Ich leckte mir über die Lippen. »Freut mich.« Um Cathys Augen bildeten sich winzige Lachfältchen. »Was ist denn mit deinem Buch?«

Ich winkte ab. »Frag nicht. Ich kriege seit Wochen keinen vernünftigen Satz mehr zustande. Irgendwie ist die männliche Hauptfigur farblos, und ich weiß nicht, was ich falsch mache.«

Sie legte den Kopf leicht schräg. »Vielleicht brauchst du ein Vorbild. Ethan Hawk wäre doch cool, oder Jake Gyllenhaal.«

»So funktioniert das bei mir leider nicht.«

»Oder du machst mal richtig Urlaub. Raus aus Kitty Hawk. Weg von Parker und den Erinnerungen an ihn. Endlich den Kopf freibekommen.«

»Auf keinen Fall. Erstens habe ich kein Geld, zweitens kann ich nicht weg. Ich kann das Haus und Dog nicht einfach alleine lassen.«

»Molly, so kann es nicht weitergehen.« Cathy legte ihre Hand auf meine. »Parker ist tot. Es wird Zeit, dass du mal wieder Spaß hast, dein Leben lebst und –«

»Das tue ich doch«, unterbrach ich sie schroff. Im selben Moment tat es mir leid. Cathy war immer nett zu mir gewesen. Sie hatte es nicht verdient, dass ich sie so anfuhr. »Sorry.«

»Kein Problem. Ich wünschte nur, ich könnte dir helfen.«

Ich hob den Becher hoch. »Tust du. Dein Kaffee ist das Einzige, was mich am Laufen hält.«

»Das sollte aber nicht so sein«, murmelte sie.

Es klingelte leise. Cathy sah neugierig zur Tür, und ich folgte ihrem Blick. Ein hochgewachsener Mann betrat das Café. Ich hatte ihn noch nie hier gesehen. Er blieb einen Moment stehen und sah sich um.

»Das ist mal ein Schmuckstück«, flüsterte Cathy beiläufig.

Der Fremde kam mit langen Schritten auf uns zu. Er hatte die Figur eines Läufers: lange Beine, schmale Hüften und breite Schultern. Auf seiner Jeans bildeten sich dunkle Wasserflecken ab, und auch seine Haare waren nass. Er war wohl auch durch den Regen gelaufen.

»Hi«, begrüßte er Cathy lächelnd. Ich beobachtete unauffällig, wie er neben mir Platz nahm. Ein zarter Hauch seines Parfüms wehte zu mir rüber. Eine Mischung aus Hölzern und Gras. Nicht schlecht.

»Was kann ich dir bringen?«Cathy hielt nicht viel von förmlichen Anreden und behandelte alle Gäste, als wären sie gute alte Bekannte.

»Einen Milchkaffee bitte.« Der Mann hatte eine angenehme Stimme. Unauffällig musterte ich ihn von der Seite. Er hatte ein markantes Kinn und eine ausgeprägte Nase. Seine braunen Haare lagen feucht um seinen Kopf. Er war groß. Selbst sitzend überragte er mich um eine Kopflänge. Cathy reichte ihm die Tasse.

»Danke.« Um seinen Mund spielte ein Lächeln. Er nahm einen Schluck. Ein zufriedener Ausdruck breitete sich auf seinem Gesicht aus. Der Mann war offensichtlich ein Genießer. »Hervorragend. Der beste Kaffee, den ich seit Langem getrunken habe.«

Cathy strahlte den Unbekannten an. »Danke.«

Der Mann drehte den Kopf zur Seite. Unsere Blicke trafen sich. Ertappt senkte ich den Kopf.

»Ganz schön übles Wetter.« Er hatte einen leichten Akzent, woraus ich schloss, dass er nicht aus der Gegend stammte.

»Ja, aber das ist normal für diese Jahreszeit«, erklärte ich.

»Bist du aus Kitty Hawk?« Offensichtlich hatte der Mann beschlossen, mich in eine Unterhaltung zu verwickeln.

Ich hob den Kopf und blickte in seine graugrünen Augen. »Ja.«

»Gefällt mir. Ich mag die Kälte und das raue Wetter«, fuhr er unbeirrt fort.

»Dann bist du einer der wenigen.« Ich grinste schief.

»Lebst du schon lange hier?«

Ich nippte an meinem Becher. »So ziemlich mein ganzes Leben.«

»Du hast da was.« Er deutete auf meine Oberlippe. Instinktiv zuckte ich mit dem Kopf zurück, und der Unbekannte blinzelte irritiert.

Ich leckte mit der Zunge über besagte Stelle. »Danke.«

»Keine Ursache. Ich finde es schrecklich, wenn man Essensreste zwischen den Zähnen oder etwas im Gesicht kleben hat und niemand es anspricht. Besonders schön, wenn man gerade Salat gegessen hat.«

Ich musste schmunzeln. Der Fremde grinste ebenfalls, und auf seinen Wangen bildeten sich Grübchen. Ich schätzte ihn auf Mitte dreißig, aber wenn er lächelte, sah er jünger aus.

»Aber ich habe mich noch gar nicht vorgestellt. Ich bin Tom.« Er reichte mir förmlich die Hand.

Ich schlug ein. »Molly.«

»Ich bin gerade mit dem Boot angekommen.«

»Dann warst du das, der eben in den Hafen eingefahren ist?«
Er wirkte erstaunt. »Ja. Woher weißt du das?«

»Ich habe dich beim Einlaufen beobachtet und mich gefragt, wer bei diesem Wetter noch auf dem Wasser unterwegs ist.«

Im Hintergrund konnte ich Cathy sehen, die ihren Daumen in die Höhe hielt, um mir zu signalisieren, dass es ihr gefiel, dass ich mich mit Tom unterhielt.

Tom lachte laut auf. »Verrückte Ausländer wie ich!«

»Das scheint mir auch so.« Ich leerte meinen Becher mit einem großen Schluck. Es wurde Zeit, dass ich mich wieder an die Arbeit machte, auch wenn die kleine Unterbrechung eine willkommene Abwechslung gewesen war.

»Schönen Tag noch«, verabschiedete ich mich.

»Es war nett, dich kennenzulernen. Vielleicht sieht man sich ja wieder.« Hoffnung schwang in seiner Stimme mit.

»Ja, vielleicht.« Ich legte das Geld neben meinen Becher auf den Tresen. »Bis bald.« Ich winkte in Cathys Richtung, die sich gerade mit einem Gast unterhielt.

Mein Herz schlug bis zum Hals, als ich nach draußen trat. Dog folgte mir wie ein Schatten. Ich nahm einen tiefen Atemzug, um mich zu beruhigen. Die Begegnung mit Tom hatte mich aufgewühlt. Es war das erste Mal seit Parkers Tod, dass ich mich mit einem fremden Mann unterhalten hatte.

2

Molly

»Dog!« Lachend schob ich seine Schnauze beiseite, als er mit seiner rauen Zunge über meine Wange schlabberte. Die Sonne fiel durch das Fenster. Kleine Staubpartikel tanzten im goldenen Lichtstrahl. Es musste schon spät sein. Dog bellte freudig. Wahrscheinlich hatte er beschlossen, dass es Zeit für mich wurde aufzustehen, um ihm sein Frühstück zuzubereiten. Ich rekelte mich, um meine steifen Glieder zu lockern. Noch ein wenig müde tapste ich ins Badezimmer. Dog folgte mir wie ein Schatten. »Ich beeile mich ja schon«, sagte ich mit strengem Blick, während ich das Wasser anstellte. Wie die meisten Männer war auch Dog ungeduldig, wenn es um sein Essen ging.

Ich stellte mich unter den Wasserstrahl und genoss die prasselnde Wärme auf der Haut. Meine Lebensgeister erwachten zu neuem Leben. Im Sommer ging ich häufig noch vor dem Frühstück im Meer baden. Dafür war es jetzt aber viel zu kalt.

Eingehüllt in den köstlichen Duft von Lexies Kokosshampoo stieg ich aus der Dusche. Dog hatte es sich auf dem Badvorleger gemütlich gemacht und sah mich mit seinen braunen Hundeaugen vorwurfsvoll an, als würde er mit jeder Minute, die ich länger brauchte, dem Hungertod näher kommen.

»Noch einen klitzekleinen Moment Geduld bitte! Ich mache dir auch ein besonders leckeres Frühstück dafür. Versprochen.« Lächelnd fuhr ich ihm mit der Hand über das Fell.

Zwei Minuten später stand ich angezogen vor dem Spiegel. Ich verzichtete auf Make-up. Parker hatte stets gemeint, dass ich natürlich am besten aussah. Stattdessen griff ich zum Föhn und trocknete meine Haare, die weit bis über meine Schulter fielen. Eigentlich hätte ich schon längst die Spitzen schneiden lassen müssen, aber ich scheute einen Besuch bei Tammy im Friseursalon. Sie war eine Klatschtante und würde nicht zögern, mich über mein aktuelles Befinden auszufragen. Ein Gespräch, dem ich lieber aus dem Weg ging, selbst wenn es bedeutete, wie ein Hippie herumzulaufen. Immer noch besser, als zu irgendwelchen Dinnerpartys eingeladen zu werden, die einzig dem Zweck dienten, mich zu verkuppeln.

Ich machte mich auf den Weg nach unten in die Küche. Das war mein absoluter Lieblingsraum. Die alten weißen Holzmöbel, der mit Magneten übersäte Kühlschrank, der alte Gasherd und die kleine Sitzecke in der Mitte riefen Kindheitserinnerungen in mir wach. Die Sonne tauchte den Raum in goldenes Licht. Die Wolken von gestern waren verschwunden und hatten einem strahlend blauen Himmel Platz gemacht. Das Meer sah aus wie eine seidig schimmernde Decke. Es war kühl, und ich beeilte mich, den Kamin anzuzünden.

Eigentlich hatten wir geplant, das Geld von Parkers nächstem großen Auftrag in eine neue Heizung zu investieren. Daraus war nichts geworden, und mir fehlten schlicht die finanziellen Mittel dafür. Mit geübten Griffen schichtete ich das Holz im Kamin und entzündete es. Kurze Zeit später breitete sich eine angenehme Wärme im Zimmer aus. Ich machte mich daran, das Futter für Dog zuzubereiten.

»Heute gibt es etwas besonders Leckeres für dich.« Ich hielt ihm die Schale unter die Nase. Gierig stürzte sich der Retriever auf sein Frühstück. Dabei wedelte er begeistert mit dem Schwanz. »Ich wusste, dass es dir schmecken würde.«

Mein Blick fiel auf das Foto an der Wand. Immer wenn ich in Parkers lachendes Gesicht sah, zog sich mein Magen zusammen. Wie man es mir prophezeit hatte, war der Schmerz verschwunden, aber das Gefühl der Trauer und die damit verbundene Einsamkeit waren geblieben.

»Guten Morgen«, flüsterte ich heiser und hauchte einen Kuss auf den Papiermund. Tränen stahlen sich in meine Augen. Hastig widmete ich mich der Kaffeemaschine. Ich durfte nicht zulassen, wieder in dieses dunkle Loch zu fallen. Ich musste mich auf das konzentrieren, was wichtig war. Ich musste mein Buch fertig schreiben.

Bewaffnet mit einem Becher Kaffee setzte ich mich an den Küchentisch, der mir gleichzeitig als Schreibtisch diente, und klappte den Laptop auf.

Der Startbildschirm poppte auf. Ein Schnappschuss von mir und Lexie. Wir hielten uns im Arm und lachten aus vollem Hals in die Kamera. Lexie hatte das Foto kurz vor ihrer Abreise hochgeladen. *»Damit du mich und dein Lachen nicht vergisst.«* Als ob ich das könnte. Lexie war der wichtigste Mensch in meinem Leben. Sie war die Einzige, die mich verstand. Das war schon immer so gewesen. Ich rief mein E-Mail-Programm auf.

Hi Lexie, tippte ich.
Ich war gestern bei Cathy und habe eine ihrer Spezialmischungen probiert. Ich kann dir sagen, die hat es in sich. Eine richtige Kalorienbombe aus Zimt, Kardamom, Schokolade und Sahne. Irgendwo darunter war vielleicht auch Kaffee. Aber das Zeug hat bewirkt, dass ich wieder gute Laune hatte, nachdem es mit dem Schreiben nicht so gut lief.

Ich hielt inne. Sollte ich ihr von meiner Begegnung mit dem Fremden erzählen? Warum eigentlich nicht? Schließlich war nichts dabei und Tom neu im Dorf. Das würde Lexie mit Sicherheit interessieren. Ich schilderte mein Gespräch mit ihm in kurzen Worten.

Eigentlich war der Typ ganz sympathisch. Mich würde nur interessieren, was jemanden um diese Jahreszeit hierherzieht.

Dog, der sein Frühstück beendet hatte, kam zu mir, um unter dem Tisch zusammenzubrechen. Er war das faulste Wesen, das ich kannte. Ich war mir sicher, würde ich ihn nicht füttern, würde er kläglich verhungern, nur weil er zu faul war, sich zu bewegen.

Ich soll dich ganz lieb von Cathy grüßen, tippte ich weiter.

In dem Moment flackerte der Monitor und das Bild verschwand. Ich starrte fassungslos auf das dunkle Display.

Was war passiert? Hektisch tippte ich auf *Enter*. Nichts. Ich runzelte die Stirn. Vielleicht war ich aus Versehen auf eine falsche Taste gekommen?

Ich war schon immer ein wenig schusselig gewesen, wenn es um elektronische Geräte ging. Während meines Studiums hatte ich die gesamte Bibliothek der Uni zum Erliegen gebracht, als ich einen der Computer bedient hatte. Es hatte zwei Tage gedauert, bis Experten wieder alles hergestellt hatten. Parker hatte lachend behauptet, ich wäre eine Elfe, deshalb würden die elektronischen Geräte verrücktspielen, sobald

17

ich in ihre Nähe kam. Ich musste sagen, der Gedanke hatte mir gefallen. Ich hatte sogar überlegt, ein Kinderbuch daraus zu machen. Vielleicht würde ich das auch – aber das aktuelle Buch hatte Vorrang. Der Verlag hatte mir bereits einen Vorschuss bezahlt und würde sich nicht ewig gedulden.

Ich tippte ungeduldig auf *Enter*. Panik breitete sich in mir aus. Was, wenn der Laptop unrettbar kaputt war? Damit wäre meine Arbeit der letzten Wochen umsonst gewesen. Ich atmete tief durch. *Bleib ruhig. Das Mistding hat sich sicher nur aufgehängt. Das ist schließlich schon ein paar Mal passiert.* Parker hatte in solchen Situationen nur gelächelt und die Starttaste gedrückt. Wie durch Geisterhand war der Laptop wieder hochgefahren und ich hatte weiterarbeiten können.

Mit angehaltenem Atem starrte ich auf den Bildschirm. Nichts.

Dog erwachte aus seinem Dornröschenschlaf und sah mich mit fragendem Blick an. Er hatte so etwas wie einen siebten Sinn, wenn ich Probleme hatte, egal welcher Art.

Ich ballte die Hände zu Fäusten. Was hatte ich verbrochen, dass der liebe Gott mich derart bestrafte? Verzweiflung breitete sich in mir aus. Ich drückte erneut die Starttaste. Der Bildschirm blieb dunkel. Ich schluckte. Tränen brannten in meinen Augen. Meine ganze Arbeit der letzten Wochen befand sich in einem schwarzen Loch. Davon abgesehen hatte ich sämtliche Fotos auf dem Laptop gespeichert. Wie oft hatte Parker mich ermahnt, meine Dateien zu sichern? Ich hatte immer lachend abgelehnt. Hätte ich doch nur auf ihn gehört! Was für ein Schlamassel.

Ich knabberte nachdenklich an meiner Unterlippe. Wenn ich meine Dateien retten wollte, gab es nur eine Möglichkeit: Ich musste mir Hilfe von einem Profi holen. Hier in Kitty Hawk gab es niemanden. Ich musste also in die Stadt fahren.

Ich sprang auf und ging in den Flur, wo mein Smartphone auf dem kleinen Tischchen lag. Wenigstens war ich nicht ganz von der Außenwelt abgeschnitten. Dog folgte mir irritiert. Lexie war letztes Jahr in Elizabeth City gewesen und hatte dort einen gebrauchten Laptop in einem Geschäft gekauft, das auch Geräte reparierte und überarbeitete. Ich versuchte mich an den Namen zu erinnern. Leider ohne Erfolg. Ich startete eine Suchanfrage, und mehrere Reparaturläden tauchten auf dem Display auf. Mein Blick flog über die Namen.

Henderson Reparaturservice
Die Computerspezialisten
Kauf dich glücklich
Die Experten

Ha, das war es! Das war der Name, den Lexie erwähnt hatte. Ich klickte auf die Internetadresse.

Sie suchen einen Laptop und möchten nicht viel Geld ausgeben? Dann sind Sie bei uns genau richtig. Wir überarbeiten Computer und stellen den Neuzustand wieder her. Ihr Laptop ist kaputt und Sie brauchen dringend Hilfe? Dann sind Die Experten *genau der Ansprechpartner für Sie.*

Das war es. Ich speicherte die Adresse ab. Von Kitty Hawk nach Elizabeth City war es knapp eine Stunde Autofahrt. Wenn ich mich beeilte, konnte ich anschließend meine Einkäufe erledigen und sogar noch arbeiten, falls *Die Experten* es schafften, meinen Laptop zu retten.

»Was meinst du, Dog? Hast du Lust auf einen Ausflug oder möchtest du lieber hierbleiben?«

Dog hob den Kopf und sah mich mit seinen braunen Augen an, als wollte er sagen: ‚*Was denkst du denn? Natürlich komme ich mit!*'

»Alles klar. Dann lass uns losfahren.«

***

Vor mir tauchten die ersten Häuser von Elizabeth City auf. Dog hatte es sich auf dem Beifahrersitz gemütlich gemacht und döste vor sich hin. Ich setzte den Blinker.

Ich fuhr die Straße entlang, vorbei an den schmucklosen Gebäuden der Stadt. Es war eine Ewigkeit her, seit ich das letzte Mal hier gewesen war. Früher waren Lexie und ich oft auf Streifzügen in Elizabeth City unterwegs gewesen, aber nachdem ich Parker kennengelernt hatte, hatten sich die gemeinsamen Abende auf Essen mit Freunden beschränkt.

Das große Schild des Computerladens leuchtete schon von Weitem auf. Ich hatte mein Ziel erreicht. Ich weckte Dog, der noch immer schlief. Träge hob das Tier seinen Kopf und blinzelte. »Wir sind da.«

Ich schnappte mir den Laptop von der Rückbank und stieg aus. Dog folgte mir. Mit großer Leuchtschrift stand über dem Eingang geschrieben:

Die Experten
Wir reparieren, wo andere längst aufgeben.

Das klang zumindest verheißungsvoll. Als ich eintrat, wurde ich von einem typischen Geruch begrüßt – ein bisschen so, als würde man seine Nase in das Gehäuse eines Fernsehers stecken. Das Geschäft war mit Regalreihen gespickt, in denen die neusten Gimmicks und Computer lagerten. Ich ließ meinen Blick durch den Raum wandern, auf der Suche nach einem Mitarbeiter. Eine Gruppe Jugendlicher hatte sich in einem Bereich versammelt, wo der Kunde neue Computerspiele testen konnte. Von mehreren Bildschirmen flimmerte ein virtuelles Kriegsszenario, durch das Soldaten hetzten. Ich schüttelte den Kopf. Ich würde nie verstehen, was Leute so reizvoll daran fanden, andere Menschen zu jagen und zu erschießen.

»Miss, kann ich Ihnen behilflich sein?«, riss mich ein junger Mann aus meinen Betrachtungen. Sein Blick glitt über mein Gesicht bis runter zu meinen Brüsten, wo er einen Moment zu lange hängen blieben.

»Hi. Mein Laptop ist kaputt und ich brauche jemanden, der ihn reparieren kann.« Wie zum Beweis hielt ich besagten Laptop in die Höhe.

»Da sind Sie bei uns genau richtig«, leierte der Angestellte seinen Satz herunter, als würde er einen Werbefilm abspulen. »Wenn Sie mir folgen würden.« Er deutete auf den Tresen am Ende des Ganges. »Bitte nehmen Sie Platz.« Dankend rutschte ich auf den Stuhl. »Hübschen Hund haben Sie da«, bemerkte er mit einem Blick auf Dog, der es sich neben mir auf dem Boden bequem gemacht hatte und unser Gespräch aufmerksam verfolgte. »Was ist das für eine Rasse?«

»Dog ist ein Golden Retriever«, erklärte ich.

»Einfach nur Dog?« Der Mitarbeiter runzelte die Stirn. »Ziemlich ungewöhnlicher Name.«

»Ja, mein Freund konnte sich nicht entscheiden, wie er ihn nennen soll, deshalb hat er ihn einfach mit dem gerufen, was er ist – ein Hund.« Ich zwang mich zu einem Lächeln.

»Interessant.« Der Mann nickte höflich. Es war ihm anzumerken, dass er Gedanklich bereits woanders war. »Weswegen sind Sie hier?«, fragte er und deutete dabei auf meinen Laptop, den ich noch immer fest in den Händen hielt. Ich erklärte ihm, was passiert war. »Haben Sie das Stromkabel mitgebracht?« Ich bejahte seine Frage und legte ihm alles auf den Tisch. »Gut, dann schauen wir, was wir für Sie tun können.« Gespannt beobachtete ich, wie er den Laptop anschloss und anschließend öffnete. Wie schon zuvor bei mir passierte nichts. Eine steile Falte bildete sich zwischen den buschigen Augenbrauen des Angestellten.

»Ist es schlimm?«, fragte ich.

»Das kann ich noch nicht sagen«, murmelte der *Experte*. Er tippte mehrere Tasten hintereinander an. Nichts passierte. Der Bildschirm blieb schwarz. Ich schluckte.

Der Mitarbeiter des Fachgeschäfts runzelte die Stirn. Kein gutes Zeichen, so viel war sicher. »Ich fürchte, das Problem ist nicht ganz so leicht geartet, wie ich gehofft habe. Da muss einer unserer Spezialisten ran.«

»Ich dachte, das wären Sie«, rutschte es mir heraus.

»Ich bin der Mann fürs Grobe. Der wahre Spezialist sitzt hinter dieser Wand.« Er deutete auf die Rückseite des Gebäudes.

»Können Sie ihn nicht einfach rufen?«, schlug ich vor. »Ich bin Schriftstellerin, und der Laptop ist ziemlich wichtig für mich. Da sind meine ganzen Daten drauf und mein neues Buch.«

»Schriftstellerin!« Der Mann sah mir direkt ins Gesicht. »Was schreiben Sie denn?«

»Liebesromane.«

»Sie meinen Schnulzen?« Es war ihm deutlich anzusehen, dass er nicht viel davon hielt. »Meine Freundin ist ganz verrückt nach dem Zeug.«

»Das freut mich zu hören«, erwiderte ich, auch wenn mir der Ausdruck *Schnulze* nicht gefiel. »Können Sie Ihren Spezialisten nicht kurz holen, damit er schnell einen Blick auf meinen Laptop wirft?«, wiederholte ich meine Bitte. »Vielleicht ist es nur eine Kleinigkeit. Ich wohne in Kitty Hawk und würde die Strecke ungern noch einmal fahren.«

»Hören Sie, Lady. Ich würde Ihnen wirklich gerne helfen, aber Sie sehen selbst«, er deutete auf die Schlange der Wartenden, die sich hinter mir gebildet hatte,»dass ziemlich viel los ist. Wir tun, was wir können, aber schneller geht es eben nicht.«

Ich stieß einen frustrierten Seufzer aus. Der Angestellte stellte sich hinter seinen Computer tippte wild darauf herum. Ich schielte auf das Namensschild auf seiner Brust. *Liam.*

»Bitte, Liam. Es ist wirklich extrem wichtig für mich«, startete ich einen erneuten Versuch.»Ich wäre Ihnen wirklich zutiefst dankbar, wenn Sie den Vorgang etwas beschleunigen könnten.«

Liam sah kurz zu mir.»Ich werde dem Kollegen sagen, dass er sich beeilen soll, aber versprechen kann ich nichts. Ein, zwei Tage kann es schon dauern.«

»Zwei Tage!«

»Ja. Vielleicht auch mehr. Ich rufe Sie an, sobald das gute Stück zurück ist.«

»Vielen Dank, das ist wirklich nett von Ihnen.«

Ich machte mir im Kopf eine Notiz, dass ich beim Abholen des Laptops eines meiner Bücher mitnahm, damit er es seiner Freundin schenken konnte.

Der Mitarbeiter forderte mich auf, ihm meine Adresse zu nennen und die Telefonnummer, unter der ich zu erreichen war.»Wir melden uns bei Ihnen, sobald wir wissen, was mit Ihrem guten Stück los ist.«

»Danke.« Ich erhob mich von meinem Stuhl.»Glauben Sie, dass dieser *Experte* meinen Rechner reparieren kann?«

Ein Lächeln breitete sich auf Liams farblosen Gesicht aus.»Wenn es einer kann, dann er. Der Typ ist ein echtes Genie.«

Im Stillen fragte ich mich, was ein Genie in diesem Laden verloren hatte, aber angesichts meiner Lage verzichtete ich auf einen Kommentar. Stattdessen verabschiedete ich mich und ging.

Jetzt blieb nur zu hoffen, dass dieser Experte meinen Laptop wieder zum Laufen brachte – ansonsten war ich aufgeschmissen.

3

Jaxon

»Suzie, hier ist noch einer.« Liams Kopf tauchte im Türrahmen auf. Suzies brauner Haarschopf lugte hinter dem Bildschirm ihres Computers hervor. »Kann das nicht jemand anderes übernehmen?«
»Die Kleine braucht den Laptop so schnell wie möglich wieder«, beteuerte Liam.
»Seit wann fällst du darauf rein? Das sagen sie doch alle.« Suzie wandte sich wieder dem Notebook vor sich auf meiner Arbeitsplatte zu.
»Sie hat gesagt, dass sie ,ne Schriftstellerin ist. Schien ziemlich unglücklich wegen ihres Laptops zu sein.«
»Wenn es unbedingt sein muss.« In Suzies Stimme schwang Frustration mit.
»Hey, Liam, ich kann das übernehmen.« Eigentlich hatte ich selbst genug zu tun, aber Suzie und ich waren mehr als Kollegen und halfen uns gegenseitig aus der Patsche, wenn es nötig war.
»Wirklich?« Sie sah mich hoffnungsvoll an.
Ich nickte. »Klar.«
Liam baute sich vor mir auf, was bedeutete, dass Suzie aus dem Rennen war und ich die Arschkarte gezogen hatte. Selbst schuld. Aber Suzie hatte mir mehr als einmal den Arsch gerettet, und ich war ihr diesen kleinen Gefallen schuldig. »Da ist das gute Stück.«
»Leg ihn einfach zu dem Rest. Ich schaue, was ich machen kann. Was genau funktioniert denn nicht?« Ich steckte vorsichtig die Platine vor mir auf dem Tisch wieder zusammen.
»Keine Ahnung. Ich habe einen Reset versucht, aber da tut sich gar nichts.« Liam zuckte mit den Achseln, was nicht weiter verwunderlich war. Seine Computerkenntnisse reichten gerade mal über die eines normalen Verbrauchers hinaus. Wurde es kompliziert, war er genauso verloren wie der Rest.

»Alles klar.« Ich warf einen kurzen Blick auf den Laptop in seiner Hand. Kein Spitzenmodell. Ich hatte dieses Modell schon ein paarmal repariert. Der Auftrag dürfte nicht allzu schwer sein.

Liam legte den Laptop vor meiner Nase auf dem Tisch ab. »Danke. Die Kleine war echt süß.«

»Aha. Das ist also der Grund, weshalb du es so eilig hast«, murmelte ich.

»Nicht nur. Sie hat mir irgendwie leidgetan. Hatte so einen traurigen Ausdruck im Gesicht. Außerdem hat sie einen echt coolen Hund«, plapperte er weiter.

»Ist ja schon gut.« Ich wedelte mit der Hand in der Luft. »Ich habe doch schon gesagt, dass ich mich darum kümmere, sobald ich hiermit fertig bin.« Ich schaute kurz hoch. »Und nun mach, dass du rauskommst. Wenn ich noch länger mit dir quatsche, schaffe ich es nicht. Ich möchte auch einmal pünktlich aus diesem Scheißladen herauskommen.«

»Alles klar, Boss.« Liam verschwand durch die Tür.

Seufzend widmete ich mich wieder meiner Arbeit.

»Hey, Jax.« Suzie sah zu mir rüber.

»Was?«

»Hast du Lust, noch auf ein Bier ins *Blue Moon* zu gehen?«

Ich winkte ab. »Ich glaube, das schaffe ich nicht.«

»Ach komm schon. Nur ein Bier.« Ihre Stimme klang einladend weich. »Geht natürlich auf mich. Als Dankeschön.«

»Ich kann nichts versprechen.«

Suzie grinste breit. »Das reicht mir.«

Ich machte mich daran, den Reparaturbericht auszufüllen.

***

»Bist du so weit?« Suzie stand in schwarzen Leggins, die viel zu eng waren, vor meinem Arbeitstisch. Dazu hatte sie ein weißes T–Shirt angezogen, aus dessen tiefem Ausschnitt ihre Brust hervorquoll. Sie hatte Make-up aufgelegt, das die kleinen Unebenheiten an ihrem Kinn überdeckte, und ihre Lippen glänzten in einem verführerischen Rotton. Sie sah richtig hübsch aus.

»Ist es schon so spät? Ich wollte mich gerade an die Reparatur von dem Laptop machen.« Ich runzelte die Stirn. Seit Wochen kam ich keinen Tag vor acht aus dem Laden. Die Zahl meiner Überstunden hatte sich mittlerweile zu einer beachtlichen Summe aufaddiert. »Verdammt!«

»Den kannst du auch morgen noch reparieren. Die Kundin weiß ja schließlich nicht, dass du mit mir ein Bier trinken warst.«

»Du hast recht.« Ich stand auf und nahm den Laptop zur Hand. Suzie sah mich fragend an. »Du willst doch wohl nicht den Kundenlaptop mitnehmen?«

»Wieso nicht? Ich habe Liam versprochen, dass ich mich beeile. So kann ich von zu Hause noch ein wenig weiterarbeiten.«

»Du weißt, dass das verboten ist.«

»Ach komm schon, als ob das irgendwen hier interessiert.« Ich deutete auf die beiden Kollegen von der Hi-Fi-Abteilung, die wie die beiden Opas aus der *Muppet Show* nebeneinandersaßen und auf ihre Monitore starrten.

»Vielleicht nicht, aber was ist, wenn sie dich erwischen? Dann bist du deinen Job los.«

»Hey, ich bin kein Dieb. Ich tue denen einen Gefallen.«

Suzie zögerte. »Ich weiß nicht …«

»Komm schon. Willst du mit mir ein Bier trinken oder nicht?«

»Also gut«, gab sie schließlich nach. »Aber dann steck das Teil wenigstens in deinen Rucksack, damit es nicht jeder gleich sieht.«

Ich tat wie geheißen. »Zufrieden?«

»Du bist eben ein braver Junge«, neckte sie mich.

»Wenn du dich da mal nicht täuschst.«

»Ist mir egal.« Sie hakte sich bei mir unter. »Für mich bist du der netteste Kollege überhaupt.«

Ich verzog das Gesicht zu einer Grimasse. »Nett!«

Sie lachte. »Du weißt doch genau, wie ich das meine. Außerdem …« Sie warf mir einen zweideutigen Blick zu. »Ich wäre nicht abgeneigt.«

Suzie hatte mir auf der letzten Betriebsfeier gestanden, dass sie in mich verknallt war. Es wäre ein Leichtes gewesen, mich an sie ranzumachen, aber dafür schätzte ich sie zu sehr. Wir waren Kollegen, die sich gut verstanden. Das wollte ich nicht aufs Spiel setzen.

»Das wäre nicht fair, Su. Du hast einen Kerl verdient, der dich wirklich liebt«, sagte ich entschlossen. Ich gab ihr einen freundschaftlichen Stups in die Seite.

»Ach Jax, ich wünschte, du wärst nicht so ein anständiger Kerl.« Lächelnd hakte sie sich bei mir unter.

***

»Bist du sicher, dass du noch fahren kannst?« Suzies Augen glänzten vom Alkohol.

Wir hatten ein paar Bier zusammen getrunken, wobei ich mich zurückgehalten hatte, da ich mich noch um den Laptop kümmern wollte. Ich war eine Nachteule, und mein Hirn lief auf Hochtouren, wenn die meisten Menschen bereits schliefen.

Ich reichte ihr den Helm. »Mach dir da mal keine Sorgen.«

Suzie rutschte dichter an mich heran. Ihre Arme umklammerten mich wie ein Äffchen seine Mutter. Ich ließ den Motor der Harley kurz aufheulen. Mit einem Ruck sprang die Maschine vor und rollte auf die Straße. Zu Suzies Appartement waren es nur wenige Blocks. Ich genoss den frischen Fahrtwind. Der leichte Nebel, der sich auf mich gelegt hatte, war verschwunden, und ich konnte wieder klar denken. Suzies warmer Körper presste sich gegen mich. *Es gibt schlimmere Schicksale*, dachte ich schmunzelnd und gab Gas.

Keine fünf Minuten später bog ich in die kleine Seitenstraße ein, in der sich ihr Appartement befand.

Suzie reichte mir den Helm. »Es gibt nichts Geileres als Motorradfahren.«

»Da bin ich ganz bei dir. Wobei, ich wüsste da noch die eine oder andere Sache, die da mithalten könnte.«

»Ich weiß, wovon du sprichst.« Suzie beugte sich zu mir. Ihre hellen Augen musterten mich. »Du bist dir sicher, dass du nicht hochkommen möchtest?« Sie leckte sich mit der Zungenspitze über die Lippen.

Ich wusste, dass es der Alkohol war, der aus ihr sprach. Morgen würde sie ihr Angebot bereuen. »Absolut. Aber ich warte hier, bis du oben bist. Wir wollen schließlich nicht, dass du auf dem Weg in dein Appartement verloren gehst.«

Die Wohngegend war nicht sonderlich sicher, und es kam immer wieder zu Überfällen.

»Alles klar.« Sie drückte mir einen Kuss auf die Wange. Ich konnte ihren alkoholschwangeren Atem riechen. »Wir sehen uns morgen.« Ich schenkte ihr ein Lächeln. »Ja, bis morgen. Schlaf gut.« »Und mach keinen Blödsinn«, nuschelte sie zum Abschied.

»Ich doch nicht«, versicherte ich grinsend.

Ich sah der dunklen Gestalt hinterher, bis sie im Türrahmen verschwunden war. Dann startete ich den Motor und fuhr nach Hause.

***

Ich nahm einen Schluck aus der Bierflasche. Es war kurz nach zehn. Aus der Nachbarwohnung drang leises Lachen durch die papierdünnen Wände, gefolgt von einem hämmernden Geräusch. Entweder trieben es meine Nachbarn oder einer von beiden brachte den anderen um. Ansonsten war es ruhig.

Ich klappte den Laptop der Kundin auf. Wie zu erwarten war, tat sich nichts. Ich schloss meinen Arbeitslaptop an, um die Funktionen mit einer Spezialsoftware zu überprüfen. Ich hatte das Programm selbst entwickelt und es dafür designt, Fehler im System des kaputten Computers aufzuspüren. Es dauerte einen Moment, bis die gewünschten Daten auf dem Bildschirm erschienen. Ich lächelte. Wie es aussah, hatte ich die Ursache gefunden. Es würde eine Weile dauern, bis ich das Ding wieder zum Laufen gebracht hatte, aber zumindest war der Laptop nicht unrettbar verloren. Ich ließ die Knöchel meiner rechten Hand knacken.

»Dann wollen wir mal«, murmelte ich leise und machte mich an die Arbeit.

Als ich wieder hochsah, war es kurz vor Mitternacht. Das Bier hatte ich längst ausgetrunken. Ich drückte auf die Starttaste des Kundenlaptops und hielt die Luft an. Jetzt würde sich zeigen, ob ich in den letzten zwei Stunden gute Arbeit geleistet hatte.

Mit einem leisen Surren sprang der Laptop an. Zufrieden lehnte ich mich zurück. »Geht doch.«

Im selben Moment leuchtete der Bildschirm auf und erhellte mein kleines Wohnzimmer. Eine Fotografie zweier Frauen tauchte auf.

Instinktiv beugte ich mich vor und betrachtete das Foto aus der Nähe. Es war irgendwo am Meer aufgenommen worden. Im Hintergrund waren das blaue Wasser und etwas Strand zu erkennen. Normalerweise wäre jetzt der Zeitpunkt gewesen, einen letzten finalen Test durchzuführen und die Funktionen des Laptops auf Herz und Nieren zu überprüfen. Stattdessen starrte ich wie gebannt auf das Bild.

Die beiden Frauen hatten eine gewisse Ähnlichkeit, woraus ich schloss, dass es sich um Schwestern oder zumindest Cousinen handeln musste. Die Jüngere von beiden hatte kurze blonde Haare und graublaue Augen. Der breite Mund grinste, und die Lebensfreude lachte ihr aus dem Gesicht. Die Kurzhaarige hatte die Arme um die Schultern der anderen Frau gelegt, so als wollte sie sie beschützen.

Es war das Gesicht der zweiten Frau, das mich in den Bann zog. Sie hatte lange blonde Haare, die aussahen, als wären sie von Sonne und Salzwasser liebevoll gebleicht worden. Ihr Gesicht war gänzlich ungeschminkt und von einem zarten Goldbraunton überzogen. Winzige Sommersprossen zierten die Nase. Hinter dem langen Wimpernkranz stachen ihre Augen fast unnatürlich blau hervor. Etwas lag in ihrem Blick, das mich geradezu magisch anzog. Trotz des vordergründigen Lachens lag eine Traurigkeit in ihren Augen, wie man sie bei Menschen fand, denen das Schicksal übel mitgespielt hatte. In Kombination mit ihren fast perfekten Gesichtszügen wirkte sie zerbrechlich.

Meine Neugierde war geweckt. Was war in ihrem Leben passiert, dass sie so aussah? Hatte ihr Freund sie kurz zuvor verlassen? War sie von einem Mann enttäuscht worden? Hatte sie ihren Job verloren? Hatte sie eine unheilbare Krankheit, und dies war ihr letzter Urlaub?

Ich würde es nie erfahren. Die Regeln im Unternehmen waren ganz klar in dieser Hinsicht: An den Geräten, die abgegeben wurden, durften nur für die Reparatur erforderliche Maßnahmen ergriffen werden. Alles darüber hinaus war verboten und konnte strafrechtlich verfolgt werden.

Frustriert beendete ich meine Tests. Als alle Systeme einwandfrei liefen, klappte ich den Laptop zu und gähnte. Ich beschloss zu duschen, um die Müdigkeit zu verscheuchen. Noch etwas benommen stand ich auf und ging ins Badezimmer.

Das warme Wasser entspannte meine Muskulatur im Nacken, die vom langen Starren auf den Laptop verhärtet war. Das Gesicht gegen den Wasserstrahl gerichtet, schloss ich die Augen. Sofort tauchte das Bild der jungen Frau in meinem Kopf auf. Ihre Augen musterten mich mit diesem intensiven Blick. Ich hatte das Gefühl, in das Blau hineingesogen zu werden.

Verdammt, ich musste wissen, was es mit der Frau auf sich hatte! Ich drehte den Wasserhahn ab. Nur mit dem Handtuch um die Hüfte gewickelt, ging ich ins Wohnzimmer. Wasser tropfte aus meinen Haaren und lief mir über die nackte Brust, aber das war mir egal. Ich ließ mich auf den Sessel fallen und schaltete den Laptop der Unbekannten ein. Keine drei Sekunden später starrte ich erneut auf das Foto der beiden Frauen. Wie schon beim ersten Mal nahm mich der Blick der Blonden gefangen.

Welches Geheimnis verbarg sich hinter der Traurigkeit in ihren Augen? Vielleicht würden mir ihre Bilder Auskunft darüber geben.

Ich zögerte. Mein schlechtes Gewissen meldete sich zu Wort und erinnerte mich an den Datenschutz. Auf der anderen Seite spielte es keine Rolle. Was ich in meinen eigenen vier Wänden tat, würde keiner im Laden erfahren. Außerdem schadete ich niemandem. Morgen würde Liam der Kundin den Laptop überreichen, und sie würde *Die Experten* auf Nimmerwiedersehen und um einige Dollar leichter verlassen, ohne zu wissen, dass ich in ihren Daten geschnüffelt hatte.

Ich klickte den Fotoordner an. Sofort sprang mir eine Unzahl von Bildern entgegen. Spätestens jetzt war der Moment gekommen, den Laptop zu schließen und zur Seite zu legen. Das war ein klarer Eingriff in die Privatsphäre der Kundin, der mir nicht zustand. Noch schlimmer: Es war illegal.

Leider war das schon immer mein Problem gewesen. Dinge, die verboten waren, zogen mich magisch an. Meine Mum konnte ein Lied davon singen. Ich hatte es ihr in meiner Kindheit nicht leicht gemacht. Bereits während der Schulzeit hatte ich zweimal im Knast gesessen. Beim ersten Mal war ich zusammen mit zwei Klassenkameraden in das öffentliche Schwimmbad eingebrochen. Die Sicherheitsbeamten hatten uns beim Sex in den Duschen erwischt. Beim zweiten Mal war ich an einem illegalen Straßenrennen beteiligt gewesen und von der Polizei festgenommen worden. Seitdem hatte ich gelernt aufzupassen, wenn ich etwas Verbotenes tat.

Aber was konnte schon passieren? Suzie wusste als Einzige, dass ich den Laptop mitgenommen hatte. Die würde mich ganz sicher nicht verpfeifen.

Entschlossen klickte ich auf eines der Fotos, das auf den ersten Blick am vielversprechendsten aussah. Die Blondine war darauf nur in einem übergroßen Hemd zu sehen. Dem Licht nach zu urteilen, musste es früh am Morgen gewesen sein. Im Hintergrund waren die Umrisse eines Hauses zu erkennen. Sie selbst saß auf einer Holzbank und hatte ihre langen Beine angezogen. In der Hand hielt sie einen Becher. Ihre Haare waren leicht zerzaust, wie bei jemandem, der gerade aus dem Bett gestiegen war. Sie sah ungeheuer sexy und zugleich unschuldig aus. Ihre Augen blickten voller Liebe in die Kamera.

Noch nie hatte eine Frau *mich* so angesehen. Klar hatte es schon Frauen gegeben, die in mich verliebt gewesen waren, aber keine hatte dabei diesen Ausdruck in ihrem Gesicht gehabt. Ich verspürte eine gewisse Eifersucht. Was hatte der Mann hinter der Kamera – ich war mir sicher, dass es ein Mann sein musste –, dass ihn die Blondine so ansah? Wer war der Typ? War er der Grund dafür, dass sie auf dem anderen Foto so traurig wirkte?

Ich rief das nächste Bild auf. Es zeigte die schöne Unbekannte zusammen mit einem Mann. Es musste der Kerl sein, der das Foto zuvor aufgenommen hatte, denn das Licht und der Hintergrund waren gleich. Der Typ hatte sich hinter die Blondine gestellt und hielt sie in seinen Armen. Sie hatte ihren Kopf an seine Brust gelehnt und die Augen geschlossen. Warmes Sonnenlicht fiel auf die beiden Gesichter. Das perfekte Stillleben zweier Menschen, die mit sich und ihrem Leben in Einklang waren.

Wer bist du?

Ich betrachtete den Mann genauer. Er hatte kurze hellbraune Haare, weiche Gesichtszüge und freundliche braune Augen. Ein absolutes Durchschnittsgesicht. Was hatte er an sich, dass sich eine gutaussehende Frau, wie es die Blondine definitiv war, in ihn verliebt hatte?

Geld? Nein.

Ich schüttelte unbewusst den Kopf. Der Fremde hatte nicht die Ausstrahlung eines Mannes von Welt. Eher die des netten Kerls von nebenan. Der Schwiegermutter-Typ.

Was ist es dann? Wie haben sich die beiden kennengelernt?
Ihre Körperhaltung strahlte die Vertrautheit eines Paares aus, das sich schon seit Jahren kannte. Was bei mir die nächste Frage aufwarf: *Wie alt mochten die beiden sein?* Ich schätzte die Frau auf Ende zwanzig, vielleicht auch jünger. Bei ihm entdeckte ich einige Fältchen unter den Augen, deshalb nahm ich an, dass er älter war. Neugierig schaute ich mir weitere Bilder an. Einige davon zeigten die beiden bei Spaziergängen am Meer zusammen mit einem Hund. Anhand der Landschaft schloss ich, dass es sich um einen Küstenabschnitt von Outer Banks handeln musste. Nur da gab es die typische wilde Dünenlandschaft, zwischen der dornige Büsche und Dünengras wuchsen.

Ich klickte mich weiter durch die Fotosammlung der letzten fünf Jahre. Wie ein Voyeur betrachtete ich die Bilder und tauchte immer tiefer in das Leben der Unbekannten ein. Alles um mich herum verschwand. Mein Wohnzimmer. Die Geräusche meiner Außenwelt. Mit jedem Foto, das ich betrachtete, wurde mir ihr Gesicht mehr und mehr in allen Facetten vertraut. Wenn sie nachdenklich war, bildete sich eine kleine Falte zwischen ihren Augenbrauen. Wenn sie lachte, leuchteten ihre Augen noch heller. Wenn sie schlief, waren ihre Gesichtszüge entspannt und weich. Ich studierte ihre Mimik wie ein Polizist, der das Profil eines Tatverdächtigen anlegte. Ich war wie besessen. Atemlos. In einer Art Rauschzustand.

Als ich alle Alben durchgeschaut hatte, war es bereits drei Uhr morgens. Um mich herum herrschte absolute Stille. Ich lehnte mich zurück. Mein Herz schlug wie verrückt gegen meine Brust. Das Blut rauschte in meinen Ohren, und meine Hände zitterten wie bei einem Drogensüchtigen, der auf seinen Stoff wartete. Lange hatte ich nicht mehr einen solchen Kick verspürt. Was war nur los mit mir?

Ich stand auf, um mir ein Bier aus dem Kühlschrank zu holen und meine Sinne zu beruhigen. Meine Beine waren steif vom langen Sitzen. Mit einem leisen Zischen öffnete ich die Flasche. Die eiskalte Flüssigkeit lief mir die Kehle herunter. Nachdenklich fuhr ich mir mit der Hand über das Kinn. Dabei fiel mein Blick auf den Laptop, der noch immer geöffnet auf dem Couchtisch lag. Das ungeschminkte Gesicht der Fremden sah zu mir herüber. Es war mein Lieblingsfoto. Das Blau ihrer

Augen sah aus, als ob sich der Himmel darin spiegeln würde. Der Blick, den sie mir schenkte, war voller Liebe.

Für einen Moment bildete ich mir ein, dass ich es war, den sie so ansah. Ein angenehmes Prickeln breitete sich in meinem Körper aus und mit ihm der Wunsch, sie zu küssen. Wie sich ihre Lippen wohl anfühlten? Ich war mir sicher, dass ihr Mund süß und einladend war.

Hör auf damit! Du hast nicht das Recht, im Leben dieser Frau herumzuschnüffeln. Mach den Laptop zu und geh schlafen.

Mit wenigen Schritten war ich wieder beim Sofa, entschlossen, dem Ganzen ein Ende zu bereiten. Ich stellte die Flasche auf den Couchtisch. Mein Finger zitterte, als ich ihn auf den Startknopf legte. Mein Blick wanderte zu ihren Augen, die mich voller Liebe musterten.

Ich holte tief Luft. »Fuck! Was soll's?«

Ich musste wissen, was der Grund für ihre Traurigkeit war. Vielleicht gab es für mich einen Weg, ihr zu helfen.

Wie die meisten Nutzer hatte sie E-Mail-Konto nicht passwortgeschützt, und ich hatte direkten Zugriff auf ihre Daten. Nicht, dass es ein Problem für mich gewesen wäre, hätte sie das Postfach gesichert. Ich hatte schon ganz andere Computer gehackt. In der Schule und während des Studiums war es so eine Art Hobby für mich gewesen, mich in die Computer anderer einzuloggen. Eine Art sportliche Herausforderung mit dem nötigen Nervenkitzel, erwischt zu werden.

Ich öffnete die letzte Mail, die sie bekommen hatte. Gierig glitt mein Blick über den Namen des Mailempfängers.

Molly Wilson

»Hallo, Molly«, murmelte ich.

Ich wiederholte den Namen mehrfach laut, um mit ihm vertraut zu werden. Dabei rief ich mir ihr Gesicht ins Gedächtnis. Der Name und die damit verbundene Assoziation mit einer eher rundlichen Frau standen im Gegensatz zu Mollys zierlichem Erscheinungsbild. Ich sah auf den Absender der E-Mail. Eine gewisse Lexie Wilson.

Schwester? Cousine? Schwägerin?

Neugierig las ich den Text.

Hallo Schwesterchen,

endlich haben wir wieder genügend Strom, Wasser und Internet ...

Ich musste grinsen, als die Schwester von ihren Duscherlebnissen in dem Dorf berichtete. Sie hatte Humor, das musste man ihr lassen. Ihre Sprache war lebendig, und man hatte das Gefühl, dabei zu sein.

Wie geht es dir? Warst du heute schon draußen? Wenn nicht, möchte ich, dass du mir zuliebe heute einen Spaziergang zu Cathy's *machst und dort für mich einen Cappuccino trinkst. Den leckeren mit Zimtgeschmack. Und komm mir nicht mit der Ausrede, dass es regnet. Du lebst in Kitty Hawk, da regnet es im Gegensatz zu hier ständig …*

Kitty Hawk. Ich war mit meinen Eltern dort gewesen. Ein winziges Nest an der Küste von Outer Banks. Im Sommer war der Ort ein beliebtes Ausflugsziel für Touristen. Das Einzige, was mir noch in Erinnerung geblieben war, war der kleine Leuchtturm am Ende des Strandes.

Was machte eine Frau wie Molly an so einem verlassenen Ort? Je mehr ich über sie erfuhr, desto neugieriger wurde ich. Da die Schwestern ihre E-Mails immer an die vorhergehende angehängt hatten, war es leicht, den Anfang der Konversation zu finden. Ich war überrascht über die Anzahl der Nachrichten, die die beiden miteinander ausgetauscht hatten. Ich scrollte nach unten, um eine der älteren Mails zu öffnen. Diesmal war es Molly, die ihrer Schwester schrieb.

Hallo Lex,
ich bin froh, dass du heil in Malawi angekommen bist. Meine kleine Schwester ist in Afrika! Ich kann es immer noch nicht fassen, dass du es tatsächlich geschafft hast. Aber du warst ja immer die Zielstrebigere von uns beiden. Ich vermisse dich schon jetzt ganz schrecklich, obwohl du gerade mal vierundzwanzig Stunden weg bist. Ohne dich ist es ganz schön einsam hier. Seit Parkers Tod komme ich mir immer ein wenig verloren im Haus vor.

War das der Name des Mannes, den ich auf den Fotos gesehen hatte? Fragen über Fragen. Meine Augen wanderten über die Zeilen. Ich musste wissen, wie es weiterging.

Dog weicht nicht mehr von meiner Seite.

Ich runzelte die Stirn. Dog? Seltsamer Name für einen Hund.

Er scheint zu spüren, wenn es mir nicht gut geht. Ich glaube, er leidet genauso wie ich. Heute Morgen haben wir einen langen Spaziergang am Strand gemacht. Jetzt, wo die Touristen endlich verschwunden sind, haben wir das Meer wieder ganz für uns. Es war wunderschön. Die Sonne war gerade aufgegangen, und der Sand hat wie Gold geschimmert. Das Meer war aufgewühlt vom Wind, die Wellen waren richtig hoch. Ich musste an Parker denken. Er hat den frühen Morgen geliebt. Ich weiß! Ich höre ja schon auf, über Parker zu reden. Aber er ist mir noch immer so nah. Wenn ich am Meer bin, habe ich das Gefühl, dass er neben mir steht.

Ich habe den ganzen Nachmittag an meinem Buch weitergeschrieben. Als ich fertig war, habe ich alles wieder gelöscht. Ich finde irgendwie nicht mehr die richtigen Worte. Es ist, als hätten sie mich zusammen mit Parker verlassen.

Den restlichen Tag habe ich damit verbracht, das Haus zu putzen und mich abzulenken. Dein Zimmer habe ich übrigens auch von Staub und Dreck befreit und dabei einen angebissenen Apfel gefunden. Du bist manchmal echt ein Ferkel. Das Ding war mumifiziert! Abends waren Dog und ich dann noch einmal in Richtung Dorf spazieren. Du siehst also, ich gebe mir Mühe. So wie ich es dir versprochen habe. Ich soll dich ganz lieb von Mum und Dad grüßen.

Wenn ich aus dem Fenster schaue, kann ich die Sterne über dem Meer funkeln sehen. Vielleicht siehst du ja auch gerade nach oben in den Himmel. Eine schöne Vorstellung, dass dieselben Sterne auf uns herabblicken. Bitte pass auf dich auf und mach keinen Blödsinn. Vergiss nicht, deine Malaria-Prophylaxe zu nehmen. Ich möchte dich schließlich heil und gesund wiederhaben.

Ich warte sehnsüchtig auf deine Antwort.

In Liebe, deine Molly

Minutenlang starrte ich auf die Mail. Sie hatte diesen Parker sehr geliebt. Der einzige Mensch, den ich in meinem Leben vermissen würde, wäre meine Mutter. Ganz schön traurig, wenn man zugeben musste, dass man niemanden hatte, der einem wirklich wichtig war.

War sie mit diesem Parker verheiratet gewesen? Das glaubte ich nicht, sonst hätte sie wahrscheinlich seinen Nachnamen angenommen. Wilson musste der Mädchenname sein.

Ich las weiter, gespannt, was als Nächstes passieren würde.

Hallo Molly,

so langsam gewöhne ich mich ein, obwohl ich mich noch wie ein Fremdkörper zwischen den Einheimischen fühle. Alle sind freundlich zu mir, aber kaum einer spricht Englisch. Wenn ich mich verständlich machen will, muss ich mit Händen und Füßen arbeiten. Die Erwachsenen sind mir gegenüber verschlossen. Ich glaube, sie haben Angst vor den Veränderungen, die meine Anwesenheit mit sich bringen könnte. Die Kinder sind da aufgeschlossener, aber nichtsdestotrotz vorsichtig.

Mit jedem Satz, den ich las, lernte ich mehr über das Leben der beiden Schwestern.

Nächste Woche habe ich einen Termin mit dem Leiter der Organisation. Ich bin gespannt, was dabei rauskommt.

Ich vermisse dich sehr.

Alles Liebe, Lexie

Lexie schien die Unternehmungslustigere zu sein.

Hallo Lex,

die Tage verstreichen träge. Manchmal habe ich kaum die Kraft, um aufzustehen, aber dann blicke ich auf das glitzernde blaue Meer und gebe mir selbst einen Ruck. Ich weine nicht mehr so viel. Es ist, als hätte ich alle Tränen aufgebraucht.

Heute wollte ich mich daranmachen, Parkers Sachen auszusortieren. Ich war zuversichtlich und im festen Glauben, es zu schaffen, aber dann hatte ich sein Lieblingsshirt in der Hand. Ich habe meine Nase reingesteckt in der Hoffnung, einen Hauch seines Dufts aufzufangen. Da war nichts. Nicht ein winziges Molekül seines Geruchs ist mir geblieben. Die ganze Energie, die ich mir so mühsam erarbeitet hatte, war verpufft. Ich habe mich ins Bett gelegt und zu einer Kugel zusammengerollt. Als Dog mich irgendwann geweckt hat, war es schon dunkel.

Ich werde es morgen noch einmal probieren, aber heute habe ich die Kraft nicht. Deshalb werde ich mich draußen auf die Veranda in Grannys alten Schaukelstuhl setzen und mir den Nachthimmel anschauen, in der Hoffnung, dass sich unsere Blicke dort kreuzen.

Ich liebe dich
Molly

Wie Puzzleteile fügten sich die Informationen aus den E-Mails zusammen, und ich begriff mehr und mehr, was passiert war.

Hallo Molly,
es ist unsagbar heiß hier. Nirgendwo gibt es eine Klimaanlage. Ich halte mich den ganzen Tag in der Hütte oder im Schatten auf. So langsam komme ich mir vor wie ein Vampir, der Angst hat, bei Sonnenschein zu verbrennen. Ich sehne mich nach Regen und dem Meer. Du weißt gar nicht, wie ich dich darum beneide.
Das Projekt kommt nur schleppend voran. Irgendwie habe ich mir die ganze Sache einfacher vorgestellt. Die Sprache ist mein größtes Hindernis. Gelegentlich schnappe ich bei den Kindern ein paar Brocken auf, aber das reicht noch lange nicht, um sich zu verständigen. Aber ich gebe nicht auf – und das solltest du auch nicht.
Ich wünschte, ich wäre bei dir.
In tiefer Verbundenheit
Deine Lexie

Hallo Lexie,
die Zeit fließt träge dahin. Ein Tag gleicht dem anderen. Aufstehen, essen, schreiben, schlafen. Die einzige Abwechslung sind deine Briefe und das Wetter. Ich befinde mich unter einer Käseglocke, in die nichts rein und raus geht.
Mum ruft regelmäßig an und erkundigt sich nach mir. Dad und ihr geht es bis auf kleine Wehwehchen gut. Sie hat sich beschwert, dass du dich so selten bei ihnen meldest. Ich habe ihr gesagt, dass du schwer beschäftigt bist und kaum Zeit findest. Vielleicht schreibst du ihnen mal.
Ich habe es endlich geschafft und Parkers Sachen aussortiert. Es sind noch einige persönliche Dinge dabei, die ich unmöglich wegwerfen oder weggeben kann. Ich werde sie im Laufe der nächsten Tage bei Parkers Dad vorbeibringen. Ich habe schreckliche Angst davor, James zu treffen. Ich fürchte, dass all die Gefühle hochkommen, die ich in den letzten Wochen so mühsam in meinem Herzen verschlossen habe.
Ich wünschte, du wärst hier.
Ich liebe dich
Deine Molly

Es war verdammt noch mal nicht fair, dass eine Frau wie Molly – jung, hübsch und intelligent – so litt. Es musste doch einen Weg geben, ihr zu helfen und sie aus ihrem Leid zu befreien.

Hi Lexie,

wie schön zu lesen, dass es mit eurem Projekt langsam vorangeht und du endlich zum Einsatz kommst. Ich drücke dir jedenfalls die Daumen, dass es so bleibt. Bei uns ist es kalt, es regnet den ganzen Tag. Ich habe kaum einen Fuß vor die Tür gesetzt. Dafür habe ich es mir im Haus gemütlich gemacht. Erst gegen Abend war ich in meiner Yogastunde und anschließend mit den Mädels noch auf einen Drink bei Joe's. Stell dir vor, ich habe gelacht. Dabei musste ich sofort an Parker denken und hatte ein schlechtes Gewissen. Ob ich jemals wieder lachen kann, ohne mich schuldig zu fühlen? Manchmal zweifele ich daran.

Für morgen habe ich mir vorgenommen, endlich mal wieder am Strand joggen zu gehen. Dog schadet ein bisschen Bewegung auch nicht. Er hat in den letzten Wochen ziemlich zugelegt und verwandelt sich in eine Sofarolle, wenn er so weitermacht.

Ach ja, gestern habe ich Hilly getroffen. Sie hat mich gefragt, ob sie mal meine Hand haben dürfte. Ich fand es ganz schön unheimlich, als sie über meine Handlinien gefahren ist und dabei in sich hineingemurmelt hat. Wie das personifizierte Klischee einer Wahrsagerin. Am Ende hat sie mich lächelnd angeschaut und gesagt: ‚Das Glück liegt in greifbarer Nähe, du musst es nur erkennen.' Eigenartig, oder?

Ich denke oft an dich und wie schön es bei dir sein muss. Weißt du noch, wie wir uns früher ausgemalt haben, zusammen zu reisen? Wenigstens hat eine von uns diesen Traum verwirklicht.

So, ich muss Schluss machen. Ich bin hundemüde und mir fallen die Augen zu. Ich habe letzte Nacht schlecht geschlafen. Ich habe von Parker geträumt. Es war total real. Ich konnte ihn sogar riechen. Er hat mich ganz traurig mit seinen wundervollen braunen Augen angesehen und mich gefragt, wo ich bin. Es war wunderschön und schrecklich zugleich. Gerade als er mich küssen wollte, bin ich aufgewacht. Ich habe Stunden gebraucht, bis ich endlich wieder eingeschlafen bin.

Meinst du, der Herzschmerz hört jemals auf? Ich hoffe es sehr.

Küsschen, deine Molly

All die Sehnsüchte, die aus Mollys E-Mails sprachen, würden unerfüllt bleiben, wenn ihr niemand half, sich aus ihrer Trauer zu befreien. Ich starrte nachdenklich auf ihr Foto. Vielleicht würde ich einen Weg finden? Vielleicht war ich dazu bestimmt, sie zurück ins Leben zu holen? *Du spinnst, Alter! Du kennst die Frau doch gar nicht*, meldete sich meine Vernunft zu Wort. *Was fällt dir ein, Schicksal spielen zu wollen?* Und doch waren da diese traurigen Augen, die bis in meine Seele zu blicken schienen. Ich holte tief Luft. Ich wollte Molly zumindest einmal aus der Nähe sehen. Vielleicht war der Schmerz in ihren Augen ja bereits verschwunden. Ich würde alles daransetzen, um dabei zu sein, wenn sie ihren Laptop abholte. Vielleicht war das meine Chance, etwas Gutes zu tun.

4

Molly

Mein Herz klopfte, als ich den Laden betrat. Nach dem Anruf am späten Vormittag von den *Experten*, dass mein Laptop zur Abholung bereitlag, hatte ich mich sofort ins Auto gesetzt. Den gestrigen Tag hatte ich damit verbracht, mich mit Putzen abzulenken, anstatt vor dem Laptop zu sitzen und zu arbeiten. Ein vertaner Tag, die mich in meiner Zeitplanung noch weiter nach hinten warfen. Ich würde meine Agentin anrufen und um Aufschub bitten müssen. Das war bereits das zweite Mal, und ich bezweifelte, dass sie mir ein drittes Mal gewähren würde.

Ich ging schnurstracks an den Regalen vorbei zum Auslieferungstresen, hinter dem derselbe schlaksige Mann stand wie bei meinem letzten Besuch. Dog trottete neben mir her.

»Miss Wilson, da sind Sie ja«, begrüßte der Angestellte mich wie eine alte Bekannte.

»Hallo …«, ich schielte auf das Namensschild, »Liam.«

»Schön, dass Sie so schnell kommen konnten.« Er zog sein Handy unter dem Tresen hervor. »Entschuldigen Sie mich einen Augenblick.«

»Kein Thema.« Auf die paar Minuten kam es nun auch nicht mehr an. Hauptsache, mein Laptop war okay.

»… ist da!«, hörte ich Liam aufgeregt flüstern. Dann legte er das Handy beiseite und sah mich freundlich an. »Entschuldigen Sie bitte. Ein wichtiges Gespräch.« Er zog meinen Laptop hervor. »Da ist das gute Stück. Wie neu. Unser Experte hat noch einmal alle Systeme durchlaufen lassen, um sicherzugehen, dass der Fehler auch wirklich behoben wurde und alle Programme einwandfrei funktionieren.« Er schob den Laptop in meine Richtung.

»Ich kann gar nicht sagen, wie froh ich bin. Ohne meinen PC bin ich nur ein halber Mensch. Noch ein paar Tage länger und ich hätte meinen Rückstand nie wieder aufgeholt.«

Er musterte mich interessiert.»Sie sagten, Sie wären Schriftstellerin. Liebesromane, richtig?«

»Ja. Zumindest versuche ich es.«Ich lachte bitter auf.»Im Moment sieht es allerdings nicht danach aus, als ob ich den nächsten Pulitzerpreis gewinnen würde.«

»Den ... was?«

»Den Preis für das beste veröffentlichte Buch«, erklärte ich. Ich vergaß manchmal, dass es Menschen gab, für die Bücher nicht alles bedeuteten, so wie für mich. Bücher begleiteten mich schon mein Leben lang. In meiner Kindheit hatte mir meine Mutter zum Einschlafen immer Geschichten vorgelesen. Als ich älter wurde, hatte ich mit einer Taschenlampe unter der Bettdecke gelegen und heimlich gelesen. Auch heute noch nutzte ich jede freie Minute, um meine Nase in ein gutes Buch zu stecken. Allerdings war das, seit ich selbst schrieb, deutlich seltener geworden.

»Was bekommen Sie von mir?«, fragte ich.

»Bitte?«

»Was bin ich Ihnen schuldig?«Ich deutete auf meinen Laptop. Der Typ war wirklich ein wenig begriffsstutzig. Dabei hatte er zunächst gar nicht den Eindruck gemacht.

»Ach, die Rechnung.«Eine flammende Röte zog über Liams Gesicht. Ich war überrascht, als er mir den Preis nannte. Ich hatte mit deutlich mehr gerechnet.»Zahlen Sie bar oder mit Kreditkarte?«

Ich zückte mein Portemonnaie.»Bar.«

Aus dem Augenwinkel nahm ich eine Bewegung wahr. Ein Mann ging in einigen Metern am Tresen vorbei. Er war hochgewachsen und muskulös gebaut. Er hatte den Kopf gesenkt, sodass ich sein Gesicht nicht erkennen konnte.

»Möchten Sie, dass ich Ihnen die Rechnung ausdrucke oder lieber per E-Mail schicke?«, riss mich Liam aus meinen Beobachtungen.

»Gerne ausgedruckt.«

»Kein Problem.«Der Angestellte tippte eifrig auf seine Tastatur ein.

»Sie kommen aus Kitty Hawk.«Es war eine Feststellung.

»Ja. Warum?«

»Schöne Gegend.«

»Absolut.«

»Spielen Ihre Bücher dort?«, bohrte er weiter.

»Nicht alle. Mein erstes Buch spielte in L.A.« Kitty Hawk war mir als Romanvorlage zu langweilig und unbedeutend erschienen, deswegen hatte ich eine der großen Metropolen ausgewählt. Er deutete auf meinen Laptop, der noch immer vor ihm auf dem Tresen lag. »Und das Buch, an dem sie gerade schreiben?«

Ich seufzte innerlich. Eigentlich hatte ich keine Lust, mich mit ihm über meine Bücherpläne zu unterhalten. Ich wollte so schnell wie möglich nach Hause. »In Boston.«

»Boston. Mm. Schöne Stadt. Warum Boston?«

»Dafür gab es eigentlich keinen besonderen Grund.« Das war gelogen. Ich hatte Boston gewählt, da meine Großmutter dort aufgewachsen war. »Ist die Rechnung fertig?«, versuchte ich, das Gespräch wieder auf das Wesentliche zurückzulenken.

»Ja, natürlich.« Ich atmete erleichtert aus, während Liam ein Papier aus dem Drucker holte. »Da ist sie.« Dankend nahm ich die Rechnung zusammen mit meinem Laptop entgegen und steckte beides in meine Umhängetasche. »Wenn Sie noch mal Probleme haben, beehren Sie uns gerne wieder. Wir haben jeden Tag von 8:00 bis 22:00 Uhr geöffnet.« Sein Blick haftete auf meinem Dekolleté.

»Danke, aber ehrlich gesagt hoffe ich, dass das nicht so schnell passieren wird.«

Er nickte. »Das ist verständlich.«

Ich zog mein Buch aus der Tasche. »Sie haben doch erzählt, dass Ihre Freundin gerne Liebesromane liest.«

»Das stimmt. Sie ist ganz süchtig danach«, bestätigte er.

»Vielleicht freut sie sich ja über ein Buch von mir.« Ich reichte es ihm über den Tresen.

»Das ist ja mega!« Liam strahlte. »Vielen Dank.«

»Gern geschehen. Ist ein kleines Dankeschön für Ihre Mühe.« Ich signierte das Exemplar und verabschiedete mich, froh, endlich wieder im Besitz meines Laptops zu sein.

»Hast du auch Hunger?«, fragte ich Dog auf dem Weg zum Parkplatz. Er wedelte freudig mit dem Schwanz. »Dachte ich es mir doch.«

Ich öffnete die Autotür. Mit einem Satz war Dog im Wagen und machte es sich auf dem Beifahrersitz bequem. Ich ließ mich auf die weichen Lederpolster gleiten, steckte den Zündschlüssel ein und trat die Kupplung.

Nichts geschah.

»Nein. Nein. Nein. Nein!«, flüsterte ich. Der Dodge hatte schon einige Jahre auf dem Buckel, aber bisher hatte er mich noch nie im Stich gelassen. Dog hob verwundert den Kopf. »Sieh mich nicht so an. Ich habe keine Ahnung, was los ist.«

Ich versuchte es erneut. Der Motor heulte kurz auf und starb dann jämmerlich. *Verdammt!* Ich nahm meinen Kopf zwischen die Hände. Kaum hatte ich das eine Problem gelöst, tauchte das nächste auf.

Es klopfte an die Scheibe. Überrascht sah ich hoch und blickte geradewegs in das Gesicht eines Mannes.

»Stimmt was mit dem Wagen nicht?«, drang seine Stimme durch das dünne Glas. Eine äußerst angenehme Stimme, wie ich feststellen musste.

Ich kurbelte die Scheibe runter. »Der Motor springt nicht an.«

Der Mann runzelte die Stirn. »Haben Sie was dagegen, wenn ich mein Glück mal versuche?«

»Nein, natürlich nicht.«

»Gut. Tun Sie mir den Gefallen und öffnen Sie die Motorhaube. Das ist der kleine Hebel unten rechts.« Wie es aussah, wusste er genau, was er tat. Die meisten kannten sich nicht mehr mit alten Wagen aus. Das war schon mal ein gutes Zeichen. »Ich hatte selbst mal einen Dodge wie diesen«, schien er meine Gedanken erraten zu haben. Seine Augen lächelten mich freundlich an. Der Typ war nicht nur nett, sondern sah auch noch unverschämt gut aus. »Würden Sie bitte den Hebel ziehen?«

Ich tat wie gewünscht. Mit einem leichten *Klack* sprang die Motorhaube auf. Während der Mann das Auto umrundete, nutzte ich die Gelegenheit, um ihn etwas genauer unter die Lupe zu nehmen. Er trug eine schwarze Jeans, die perfekt auf seiner schmalen Hüfte saß. Die schwarze Lederjacke war etwas abgewetzt und spannte über den muskulösen Schultern. Er hatte ein markant geschnittenes Gesicht, das von braunen, fast schwarzen Haaren eingerahmt wurde. Sommersprossen tummelten sich auf seiner Nase, was seinem Gesicht eine gewisse Jugendhaftigkeit verlieh. Um seinen Mund lag ein dunkler Bartschatten. Das Auffälligste waren jedoch seine Augen, die leicht schräg standen und die Farbe von Bernstein hatten, wie die einer Raubkatze. Er sah irgendwie verwegen aus.

Mit geübten Bewegungen öffnete er die Motorhaube und arretierte sie in der Verankerung. Sein Kopf verschwand hinter der Wand aus Metall. Ungeduldig wartete ich. Gerade als ich nachfragen wollte, was er da machte, tauchte er wieder auf.

»Starten Sie den Motor«, rief er mir zu.

Ich drehte den Zündschlüssel im Schloss. Im selben Moment sprang der Motor mit einem satten Ton an. Mit einem zufriedenen Gesichtsausdruck löste er die Haube aus der Verankerung und ließ sie mit einem Knall fallen. Ich zuckte zusammen. Der Motor brummte leise weiter. Mit wenigen Schritten war mein Helfer wieder bei mir.

»Ich denke, das sollte es gewesen sein.« Er zog ein Tuch aus seiner Hosentasche und wischte sich die ölverschmierten Hände daran ab. Er hatte schlanke Finger. »Der macht Ihnen keine Probleme mehr.« Er fixierte mich.

Der Typ hatte wirklich die unglaublichsten Augen, die ich jemals gesehen hatte. Wie die eines Löwen. *Wahnsinn.* »Ich weiß gar nicht, wie ich Ihnen danken soll.«

Dog wackelte mit den Ohren.

Er schenkte mir ein breites Lächeln. »Keine Ursache. Ich helfe gerne.«

»Trotzdem danke. Das ist wirklich nicht selbstverständlich«, sagte ich. Die Sonne fiel auf mein Gesicht, und ich musste blinzeln.

»Sie sind nicht aus der Gegend«, fuhr der Mann fort.

»Nein, ich komme aus Kitty Hawk«, sagte ich, ein wenig irritiert von seiner Feststellung. »Mein Laptop war kaputt.« Ich deutete auf das Geschäft hinter mir. »Bei uns gibt es nur Souvenirläden.«

Der Mann lachte ein herrlich warmes Lachen. »Geht er wieder?«

»Ja, zum Glück.«

»Tja, dann wünsche ich Ihnen eine gute Heimfahrt«, verabschiedete sich mein Retter.

»Danke. Ihnen auch noch einen schönen Tag.« Ich winkte ihm zum Abschied zu.

Langsam trat ich aufs Gaspedal und fuhr an. Im Rückspiegel konnte ich sehen, wie der Mann auf dem Absatz kehrtmachte und mit langen

Schritten auf ein Motorrad zusteuerte, das keine zwei Meter entfernt stand. Er war wirklich die Coolness in Person. Jede Bewegung war von angeborener Lässigkeit. Für einen Moment blieb er stehen und drehte sich um. Unsere Blicke trafen sich im Rückspiegel meines Wagens. Ein Lächeln zuckte um seinen Mund. Dann drehte er den Kopf zur Seite. Ich hatte die Ausfahrt erreicht und setzte den Blinker. Als ich wieder in den Rückspiegel sah, war er verschwunden.

5

Jaxon

Es war besser gelaufen, als ich zu hoffen gewagt hatte. Nachdem Liam mich angerufen hatte, war ich nach draußen geeilt, um einen Blick auf Molly zu erhaschen. Mein Herz hatte für einen Moment aufgehört zu schlagen, als ich an ihr vorbeigelaufen war. Molly hatte mich umgehauen.

Sie war in Wirklichkeit noch viel schöner als auf den Fotos. Ihre Augen schimmerten wie Kristalle im Sonnenlicht, und ihr voller Mund lud zum Küssen ein. Obwohl ich bereits so viel über sie wusste, hatte sie mich mit ihrer erfrischenden natürlichen Art überrascht. An ihr war alles echt. Keine künstlichen Wimpern, kein Make-up, noch nicht einmal Lippenstift. Natur pur, was sie in meinen Augen noch attraktiver machte. Es hatte mich meine ganze Beherrschung gekostet, so zu tun, als ob ich sie nicht kennen würde. Dabei fühlte ich mich ihr auf eine eigenartige Weise verbunden.

Als sie hilflos in ihrem Wagen gesessen und verzweifelt versucht hatte, den Motor zu starten, hatte ich mein Glück kaum fassen können. Ich wusste nicht, ob es purer Zufall oder ein Wink des Schicksals gewesen war – auf jeden Fall war ich unendlich dankbar für die Gelegenheit, die sich mir geboten hatte, um mit Molly ein paar Worte zu wechseln. Ich hatte mich die ganze Nacht gefragt, wie sich ihre Stimme wohl anhörte, und war überrascht gewesen bei ihrem tiefen Klang.

Als sich unsere Blicke ein letztes Mal im Spiegel getroffen hatten, war die Entscheidung für mich gefallen: Ich musste Molly helfen, wieder glücklich zu werden. Sie war ein Mensch, der es verdient hatte – dessen war ich mir sicher. Allerdings musste ich dafür noch einige Vorbereitungen treffen. Dem Glück ließ sich nicht so einfach auf die Sprünge helfen.

Mit einem Lächeln ging ich zurück in die Werkstatt.

6

Molly

Ich fuhr auf den Parkplatz des kleinen Supermarktes von Kitty Hawk. Wobei ,Supermarkt' geprahlt war. Eigentlich handelte es sich um einen kleinen Laden, der mit dem Nötigsten ausgestattet war. In den Regalen standen Lebensmittel dicht gedrängt neben den wichtigsten Haushaltswaren wie Klopapier und Zahnpasta. Die Kasse, hinter der Mr Capshaw thronte, hätte locker in jedem Museum einen Ehrenplatz gefunden. Ein leichter Geruch nach Bohnerwachs hing in der Luft und war dem alten Dielenboden geschuldet, der sich durch das gesamte Geschäft zog.

»Hallo, Molly«, begrüßte mich Mr Capshaw freundlich.

»Hi, Mr Capshaw.« Ich schenkte dem untersetzten Mann mit dem schütteren Haar ein Lächeln.

Dog bellte leise. Er wusste, dass der Ladenbesitzer immer eine Leckerei für ihn hinter dem Tresen bereithielt. Wie auf Kommando bückte sich Mr Capshaw und streckte Dog einen Kauknochen entgegen.

»Hallo, mein Großer, das ist für dich.«

Dog wedelte begeistert mit dem Schwanz und schnappte sich den Knochen.

»Das wäre nicht nötig gewesen«, sagte ich lächelnd.

»Ich weiß, aber Dog und ich sind doch Freunde«, erwiderte Mr Capshaw. Um seine Augen hatten sich unzählige Lachfältchen gebildet. »So spät noch unterwegs?«

»Ja, ich musste nach Elizabeth City, meinen Laptop von der Reparatur abholen.«

»Ich halte nichts von diesen neumodischen Dingern. Früher hat man alles auf Papier geschrieben, da konnte nichts verloren gehen. Heutzutage ist alles elektronisch und ständig kaputt.«

Ich gluckste leise. Man konnte sagen, was man wollte, aber in dieser Hinsicht hatte Mr Capshaw recht.

Mr Capshaw sah mich über die Ränder seiner altmodischen Hornbrille hinweg an. »Wie geht es dir?«

»Gut. Es geht mir gut«, versicherte ich ihm.

Ich wusste, dass sich der nette alte Herr auf eine skurrile Art und Weise die Schuld an Parkers Tod gab. Parker hatte sein Auto auf der gegenüberliegenden Seite geparkt und wollte gerade die Straße überqueren, als der Unfallfahrer einen epileptischen Anfall erlitten und die Kontrolle über seinen Wagen verloren hatte. Er hatte Parker frontal überfahren. Parker war noch am Unfallort verstorben. Mr Capshaw hatte alles von seinem Posten hinter dem Tresen aus beobachtet.

»Und Ihnen?«, hakte ich nach.

»Ich werde langsam alt.« Er hob seine von der Gicht gezeichneten Hände in die Höhe. »Es wird Zeit, an die Rente zu denken.«

»Das dürfen Sie nicht sagen. Kitty Hawk braucht Sie und Ihren Laden.«

»Es ist lieb, dass du das sagst. Aber manchmal denke ich, es wird Zeit für mich, in den Ruhestand zu gehen.«

»Na, Grandpa, was erzählst du der armen Molly wieder für Schauergeschichten?«

»Brandon!« Ein Leuchten huschte über das Gesicht des alten Mannes.

»Hi, Molly«, begrüßte er mich freudig.

»Hi, Brandon. Seit wann bist du wieder in der Stadt?« Brandon Capshaw und ich kannten uns seit der Schulzeit. Später war er auf das gleiche College gegangen. Er hatte direkt nach seinem Abschluss als Footballspieler Karriere gemacht und lebte seitdem in Washington, D.C., wo er für die *Redskins* spielte.

»Seit ein paar Tagen.« Etwas in seinem gutmütigen Gesicht verriet mir, dass es sich nicht um einen normalen Besuch handelte. »Mia und ich haben uns getrennt.«

»Oh, das tut mir leid«, sagte ich betroffen.

Mia Langström war ein bekanntes schwedisches Model, mit dem Brandon die letzten zwei Jahre liiert gewesen war. Die Presse hatte die beiden als neues Traumpaar gefeiert, mit dem Titel ‚Die Schöne und das Biest'.

»Ja, hat nicht sein sollen«, erwiderte Brandon betrübt.

»Ich bin froh, dass du diese oberflächige Person los bist«, schnaubte Mr Capshaw aus seiner Ecke.

»Grandpa.« Brandon sah seinen Großvater vorwurfsvoll an. »Du tust Mia unrecht. Sie ist wirklich nicht so, wie du denkst.«

»Deshalb hat sie sich auch gleich von dir getrennt, als du ihr gesagt hast, dass du mit dem Profisport aufhören und zurück nach Kitty Hawk ziehen möchtest.«

Ich sah Brandon mit großen Augen an. »Du gibst deine Karriere auf und kommst zurück?«

»Ja. Ich habe mir im letzten Jahr eine ziemlich schlimme Verletzung im Knie zugezogen«, erklärte er mir. »Der Verbandsarzt meint, ich könnte damit noch eine Saison spielen, aber die Ärzte im Krankenhaus sind da anderer Ansicht. Sie sagen, wenn ich weiterspiele, ist es nur eine Frage der Zeit, bis ich ein künstliches Kniegelenk brauche.« Brandon starrte angestrengt auf seine Füße.

»Das tut mir wirklich leid zu hören. Ich meine, alles. Das mit deiner Freundin und das mit deinem Knie.« Der Unfall damals war überall in den Lokalnachrichten gelaufen. Allerdings hatte ich gedacht, dass es sich nur um eine vorübergehende Verletzung handelte. Wie es aussah, hatte nicht nur ich Probleme. Brandons ganzes Leben lag in Scherben.

»Ja, ist ganz schön scheiße.« Er nickte mit zusammengekniffenem Mund. »Aber sag mal, wie geht es dir?«

»Ging schon mal besser«, erwiderte ich. »Aber auch schlechter.«

»Hast du Lust, morgen bei Joe ein Bier zu trinken?«

Ich schüttelte bedauernd den Kopf. »Morgen geht es wirklich nicht.«

»Wie sieht es mit übermorgen aus? Wir könnten über die guten alten Zeiten reden.«

Ich zögerte einen Augenblick. Brandon, Lexie und ich waren während unserer Zeit am College unzertrennlich gewesen. Brandon war für uns so etwas wie der große Bruder gewesen, dem wir all unsere Sorgen anvertraut hatten. Unser Verhältnis zueinander hatte einen Knacks bekommen, als er Lexie seine Liebe gestanden hatte. Danach war nichts mehr wie vorher gewesen und wir waren getrennte Wege gegangen.

»Total gerne. Ich bin sehr gespannt, was alles bei dir passiert ist«, sagte ich.

»Klasse.« Brandon strahlte. »Sieben Uhr?«

»Ich werde pünktlich sein«, versprach ich ihm.

»Endlich tust du mal etwas Vernünftiges«, sagte Mr Capshaw sichtlich zufrieden über die Einladung seines Enkels.

»Molly und ich sind nur Freunde«, versuchte Brandon, die Situation richtigzustellen.

»Waren wir das nicht alle, bevor wir uns verliebt haben?« Mr Capshaw zwinkerte mir zu.

Brandon stöhnte. Ich konnte nur mit Mühe ein Grinsen unterdrücken.

»Mr Capshaw, Ihr Enkel und ich sind wirklich nur gute Freunde«, versicherte ich.

»Schade.« Er tätschelte meine Hand. »Eine hübsche junge Frau wie dich könnten wir gut in der Familie gebrauchen.«

Ich lächelte. »Danke für das Kompliment.«

»Dafür wird man nie zu alt.« Der alte Herr grinste verschmitzt. »Schöne Frauen erkenne ich auch heute noch.«

»So, aber jetzt muss ich mich beeilen«, verabschiedete ich mich lachend. »Bis übermorgen.«

»Ja, bis dann.« Brandon wandte sich seinem Großvater zu und ich mich meinen Einkäufen.

***

Als ich nach Hause kam, dämmerte es bereits. Die letzten roten Schimmer verblassten am Horizont. Sobald die Sonne verschwunden war, wurde es kalt. Es würde nicht mehr lange dauern und der erste Frost würde einsetzen und alles mit seinem eisigen Hauch überziehen. Ich beeilte mich, den Kamin anzuzünden.

Mit einem Tee in der Hand setzte ich mich an den Tisch. Dog hatte es sich auf seinem Kissen vor dem Kamin gemütlich gemacht. Ich klappte den Laptop auf und drückte die Starttaste. Der Laptop fuhr hoch, und mein Herz machte einen freudigen Hüpfer. Endlich konnte ich wieder arbeiten. Ich las die letzten Seiten noch einmal durch, um wieder in die Geschichte hineinzufinden. Zwischendurch nippte ich an meinem Tee. Als ich fertig war, ließ ich die Hand mit dem Becher darin frustriert auf den Tisch sinken. Meine männliche Hauptfigur wirkte blutleer und fad.

Mein Blick wanderte zum Fenster, wo sich der Mond seinen Platz am Horizont erkämpft hatte. Unwillkürlich musste ich an den Fremden von heute Mittag denken. Die Art, wie er sich bewegt hatte, und dazu seine Raubtieraugen tanzten durch meinen Kopf.

Mein Blick fiel erneut auf den Bildschirm meines Laptops, und mit einem Mal wusste ich, was ich ändern musste.

7

Molly

Ich fuhr die Hauptstraße entlang, vorbei am Hafen, wo Parkers Bootsverleih und das Haus seines Vaters lagen. Jedes Haus besaß einen eigenen Steg mit Zugang zum Meer. Im Sommer dümpelten dort unzählige Boote und warteten darauf, dass ihre Besitzer einen Ausflug zu einer der nahegelegenen Buchten machten. Jetzt war alles verwaist. Lediglich vor Parkers Bootsverleih schaukelten zwei Boote auf und ab. Einige Möwen stelzten über die bleichen Holzplanken, auf der Suche nach etwas Essbarem. Die Flagge über dem Bootshaus mit dem Emblem darauf flatterte im Wind. Einem Impuls folgend, trat ich auf die Bremse und riss den Lenker herum. Dog sah mich vorwurfsvoll an.

»Entschuldige bitte!«, murmelte ich. Seit Parkers Tod war ich nur einmal hier gewesen, um die Sachen abzugeben, die ich beim Ausräumen gefunden hatte.

Langsam bog ich in den schmalen Weg ein, der zu dem kleinen Hafen führte. Die Sonne hatte ihren höchsten Punkt längst überschritten, und die Holzhäuser entlang der Wasserlinie warfen lange Schatten auf den Asphalt. Im Gegensatz zum Stadtkern wohnten hier fast ausschließlich Einheimische. Ich stoppte den Wagen. Bei dem Anblick des verwitterten Holzschildes über dem Eingang zog sich mein Magen ungut zusammen.

James & Parker Barns
Boat Rental

Dog gab ein leises Jaulen von sich. Ich fuhr ihm mit der Hand über das weiche Fell. »Ich weiß, mir geht es genauso.«

Tränen brannten in meinen Augen. Ich blinzelte, um sie zu verscheuchen. Ein Kloß bildete sich in meinem Hals, und sosehr ich auch schluckte, er wollte nicht verschwinden. Eine Welle der Erinnerungen rollte über mich hinweg. Wie oft waren wir den Steg entlanggelaufen, Hand in Hand, um mit Anlauf in das eiskalte Wasser zu springen? Ich hatte so manchen gemütlichen Abend in James' Haus verbracht. Hier hatten Parker und ich uns das erste Mal in einem der Boote unter dem Sternenhimmel geliebt.

Vielleicht war es doch besser, wenn ich weiterfuhr. Gerade als ich die Handbremse lösen wollte, tauchte eine hochgewachsene Gestalt aus dem Schatten des Hauses auf. Sofort schnellte mein Puls nach oben. Ich wischte meine Tränen weg und stieg aus. Er sollte nicht sehen, dass ich geweint hatte.

James Barns' wettergegerbtes Gesicht strahlte mich an. »Molly.«

»James!« Ich ließ mich in seine ausgebreiteten Arme sinken. Sofort hatte ich seinen tröstlichen Duft in der Nase. Eine Mischung aus Old Spice und Meer.

»Wie schön, dass du vorbeikommst«, brummelte seine Stimme an meinem Ohr. Ich nickte kaum merklich. James' raue Hand fuhr unter mein Kinn und zwang mich dazu, ihm in die Augen zu schauen. »Du siehst müde aus, meine Kleine.«

»Ich schlafe in letzter Zeit nicht so gut«, murmelte ich.

»Ich weiß. Mir geht es genauso.« Er schenkte mir ein Lächeln, bei dem sich unzählige Falten um seine Augen bildeten, als hätte jemand ein Netz darübergelegt.

James hatte den Großteil seines Lebens auf dem Meer verbracht. Die Sonne hatte sich in sein Gesicht gebrannt. Selbst jetzt, lange nachdem der Sommer vorbei war, war er noch immer braun. Er sah mich liebevoll an. Parkers Augen, nur älter. Ich schluckte gegen die Tränen an, die sich erneut ihren Weg nach oben kämpften.

»Wie geht es dir?«

»Gut«, log ich. Es tat weh, in das Gesicht zu schauen, das Parker so ähnlich war und mich an meinen Verlust erinnerte. Ich war ihm gegenüber nicht fair, aber ich wusste auch, dass James mich verstand. Er war schon immer ein feinfühliger Mensch gewesen – wie sein Sohn.

»Hast du Lust, auf einen Tee reinzukommen?«

Ich zögerte. »Ich wollte dich nicht überfallen. Du bist bestimmt beschäftigt.«

»Keineswegs. Ich wollte mir ohnehin gerade einen Tee aufsetzen«, versicherte er mir.

»Dann natürlich gerne.« Ich schob eine vorwitzige Strähne hinter das Ohr.

Dog drückte sich an das Bein des älteren Mannes. Mühsam bückte sich James und streichelte dem Retriever über das goldbraune Fell. »Na, und wie geht es dir?« Wie zur Antwort leckte ihm Dog über das Gesicht. James lachte rau. »Ich freue mich auch, dich zu sehen, mein Junge.«

James legte seinen Arm um mich. Eine vertraute Geste, wie sie zwischen Vater und Tochter üblich war. Wir hatten uns von Anfang an nahegestanden. Erst der Tod hatte einen Keil der Trauer zwischen uns getrieben.

Schweigend gingen wir ins Haus. Beim Eintreten wurde ich gleich von dem vertrauten Geruch nach Bohnerwachs und verbranntem Holz empfangen. Wie in unserem kleinen Häuschen wurde auch hier noch mit Kaminholz geheizt. Der Dielenboden knarrte unter meinen Füßen, als ich James in die Küche folgte. Nichts hatte sich verändert, seit ich das letzte Mal hier gewesen war. Ein bedrückendes Gefühl beschlich mich und machte es mir schwer, frei zu atmen. Unschlüssig blieb ich in der Tür stehen.

»Setz dich doch«, forderte er mich auf. »Was führt dich so spät hierher?«

»Ich hatte kein Hundefutter mehr im Haus und war noch mal schnell einkaufen.«

Der Wasserkessel pfiff leise. James nahm ihn vom Ofen und schenkte uns ein.

»Wenn ich mich recht erinnere, trinkst du deinen Tee schwarz.« Er sah mich fragend an.

»Absolut richtig«, bestätigte ich mit einem Lächeln. James schlurfte zum Küchenschrank und goss eine goldbraune Flüssigkeit in unseren Tee. Grinsend reichte er mir meinen Becher. Ich schnupperte misstrauisch daran. »Ist das deine Spezialmischung?«

»Was dachtest du!« James grinste schief. »Ein Schluck Rum hat noch niemandem geschadet. Vertreibt die Kälte aus den Gliedern. Ich war in den letzten Jahren kein einziges Mal krank. Das spricht für sich.«

Zumindest hatte er seinen schrägen Sinn für Humor nicht verloren.
»Na dann.« Ich prostete ihm zu und trank vorsichtig. Sofort lief mir die Flüssigkeit brennend den Rachen herunter. Ich hustete.»Boah, wie viel Rum hast du da reingetan?« Ich hustete erneut.
»Genau so viel, wie nötig ist.« James lächelte wissend.»Und nun erzähl mir, was macht dein neues Buch?«
»Ehrlich gesagt nicht viel.« Ich trank noch einen Schluck.»Ich hatte eine ziemliche Schreibblockade. Seit Parkers ...« Ich schluckte das Wort ‚Tod‘ herunter.»Seit Parker nicht mehr da ist, fehlen mir die Worte.«
James nickte.»Dann geht es dir wie mir. Ich hadere oft mit dem Schicksal, dass es nicht mich anstelle von Parker genommen hat. Ein Kind sollte nicht vor seinen Eltern sterben.«
Ich legte meine Hand auf seine.»Es vergeht kein Tag, an dem ich nicht an ihn denke.«
»Es ist lieb, dass du das sagst, aber du bist noch jung. Du musst nach vorne schauen. Ich hingegen habe mein Leben schon gelebt.«
»So darfst du nicht denken«, schimpfte ich.
»Warum nicht?«, fragte James trüb.»Ich habe niemanden mehr, der auf mich wartet, wenn ich nach Hause komme.«
Mit einem Mal machte ich mir schreckliche Vorwürfe, dass ich den alten Mann so sträflich vernachlässigt hatte. Anstatt mich um ihn zu kümmern, hatte ich mich in mein Schneckenhaus verkrochen und ihn mit seinem Leid alleine gelassen. Ich fühlte mich grauenhaft.
»Es tut mir leid, dass ich nach Parkers Unfall nicht öfter vorbeigekommen bin.«
»Mach dir deshalb keine Sorgen. Ich weiß, was er dir bedeutet hat und wie sehr du gelitten hast.«
»Meinst du, es wird jemals aufhören wehzutun?« Meine Stimme war kaum mehr als ein Flüstern.
»Das wird es. Da bin ich mir ganz sicher. Ich vermisse meine Mary bis heute, aber sie ist immer bei mir.« James deutete auf sein Herz. »Hier drinnen.«
»Dann hoffe ich, dass es mir eines Tages auch so geht.«
»Ich verspreche es dir. Du musst es nur zulassen.« Er streichelte meine Hand.

»Und was macht der Bootsverleih? Kommst du zurecht?«, versuchte ich, das Thema zu wechseln.

Eigentlich hatte Parker kurz vor seinem Tod die Geschäfte seines Vaters übernommen, um ihn zu entlasten. James war immerhin schon einundsiebzig und somit nicht mehr der Jüngste.

»Ich habe eine Anzeige aufgegeben.« Sein Blick wanderte ins Leere. Ich schüttelte verwirrt den Kopf. »Ich verstehe nicht ganz.«

»Ich will verkaufen.«

»Du willst … was?« Parker hatte vor seinem Tod sämtliches Geld in die Renovierung des alten Bootes gesteckt und zusätzlich noch ein weiteres gekauft.

»Ich bin alt und müde.« James drückte meine Hand. Ich spürte die Schwielen an der Innenseite, die von jahrelanger harter Arbeit zeugten.

»Alleine schaffe ich es einfach nicht mehr.«

Parker war sein einziges Kind gewesen. James' Frau war bereits vor Jahren an Krebs gestorben. Es gab noch einige entfernte Verwandte, die nur selten zu Besuch kamen.

Ein drückendes Schweigen legte sich über uns. Ich dachte an den Unfall. An die Ruhelosigkeit, die mich befallen hatte, als Parker nicht wiedergekommen war. An die Angst, gefolgt von der Panik, dass ihm etwas passiert sein könnte, bis hin zur Gewissheit, als die Polizei plötzlich vor meiner Haustür gestanden hatte. Niemals würde ich das Gefühl der totalen Fassungslosigkeit vergessen, als mir der Polizist mit Grabesstimme mitgeteilt hatte, dass Parker tödlich verunglückt war. Alle Gefühle von damals kamen wieder in mir hoch. Tränen stahlen sich in meine Augen und tropften auf James' Hand.

»Verdammt!«, schimpfte ich. »Ich hatte mir vorgenommen, nicht zu weinen. Entschuldige.«

»Meine Kleine.« Er wischte mir mit dem Finger die Tränen aus dem Gesicht. »Ich wollte dich nicht zum Weinen bringen. Das tut mir leid.«

Schluchzend sah ich hoch. In James' Augen spiegelte sich der gleiche Schmerz, den ich verspürte. »Ich vermisse ihn ganz schrecklich.«

»Ich auch, meine Kleine. Aber du musst dich auf die Zukunft konzentrieren.«

»Aber wie kann ich das?« Ich schüttelte verzweifelt den Kopf. »Parker war mein Leben.«

»Und du warst alles für ihn. Er hat mir mehr als einmal gesagt, wie sehr er dich liebt. Und genau aus diesem Grund solltest du ihn gehen lassen.« James tätschelte meine Wange. »Er hätte nicht gewollt, dass du unglücklich bist. Alles, was mein Sohn für dich wollte, war dein Glück.«

»Auch wenn es bedeutet, ihn zu vergessen?«, fragte ich leise.

»Man vergisst die Liebe seines Lebens nie, aber man lernt, diese Liebe in seinem Herzen zu verwahren.« James lächelte mir aufmunternd zu. »Du sollst meinen Sohn nicht vergessen, aber du musst dein Leben leben, so wie er es auch getan hätte.«

Ich schluckte. »Danke, James.«

»Du musst mir nicht danken, denn ich weiß, dass es das Richtige ist. Ich hätte mir keine bessere Schwiegertochter wünschen können als dich. Du bist mir so nah wie eine Tochter. Deshalb mache ich mir Sorgen um dich. Du bist eine junge, liebevolle und intelligente Frau. Es wird Zeit, dass du das Leben wieder mit offenen Armen empfängst. Ich würde mich allerdings freuen, wenn du gelegentlich vorbeischaust.«

»Das verspreche ich dir.« Ich schlang meine Arme um seinen Hals und gab ihm einen Kuss auf die Wange. »Ich habe dich lieb.«

»Ich dich auch, meine Kleine.« Er prostete mir zu. Sein Blick ruhte liebevoll auf mir. Ein Gefühl der Erleichterung kam in mir hoch. Endlich hatte ich meinen Frieden mit James gemacht.

»Und, hat sich schon ein Käufer gefunden?«, fragte ich, als ich mich wieder gefangen hatte.

»Tatsächlich habe ich einen Interessenten. Er kommt nicht aus der Gegend und ist relativ neu im Business. Aber das, was ich bisher von ihm am Telefon gehört habe, klang ganz vernünftig. Er hat sich als alter Freund von Brandon vorgestellt.«

Ich zog verwundert die Augenbraue hoch. »Wirklich?«

»Ja, das lässt zumindest hoffen, dass er weiß, worauf er sich einlässt. Es würde mir das Herz brechen, wenn der Bootsverleih irgendwann nicht mehr wäre. Das Geschäft ist seit dreißig Jahren ein Teil von Kitty Hawk. Ich habe mein ganzes Herzblut in den Laden gesteckt. Mary und ich waren gerade frisch verheiratet, als wir das Haus gekauft haben.«

Seine Augen glänzten feucht. »Und nun gibt es nur noch mich.«

»Du hast mich vergessen.« Ich drückte seine Hand.

»Das stimmt. Und dafür bin ich dem lieben Gott dankbar. Und jetzt erzähl mir von deinem neuen Buch.«

***

Als ich eine Stunde später nach draußen trat, schlug mir die kühle Abendluft entgegen. Am Horizont tauchte die Sonne blutrot ins Meer. Es sah aus, als würde das Wasser brodeln. Weiße Bäckermützen tanzten auf den Wellen. Im Hintergrund war das leise Klirren der Wanten zu hören, wenn sie gegen die Masten der Boote schlugen.

Fröstelnd zog ich die Jacke enger. Das Gespräch mit James hatte mich aufgewühlt. Ich beschloss, noch einen kleinen Spaziergang um den Hafen zu machen, um einen klaren Kopf zu bekommen.

Gedankenverloren schlenderte ich über den schmalen Weg zum Wasser. Ein Vogel segelte an mir vorbei. Ich folgte ihm mit dem Blick, bis er in der Dämmerung verschwunden war. Schritte näherten sich. Ich drehte mich um und wäre fast mit jemandem zusammengestoßen.

»Hoppala.« Starke Arme fingen mich auf.

»Entschuldigung«, keuchte ich.

Vor mir stand der Mann, den ich ein paar Tage zuvor bei Cathy im Café gesehen hatte.

»Ich muss mich entschuldigen«, sagte er. »Ich hätte mich früher bemerkbar machen sollen.« Er runzelte die Stirn. »Aber wir kennen uns doch. Du warst in *Cathy's Café*. Molly, stimmt's?«

»Stimmt«, bestätigte ich lächelnd. »Und du bist …« Ich überlegte.

»Tom. Tom Morel«, kam er mir zu Hilfe. »Ich müsste jetzt beleidigt sein, dass du dich nicht an meinen Namen erinnerst.«

»Ich kann mir Namen nie merken«, gestand ich.

»Na gut, dann will ich mal nicht so sein.« Tom zwinkerte mir zu. »Was treibt dich hierher?«

»Ich habe einen Freund besucht.« Der Wind wirbelte meine Haare durcheinander. Ich strich mir die Strähnen aus dem Gesicht.

»Ich glaube, ich habe mich verliebt«, sagte Tom leichthin.

»In mich?«, rief ich entsetzt.

Er lachte laut auf. »Nein, eigentlich wollte ich sagen, in Kitty Hawk.« Sein Blick ruhte auf mir.

»Puh …« Ich strich mir den fiktiven Schweiß von der Stirn. »Das wäre auch ein bisschen schnell gegangen.«

»Dann glaubst du nicht an Liebe auf den ersten Blick?«

»Du bist ziemlich neugierig.«

»Nur, wenn man mir eine passende Vorlage gibt.« Tom war definitiv nicht auf den Mund gefallen. »Doch, ich glaube an die Liebe auf den ersten Blick, schon rein von Berufs wegen.«

»Und was wäre das für ein Beruf?«

»Ich bin Schriftstellerin.«

»Ich habe noch nie eine waschechte Autorin getroffen.« Er pfiff anerkennend. »Welches Genre?«

»Liebesromane.«

Tom grinste. »Dann bist du quasi Expertin in Sachen Liebe.«

»Eigentlich nicht.« Ich dachte an Parker. Mit ihm war mein Glauben an die ewige Liebe verschwunden. »Tja, ich geh dann mal. Es war nett, mit dir zu plaudern.« Ich machte auf den Hacken kehrt.

»Warte!«

Ich drehte mich wieder um. Tom stand zwei Schritte entfernt, die Hände in den Hosentaschen, und musterte mich.

»Was?« Ich pfiff Dog zu mir, der bellend hinter einer Gruppe Möwen herjagte. Ein hoffnungsloses Unterfangen.

»Hast du Lust, noch zu Joe zu gehen?«

Joe's Bar war keine hundert Meter entfernt. »Nein, danke. Ich hatte genug für heute.« Ich schüttelte zur Bekräftigung den Kopf.

»Schade.« Tom zuckte mit den Schultern. »Aber einen Versuch war es wert.«

Ich schmunzelte. »Einen Versuch ist es immer wert. Gute Nacht, Tom.«

Ich drehte mich um und ging, dabei wedelte ich mit der Hand in der Luft.

»Gute Nacht, Molly«, rief mir Toms warme Stimme hinterher.

8

Molly

Ich rieb mir den schmerzenden Nacken. Seit heute Morgen saß ich am Schreibtisch und arbeitete. Meine Finger waren nur so über die Tasten geflogen. Ich hatte einige gravierende Änderungen an meinem Manuskript vorgenommen. Vor allem die männliche Hauptfigur hatte eine Wandlung vollzogen und war vom netten Mann von nebenan zum Bad Boy mutiert. Niemand außer mir würde wissen, dass ich den Unbekannten als Vorbild genommen hatte. Seine Art zu sprechen und seine Raubtieraugen hatten sich in mein Gedächtnis gebrannt.

Mein Blick wanderte nach draußen. Ein Sturmtief war über Nacht reingerauscht und hatte uns abgesehen von heftigen Windböen auch starke Regenfälle beschert. Dicke Wolken mit schweren Bäuchen trieben über den Horizont. Das Meer war aufgewühlt, als hätte jemand mit einem Löffel darin herumgerührt.

Ich trank einen Schluck Kaffee. Es war bereits mein vierter Becher heute. *Ping.* Eine neue E-Mail war eingetrudelt. Ein Lächeln huschte über mein Gesicht. Mein Blick flog gierig über die Zeilen.

Hallo Sis,
danke für deine Mail. Ich habe mir schon Sorgen gemacht, als ich nichts von dir gehört habe. Zum Glück funktioniert dein Laptop wieder und du kannst arbeiten. Ich habe ja damals auch gute Erfahrungen mit
Den Experten *gemacht.*
Wenn man in Afrika ist, lernt man die kleinen Dinge wieder zu schätzen. Einen Laptop zu besitzen ist absoluter Luxus, und nur die wenigsten können sich so etwas leisten. Hier im Dorf bin ich zusammen mit dem Arzt die Einzige.
Du ahnst gar nicht, wie sehr ich dich und mein Leben in Kitty Hawk vermisse. Jede Nacht stelle ich mir vor, wie ich am Strand entlanggehe

und das Meer glitzernd zu meinen Füßen liegt. Ich dachte immer, ich wäre ein Sommertyp, aber je länger ich hier bin, desto mehr sehne ich mich nach Kälte. Außerdem vermisse ich unser Haus und die Ruhe. Ich bin hier keine Sekunde für mich. Wenn ich durch das Dorf gehe, folgt mir ein ganzer Rattenschwanz von Kindern, und selbst, wenn ich des Nachts in meiner Hütte liege, sitzt einer der Männer davor, um mich zu bewachen. Es ist, als hätte sich das gesamte Dorf auf die Fahne geschrieben, mich rund um die Uhr zu verfolgen. Ziemlich anstrengend, wenn ich ehrlich bin.

Immerhin habe ich meinen Rhythmus gefunden. Kurz nach Sonnenaufgang stehe ich auf. Kannst du dir das vorstellen? Ich, deine Schwester, der alte Langschläfer! Es ist grauenvoll, aber wenn alle anderen arbeiten, schläft es sich schlecht, also folge ich ihrem Beispiel und helfe den Frauen beim Frühstück. Hier kochen die Frauen für das ganze Dorf. Es gibt eine Art Brei. Die gleiche breiige Masse wird mittags gegessen, nur dass sie dann ein paar Früchte daruntermischen. Zum Abendessen gibt es meist ein Stück ungewürztes Fleisch mit – du kannst es dir denken! – Brei. Wenn ich nach Hause komme, habe ich zehn Kilo abgenommen und kann keinen Brei mehr sehen. So viel ist sicher.

Ich grinste angesichts Lexies Schilderungen.

Nach dem Frühstück begleite ich die Kinder in die kleine Schule, die ungefähr eine Stunde Fußweg entfernt liegt. Glaub bloß nicht, dass der Weg asphaltiert wäre. Es geht durch eine Buschlandschaft mit wilden Tieren. Der Ausblick ist atemberaubend schön und gefährlich zugleich. Gestern haben wir in der Ferne einen Löwen gesehen.

Ich schüttelte den Kopf. Die Vorstellung, dass die Kinder eine Stunde durch die Wildnis gehen mussten, um zur Schule zu gelangen, war unglaublich. Für einen Augenblick beneidete ich Lexie um das Abenteuer.

Wenn die Schule vorbei ist, gehen wir wieder zurück. Manchmal, wenn wir Glück haben, nimmt uns einer der Ranger in seinem Wagen mit. Während die Kinder ihren Müttern bei der Hausarbeit helfen, gehe ich in meine Hütte und ruhe mich einen Moment aus. Das Klima hier macht mir ganz schön zu schaffen.

Abends sitzt das ganze Dorf zum Essen zusammen. Das ist für mich der schönste Teil des Tages, wenn die Sterne über uns funkeln, als hätte

jemand einen Sack voller Diamanten ausgeschüttet. Ich habe noch nie
so viele Sterne gesehen wie hier. Im Hintergrund kannst du dann oft die
wilden Tiere hören, die auf der Jagd sind.
Ich wünschte, du wärst hier, dann könnte ich dir das alles zeigen.
Ich vermisse dich.
Deine Lexie
P.S. Ich möchte ein Foto von dem Hottie!

Jedes Mal, wenn ich eine von Lexies E-Mails las, hatte ich das Gefühl,
ein Teil ihrer Abenteuer zu sein. Ich stellte mir vor, wie wir beide auf
dem warmen Untergrund lagen und dabei den Sternenhimmel bewun-
derten. Mein Blick wanderte nach draußen, wo sich das nächste Gewit-
ter zusammenbraute. Vielleicht hätte ich mutiger sein und sie nach Afrika begleiten sollen. Eigentlich gab es hier in Kitty Hawk nichts, was
mich hielt. Nichts bis auf Parker und Dog.
 Ich nahm einen tiefen Atemzug. Dann fing ich an, ihr von den letzten
zwei Tagen zu berichten.

… Es war schön, James zu sehen, und gleichzeitig auch schrecklich.
Ich habe ein tierisch schlechtes Gewissen, weil ich ihn so selten besucht
habe. Er hat sich sehr über meinen Besuch gefreut, und mir hat es auch
gutgetan. Ich habe endlich die Angst überwunden, mit der Vergangen-
heit konfrontiert zu werden. Im Nachhinein muss ich sagen, es hatte
sogar etwas Befreiendes. James ist einsam in dem Haus, deshalb habe
ich mir vorgenommen, ihn öfter zu besuchen. Wir haben den berühmt-
berüchtigten James-Tee getrunken. Zwei Drittel Rum, ein Drittel Tee.
Ich musste den Großteil davon heimlich wegkippen, sonst hätte ich de-
finitiv nicht mehr mit dem Auto heimfahren können. Wenn du wieder-
kommst, ist der Bootsverleih vielleicht schon verkauft. Ein komisches
Gefühl. Ich soll dich auf jeden Fall ganz herzlich von James grüßen.
 Stell dir vor, wen ich getroffen habe: Brandon Capshaw! Er ist noch
genauso nett wie früher. Er will zurück nach Kitty Hawk ziehen, was
mich sehr verwundert hat. Wenn ich so viel Geld hätte wie er, würde
ich erst einmal reisen, mir die Welt anschauen und mein Leben genie-
ßen. Aber da ist eben jeder Mensch anders. Seine Freundin muss ihn
ziemlich übel absorviert haben. Er tut mir richtig leid. Ich mochte

Brandon ja schon immer, aber jetzt ist er wirklich süß. Jedenfalls hat er mich heute Abend zu einem Drink im Joe's *eingeladen, um über alte Zeiten zu quatschen. Schade, dass du nicht dabei bist, dann wäre es fast wie früher und wir würden bestimmt viel lachen. Ich bin gespannt, was er so zu erzählen hat. Pass auf dich auf. Ich denke ganz doll an dich.*

Deine dich liebende Schwester

Ich drückte auf *Senden* und ging nach oben, um mich umzuziehen und für den Abend hübsch zu machen.

***

Nervös betrat ich die Kneipe. Es war eine Ewigkeit her, dass ich *Joe's Bar* besucht hatte. Das letzte Mal war ich mit Lexie hier gewesen, um ihren Abschied zu feiern. Wir hatten wahnsinnig viel Tequila getrunken. Für ein paar Stunden hatte ich meinen Kummer vergessen und es einfach genossen, unbeschwert mit meiner Schwester zu quatschen. Ein würdiger Abschied. Am Ende des Abends waren wir Arm in Arm laut singend nach Hause getorkelt.

Ich stellte mich auf die Zehenspitzen, um nach Brandon Ausschau zu halten. Die Kneipe war wie immer gut besetzt. Einheimische und einige wenige Touristen hatten sich zusammengefunden, um bei einem Bier den Tag in gemütlicher Runde ausklingen zu lassen. Die Luft war leicht stickig, und es roch nach Fett und Alkohol. Die Einrichtung war rustikal. Den Mittelpunkt bildete der Tresen mit der Zapfanlage und dem Flachbildfernseher, in dem der Sportkanal in Dauerschleife lief. Die Wände waren mit Fotografien von Touristen und Einheimischen gepflastert, auf denen sie zusammen mit Joe abgebildet waren. Es hatte auch ein Bild von Lexie, Parker und mir gegeben, aber nach seinem Tod hatte ich es einfach nicht ertragen, dort zu sitzen und auf meinen toten Verlobten zu starren. Ich hatte Joe gebeten, das Bild abzuhängen.

»Molly!« Brandons Stimme hallte durch den Raum.

Ich drehte mich suchend um. Es dauerte einen Moment, bis ich ihn entdeckt hatte. Er saß am Tresen und hatte bereits ein Bier vor sich stehen. Ich schlängelte mich durch die Tischreihen zu ihm durch. Einige Gäste begrüßten mich mit einem Kopfnicken.

»Hi, Brandon.« Ich gab ihm einen Kuss auf die Wange, so wie früher.

»Schön, dass du gekommen bist!« Er schob den Barhocker zu mir, sodass ich mich setzen konnte.

»Du hast wohl gedacht, ich könnte kneifen?« Ich deutete auf das Bier vor ihm.

»Es wäre nicht das erste Mal, dass mich eine der Wilson-Schwestern versetzt«, sagte er lächelnd.

Sofort meldete sich mein schlechtes Gewissen. Für mich und Lexie war Brandon immer nur der nette Kerl von nebenan gewesen, mit dem man gemütlich einen Film schauen konnte, ohne dabei zu befürchten, dass seine Hand auf den eigenen Oberschenkel rutschen könnte. Genau so hatten wir uns ihm gegenüber auch verhalten. Wir hatten ihm unsere kleinen Geheimnisse, inklusive Liebeskummer, anvertraut und uns von ihm trösten lassen. Zu keinem Zeitpunkt hatten wir ihn als Mann gesehen, der ein anderes Interesse an uns als das eines guten Freundes haben könnte. Im Nachhinein fragte ich mich, warum. Brandon sah toll aus, noch dazu konnte man sich gut mit ihm unterhalten. Er gehörte nicht zu den Männern, die mit ihren beruflichen Erfolgen prahlten, stattdessen zeigte er ernsthaftes Interesse an seinem Gegenüber.

Ich streifte meine Jacke ab und hängte sie an den Haken unter dem Tresen. »Da hast du auch wieder recht, und ich möchte mich hiermit offiziell bei dir dafür entschuldigen.« Ich rutschte auf den freien Barhocker. »Auch in Lexies Namen.«

»Entschuldigung angenommen.« Brandon grinste. »Du siehst klasse aus.«

»Danke.« Ich hatte tatsächlich eine Stunde damit zugebracht, das richtige Outfit zu suchen. Jeans, eine weiße Bluse, die meine schmale Taille betonte, und dazu Cowboystiefel. Nicht besonders originell, aber für *Joe's* absolut angemessen.

»Molly!« Joes feistes Gesicht tauchte hinter dem Tresen auf. Er hatte sein kariertes Baumwollhemd hochgekrempelt und gab so den Blick auf seine tätowierten Unterarme frei. »Was für eine schöne Überraschung.«

»Joe!« Ich strahlte den Wirt an.

Er deutete mit dem Zeigefinger auf seine Wange. »Krieg ich denn keinen Kuss von dir?«

»Aber klar doch.« Ich beugte mich über den Tresen und gab ihm einen Kuss. Joe war immer nett zu mir gewesen. Er und seine Frau waren auch zu Parkers Beerdigung gekommen und hatten mir unter Tränen ihr Beileid ausgesprochen. »Lass dich anschauen.« Sein Blick glitt über mich hinweg. »Hübsch wie immer.«

Ich winkte lachend ab. »Du alter Charmeur!«

»Hey, Joe, baggerst du etwa mein Date an?«, mischte sich Brandon in das Gespräch ein. »Wenn ich noch frei wäre, würde ich keine Sekunde zögern, aber ...« Joe hob die Hand mit dem goldenen Ring am Finger. Wir lachten. »Was kann ich dir bringen?«

»Gerne einen Chardonnay für mich.«

Brandon leerte sein Glas mit einem Zug. »Für mich noch ein Bier.«

Ich schmunzelte. »Du hast wohl Durst?«

»Ehrlich gesagt musste ich mir etwas Mut antrinken.«

»Meinetwegen?«

»Ein Date mit einer der Wilson-Schwestern ist schon etwas Besonderes.«

»Eigentlich würde ich unser Treffen nicht als Date bezeichnen, sondern eher als freundschaftliches Wiedersehen.«

»Autsch, das tat weh!« Brandon verzog gespielt das Gesicht.

»Ach, komm schon. Ich weiß genau, dass du auf Lexie stehst und nicht auf mich.«

»Ich hoffe, du nimmst das nicht persönlich.«

»Blödsinn. Mach dir deshalb keine Sorgen. Ich mag dich und das du meine Schwester toll findest, stört mich nicht im geringsten.«

»Da habe ich ja Glück gehabt.« Brandon lachte verschmitzt. »Wie geht es dir?«

»Das Gleiche wollte ich dich auch fragen.«

»Erstaunlich gut, wenn ich ehrlich bin.« Er fuhr sich mit der Hand über das Kinn. »Die erste Zeit nach der Trennung hing ich ziemlich durch, aber mittlerweile denke ich, dass es für uns beide zum Besten war. Mia hätte nicht hierher gepasst, und ich nicht nach New York.«

»New York?« Ich sah Brandon verwundert an. Das Letzte, was ich gehört hatte, war, dass er in D.C. gelebt hatte.

»Ja, ich habe die letzte Saison für die *Giants* gespielt.«
Ich pfiff anerkennend durch die Zähne. »Wow, du hast ganz schön
Karriere gemacht.«

»Könnte man so sagen. Geldsorgen muss ich mir keine machen.
Aber das ist eben nicht alles.« Er machte ein unglückliches Gesicht.

»Das stimmt. Aber es hilft.« Ich dachte an die vielen offenen Rech-
nungen, die ich noch zu zahlen hatte.

»Sieh dir nur meinen Dad an. Der Laden wirft kaum Gewinn ab, aber
trotzdem ist er glücklich damit.«

Ich lehnte mich mit dem Arm gegen den Tresen. »Ich dachte, dein
Dad will den Laden verkaufen.«

»Hat er das gesagt?« Ich nickte. »Das behauptet er seit zehn Jahren.«
Brandon grinste. »Mein Vater würde den Laden niemals aufgeben. Das
sagt er nur, um sich interessant zu machen. Ohne sein Geschäft würde
er zugrunde gehen, weil er keine Aufgabe mehr hätte. Wie geht es deinen Eltern? Hat sich dein Vater an das Leben als Rentner gewöhnt?«

»Erstaunlich gut. Dad baut sein fünfzehntes Windspiel in diesem
Monat. Mum hat beschlossen, dass sie zusammen einen Tanzkurs bele-
gen. Sie meinte, das würde ihrer Ehe guttun. Sie sieht das als eine Art
Paartherapie. Ich bin mir allerdings nicht sicher, ob Dad ihre Begeisterung dafür teilt. Vielleicht verkriecht er sich deshalb so viel im Keller.«
Ich schmunzelte. Als Mum mir von ihren Plänen erzählt hatte, hatte ich
nur den Kopf geschüttelt. Dad war noch nie ein Fred Astaire gewesen.

Brandon gluckste vergnügt. »Ich sage nur: Je oller, desto doller.«

Joe kam mit unseren Getränken. »Die erste Runde geht auf mich «

»Danke, Joe.« Wir prosteten ihm zu.

»Und wie geht es Lexie?« Brandon leckte sich den Schaum von der
Oberlippe. Ich erzählte ihm von den E-Mails und ihren Erlebnissen.

»Klingt, als hätte sie eine Aufgabe gefunden, die ihr Spaß macht«,
stellte er nachdenklich fest, als ich fertig war. »Ich hatte immer das Gefühl, sie muss sich und anderen etwas beweisen. Damit dürfte sie es
geschafft haben.«

Ich legte meinen Kopf leicht schräg. »Ich stelle fest, du kennst Lexie
fast so gut wie ich.«

»Hey, ich war die ganze Zeit auf dem College in sie verliebt.« Brandon spielte gedankenverloren mit dem Bierdeckel zwischen seinen

Fingern. »Ich habe immer die Energie bewundert, mit der sie an neue Sachen rangegangen ist. Wenn Lexie sich etwas in den Kopf gesetzt hat, war sie nicht zu stoppen.«

»Ja, aber nur so lange, bis sie erreicht hatte, was sie wollte.« Lexies Stärke war gleichzeitig ihre Schwäche. Wenn sie etwas Neues für sich entdeckte, stürzte sie sich mit voller Begeisterung darauf, verlor aber relativ schnell das Interesse.

»Dann hat sie sich also nicht geändert.«

»Ich fürchte, Lexie wird sich nie ändern.«.

»Aber du hast dich irgendwie verändert.« Brandon sah mir tief in die Augen. »Du wirkst reifer.«

»Wundert dich das?« Ich schluckte bitter. »Der ... Tod eines geliebten Menschen verändert jeden.«

»Wahrscheinlich.« Er sah mich bedauernd an. »Ich wünschte nur, es wäre nicht dir passiert.«

»Ich auch«, murmelte ich. Ein Kloß bildete sich in meinem Hals.

»Ihr beide wart so ein perfektes Paar.«

»Wir hatten auch unsere Auseinandersetzungen.« Ich dachte daran, dass wir uns am Morgen des Unfalls gestritten hatten. Ich hatte mich darüber aufgeregt, dass Parker mal wieder seine Klamotten über alle Zimmer verstreut hatte.

»Wirklich?« Brandon schürzte die Lippen. »Ich hatte immer den Eindruck, dass ihr total glücklich wart.«

»Waren wir auch.« Ich legte den Kopf leicht schräg. »Zumindest meistens.«

Aus dem Augenwinkel sah ich, wie sich uns ein Mann näherte. Tom. War dieser Kerl denn überall? Um seinen Mund spielte ein Lächeln.

»Tom, Kumpel.« Brandon, der ihn ebenfalls entdeckt hatte, war vom Hocker gesprungen. Die beiden Männer fielen sich in die Arme wie die ältesten Freunde.

Mein Blick wanderte von einem zum anderen. »Ihr kennt euch?«

»Darf ich vorstellen, das ist Tom Morel, mein Freund und Geschäftspartner«, erklärte Brandon, als wäre es die selbstverständlichste Sache der Welt. Brandon klopfte Tom ein paarmal kräftig auf die Schulter.

Toms Blick wanderte zu mir. »Hallo, Molly.«

Mein Hirn war damit beschäftigt, die Situation zu erfassen.

»Du kennst Molly?« Brandon starrte seinen Kumpel mit offenem Mund an.

»Wir haben uns in *Cathy's Café* getroffen«, kam mir Tom zuvor.

»Dann hast du die hübscheste Einwohnerin von Kitty Hawk bereits kennengelernt«, sagte Brandon. »Hätte ich mir denken können. Ihr Franzosen habt eure Finger immer im Spiel, wenn es um Frauen geht.« Das erklärte zumindest Toms Akzent.

»Wie ich sehe, hast du mehr Erfolg gehabt als ich.« Toms Augen blitzten belustigt auf. »Mir hat die hübsche Molly einen Korb gegeben.«

»Nicht, dass du gleich anfängst zu weinen«, witzelte Brandon. »Aber der Ehrlichkeit halber sei gesagt, dass Molly und ich uns schon seit dem College kennen. Ich habe quasi Heimvorteil. Ihre Schwester Lexie übrigens auch.«

»Ich merke schon, ich bin auf das falsche College gegangen. Darf ich mich zu euch setzen?«

»Klar. Oder, Molly?« Brandon sah mich fragend an.

»Habe ich eine Wahl?«, neckte ich die beiden Freunde.

»Bist du gerade dabei, mir die zweite Abfuhr innerhalb von vierundzwanzig Stunden zu erteilen?«, fragte Tom.

»Nein, das war nur ein Scherz. Bitte setz dich zu uns.« Ich machte eine einladende Handbewegung.

»Prima.« Wie selbstverständlich schob Tom den Hocker zwischen Brandon und mich. An Selbstbewusstsein schien es ihm jedenfalls nicht zu mangeln. »Aber lasst euch durch mich nicht stören«, bat er. »Ich habe euch unterbrochen.«

Brandon nickte. »Molly und ich haben uns gerade über —«

»… meine Schwester unterhalten«, unterbrach ich ihn. Ich wollte nicht über Parker reden.

»Ist das die, von der du mir so vorgeschwärmt hast?« Tom schielte zu seinem Freund.

»Brandon hatte schon immer eine Schwäche für Lexie«, erwiderte ich lächelnd.

»Ist das so?« Toms Augenbraue schnellte fragend nach oben. »Und ich dachte, du stehst nur auf schwedische Models.«

»Haha. Lass die Stichelei. Ich habe mein Fett bereits wegbekommen«, entgegnete Brandon beleidigt.

Tom klopfte ihm auf die Schulter.»So war es nicht gemeint, Kumpel.«

»Kann mich mal einer aufklären, was zwischen euch los ist«, bat ich.

»Also«, fing Brandon an,»als Tom meine Freundin Mia kennengelernt hat, hat er mir gleich davon abgeraten, mich auf sie einzulassen. Er meinte, sie wäre oberflächlich und nur auf mein Geld und meinen Ruf aus.«

»Ziemlich klischeehaft«, warf ich ein.

»Ja, aber bedauerlicherweise bewahrheiten sich diese Klischees leider zu oft.« Tom machte eine Kopfbewegung in Brandons Richtung. »Mein Freund hier ist das beste Beispiel.«

»Mia ist nicht so«, widersprach Brandon.»Sie ist einfach nicht für das Landleben geschaffen.«

»Das hast du jetzt aber nett gesagt«, sagte Tom mit sarkastischem Unterton in der Stimme.»Ich bleibe trotzdem bei meiner These über Mia.« Er gab Joe ein Zeichen, ihm ein Bier zu bringen.

»Es ist doch schön, wenn man einen Freund hat, der einem gnadenlos die Wahrheit sagt«, bemerkte ich.

Joe schob Tom das Bier über den Tresen, das er geschickt auffing.

»Allerdings.« Tom prostete uns zu.»Wollen wir Freunde sein?«

»Unbedingt!« Ich schmunzelte und nahm einen kräftigen Schluck aus meinem Glas.

»Joe, könntest du uns noch einen Wein für die Lady bringen?«, rief Tom dem Wirt zu.

»Nein, lieber nicht. Sonst tanze ich auf dem Tresen.« Ich hielt mein Glas fest in der Hand.

»Joe, mach zwei Gläser draus.« Tom zwinkerte mir zu.»Das möchte ich sehen.«

Ich lachte laut auf. Wie es aussah, konnte der Abend durchaus interessant werden.

***

»Bitte, Molly, tanz mit mir.« Toms grüne Augen blitzten vergnügt.

Joe hatte den Fernseher lautlos gestellt, stattdessen spielte Musik aus den Lautsprechern über der Bar. Einige Gäste hatten daraufhin spontan angefangen, auf der provisorischen Tanzfläche in der Mitte des Lokals zu tanzen.

»Nein, das kann ich unmöglich tun.« Ich schüttelte den Kopf. Mir war leicht schwindelig vom Wein, und ich fühlte mich leicht beschwipst.

»Ach komm schon, Molly. Du hast gesagt, dass du nach zwei Wein auf dem Tisch tanzt«, bettelte Tom.

»Das war kein Versprechen, sondern eine Drohung.« Ich kicherte. Es war eine Ewigkeit her, dass ich tanzen war.

Brandon gab mir einen leichten Schubs. »Los!«

Ich ruderte mit den Armen in der Luft, um nicht das Gleichgewicht zu verlieren. Tom brach in lautes Lachen aus.

»Brandon!«, schimpfte ich. »Auf wessen Seite stehst du eigentlich?«

»Auf Toms«, gab er unumwunden zu.

»Männer! Da ist man jahrelang zusammen auf dem College, und kaum taucht irgendein Kumpel auf, wird sich auf dessen Seite geschlagen.« Ich schlug gespielt die Hände über dem Kopf zusammen. »Wir Frauen sind so arme Dinger.«

»Vor allem du.« Tom baute sich vor mir auf. »Bitte, süße Molly, tanz mit mir.«

»Okay.« Seufzend rutschte ich vom Hocker. »Wenn es denn unbedingt sein muss.«

Tom schnappte sich meine Hand und zog mich auf die Tanzfläche. »Ich muss dich warnen«, rief er mir zu. »Ich bin ein miserabler Tänzer.«

Mir war leicht schwindelig, und meine Beine fühlten sich an, als wären sie aus Pudding. »Das sagst du mir, nachdem du mich auf die Tanzfläche entführt hast? Ich bin nämlich selbst etwas eingerostet, was das Tanzen anbelangt. Wir sind also das perfekte Paar.«

»Das kann ich mir kaum vorstellen. Tanzen ist wie Fahrradfahren, das verlernt man nie.« Mit einem Griff hatte er mich um die eigene Achse gewirbelt.

Übermütig warf ich meinen Kopf in den Nacken. »Für jemanden, der nicht tanzen kann, bist du ganz gut.«

»Ich bin Franzose. Wir sagen zwar, dass wir etwas nicht können, aber meinen genau das Gegenteil. So können wir unser Gegenüber überraschen.«

»Wie überaus clever von euch. Ich merke schon, ich kann noch einiges von dir lernen.«

Tom zwinkerte mir zu. »Das will ich hoffen.«

Es war herrlich zu tanzen. Wir hüpften ausgelassen über die Tanzfläche wie zwei Teenager. Tom machte sich einen Spaß daraus, sich möglichst bescheuert zu bewegen – sehr zum Gelächter der umstehenden Gäste. Am Ende des Liedes blieb ich völlig außer Atem stehen.

»Das war doch gar nicht so schlecht!« Tom reichte mir die Hand. Ich pustete eine Strähne aus meinem Gesicht. »Mit der Nummer kannst du auftreten.«

Die Musik wechselte in eine rockige Ballade. Entschlossen zog er mich an sich. Für meinen Geschmack ein wenig zu besitzergreifend.

»Der Wirt kann Gedanken lesen.«

»Wie meinst du das?«

»So habe ich einen Vorwand, dich in den Armen zu halten.«

Ich schmunzelte verlegen. »Gib zu, du hast ihn bestochen.«

»Das wäre möglich.«

»Dachte ich es mir doch.« Ich legte meinen Kopf an seine Brust und überließ ihm die Führung.

Als das Lied zu Ende war, entließ mich Tom aus seinen Armen.

»Danke für den Tanz.«

Ich machte gespielt einen Knicks. »Gern geschehen.«

»Irgendwie werde ich das Gefühl nicht los, dass du mich nicht ernst nimmst«, brummte er.

»Dein Gefühl trügt nicht, was aber nicht bedeutet, dass ich dich nicht mag«, versicherte ich ihm. Ich mochte Tom – als Freund. Mehr nicht. Dafür war er mir zu glatt und zu sehr von sich überzeugt.

»Immerhin.«

Wir gingen zurück zum Tresen.

»Na, so schlimm war es doch gar nicht«, empfing uns Brandon. Sein Gesicht war gerötet, seine Augen strahlten. »Möchtet ihr noch etwas trinken?« Er deutete auf unsere leeren Gläser.

Ich schüttelte den Kopf. »Nein danke. Ich glaube, mir reicht's für heute.«

»Brandon!« Poppy Williams kam mit ausgebreiteten Armen auf uns zugestürmt. »Baby!«

Ich zog die Augenbraue hoch. Poppy war so etwas wie eine Naturgewalt mit ihrer üppigen Figur und den wallenden Kleidern.

»Poppy!« Brandon sah aus, als hätte jemand eine Glühbirne in seinem Gesicht angeknipst.

»Live und in Farbe.« Sie drückte dem verdatterten Brandon einen Kuss auf den Mund. »Meine Mum hat mir erzählt, dass du zurück bist, und jetzt sitzt du hier.«

»Wer ist die Frau?«, flüsterte Tom mir ins Ohr.

»Das ist Poppy Williams, oder wie wir sie immer genannt haben: das Orakel!« Ich warf ihm einen vielsagenden Blick zu. »Sie hat einen Esoterikladen im Dorf, wo sie Touristen alles vom Edelstein bis zum veganen Toilettenpapier verkauft.«

»Aha. Wie es aussieht, hat sie ein Auge auf meinen Freund Brandon geworfen.«

»Poppy praktiziert die freie Liebe«, erwiderte ich kichernd.

Tom tat entsetzt. »Doch nicht hier!«

Ich lachte. »Das ist das Zeichen zum Gehen.«

Ich schnappte mir meine Tasche.

»Wenn du nichts dagegen hast, begleite ich dich.«

»Von mir aus.«

Ich gab Brandon ein Zeichen. »Bis bald.«

»Du gehst schon? Aber jetzt geht es doch erst richtig los.« Brandon machte eine Kopfbewegung in Poppys Richtung.

»Man soll gehen, wenn es am schönsten ist«, entgegnete ich lachend. »Außerdem habe ich Dog schon viel zu lange alleine gelassen.«

Seit Parkers Tod wurde der Retriever unruhig, wenn ich zu lange wegblieb. Wahrscheinlich hatte er Angst, ich könnte das gleiche Schicksal erleiden wie sein Herrchen.

»Bist du mit dem Auto da?«, fragte Tom.

»Nein, ich bin zu Fuß gekommen. Es ist auch nicht nötig, dass du mitgehst«, versicherte ich ihm. »Ich wohne nicht allzu weit von hier.«

»Da, wo ich herkomme, bringen wir die Frauen nach Hause.«

»Also gut.« Ich zuckte mit den Achseln. »Dann will ich mal nicht deine gute Erziehung torpedieren.« Mich beschlich der Verdacht, dass Tom mehr als nur ein Gentleman sein wollte. Ich würde auf der Hut sein. »Tschüss, Brandon.« Ich gab ihm einen freundschaftlichen Kuss.

»Bye, Molly.« Brandons Blick fiel auf Tom, der sich seine Jacke angezogen hatte.»Du auch?«

»Ich kann die Lady doch unmöglich alleine nach Hause gehen lassen, wenn du sie schon nicht heimbringst.« Tom reichte mir die Hand.

»Aber was ist mit mir?«, fragte Brandon.

»Ich denke, du findest alleine nach Hause«, witzelte Tom.»Du bist schließlich ein großer Junge. Außerdem könnte ich mir vorstellen, dass Poppy dich gerne begleitet.«

»Ihr könnt mich nicht alleine lassen«, sagte Brandon entrüstet. Poppy hatte sich hinter ihm aufgebaut und massierte ihm den Nacken.

»Wir lassen dich in guten Händen zurück«, rief ich fröhlich.»Und denk daran: Immer hübsch sauber bleiben.«

»Danke für den guten Rat.« Brandon grinste schief.»Bis morgen, Tom.«

»Gern geschehen.« Ich winkte ihm ein letztes Mal zu.»Und danke für den netten Abend.«

Erhitzt vom Tanzen trat ich nach draußen. Tom folgte mir dicht. Zum Glück hatte es aufgehört zu regnen. Noch immer war der Himmel von einer dichten Wolkendecke überzogen. Im Hintergrund war das Tosen der Wellen zu hören. Ich nahm einen tiefen Atemzug nach der stickigen Luft in der Bar. Sofort füllte die klare Luft meine Lungen und versorgte mich mit neuer Energie.

»Das tut gut«, murmelte ich.

»Ganz schön kalt geworden«, meinte Tom. Er hatte den Kragen seiner Jacke hochgeschlagen. Bei jedem seiner Worte bildete sich eine kleine weiße Wolke vor dem Mund.

»Ja. Ich könnte mir vorstellen, dass wir heute das erste Mal Frost haben.« Ich setzte mich langsam in Bewegung.

»Wie ist es denn hier im Winter?«

»Ziemlich ungemütlich. Ein Sturm jagt den nächsten, und die Temperaturen sinken unter den Gefrierpunkt.«

»Klingt irgendwie wild romantisch.« Tom warf mir einen Seitenblick zu.

»Ist es auch«, bestätigte ich.»Ich liebe es, wenn die Dünen mit einer Eisschicht überzogen sind, als hätte sie jemand über Nacht mit Zuckerguß glasiert.«

Tom schmunzelte.»Da kam gerade die Schriftstellerin in dir durch.«

»Ich schätze, ich kann meinen Beruf nicht verleugnen.«

»Wo ich herkomme, ist es eigentlich immer warm.«

»Und wo wäre das?«

»Kalifornien. Mein Elternhaus steht in Napa Valley. Genauer gesagt in Oakville.«

»Oakville. Wohnen da nicht hauptsächlich Winzer?«

Tom lachte.»Stimmt. Meine Eltern besitzen ein kleines Weingut. Wir sind bekannt für unseren Champagner.«

»Ein Weingut.« Ich pfiff anerkennend.»Nicht schlecht.« Das erklärte zumindest die teuren Klamotten und das Segelboot.

»Ich weiß, was du jetzt denkst«, holte Tom mich aus meinen Gedanken.

»Und das wäre?«

»Dass ich ein reicher Pinkel bin, der nur zum Vergnügen durch die Meere schippert.« Sein Blick ruhte auf mir. Eine Falte hatte sich zwischen seinen Augenbrauen gebildet.

»Ungefähr so«, gab ich schmunzelnd zu.

»Ich habe Schiffsbau studiert. Das Boot habe ich selbst entworfen und gebaut. Damit bin ich offiziell das schwarze Schaf der Familie.«

Mit einem Mal schämte ich mich dafür, dass ich ihn in eine Schublade gepackt hatte. Ich sah zu ihm hoch.»Entschuldige. Das war blöd von mir.«

»Kein Thema. Das bin ich gewohnt. Deshalb erzähle ich nicht oft von meiner Familie, weil die Leute sofort falsche Schlüsse ziehen.«

»Hmm. Und wie lange bleibst du hier?«

»Vielleicht für immer.«

Ich blieb abrupt stehen.»Du verarschst mich jetzt!«

»Keineswegs. Ich überlege, mich in Kitty Hawk niederzulassen. Brandon und ich denken über ein gemeinsames Business nach. Aber das sind noch ungelegte Eier.« Der Mond brach durch die Wolken und überschüttete Tom mit seinem silbernen Licht.»Ich weiß, das klingt ungewöhnlich, aber mir gefällt Kitty Hawk bisher ausgesprochen gut.« Sein Blick bohrte sich in mein Gesicht.

»Dann geht es dir wie mir. Wobei ich bisher kaum etwas anderes von der Welt gesehen habe.« Bedauern schwang in meiner Stimme mit.

»Das kann sich noch ändern«, sagte er überzeugt. »Wobei nichts dabei ist, sich an einem Ort wie Kitty Hawk niederzulassen. Es liegt am Meer und ist ein beliebter Treffpunkt für Segelbegeisterte aus der ganzen Welt. Als Brandon mir erzählt hat, dass er hierher zurückgeht und einen Geschäftspartner für seine Pläne sucht, war ich sofort dabei.«

»Und was sind das für Pläne?«, hakte ich noch mal nach.

Tom zögerte einen Moment. »Noch ist nichts spruchreif, aber wir haben Kontakt zu einem gewissen James Barns aufgenommen. Sein Sohn ist tödlich verunglückt, und er möchte seinen Bootsverleih verkaufen.«

Ich schnappte nach Luft. Mit einem Schlag war ich wieder nüchtern. Brandon und Tom wollten Parkers Bootsverleih kaufen. Das war zu viel. Die Leichtigkeit der letzten Stunden war verschwunden.

»Molly?«

Ein Windstoß wirbelte meine Haare durcheinander, und eine Strähne fiel mir ins Gesicht. Ehe ich es verhindern konnte, schnellte Toms Hand nach vorne. Vorsichtig, als hätte er Angst, ich könnte bei seiner Berührung zerfallen wie ein Vampir, schob er die Strähne beiseite.

»Viel Glück dabei«, murmelte ich benommen. Ich starrte angestrengt auf meine Füße. Die Neuigkeit hatte mich unvermittelt getroffen. Damit hatte ich wirklich nicht gerechnet.

»Ist irgendwas?« Toms Augen suchten die meinen.

»Parker Barns war mein Verlobter.«

»Merde – Scheiße!«, fluchte er leise. »Das tut mir leid.«

Ich blickte ins Leere. »Das konntest du nicht wissen.«

Ich würde ein Hühnchen mit Brandon rupfen, wenn ich ihn traf. So viel war sicher. Schließlich hatte er mir nichts von seinen Plänen erzählt.

»Wenn ich gewusst hätte, dass du …« Tom stockte. »… Ich hätte nicht davon angefangen.«

»Hey, mach dir darüber keine Gedanken. Kitty Hawk ist ein Dorf. Du hättest es sowieso erfahren. Daran solltest du dich lieber gewöhnen. Hier weiß jeder über jeden alles.«

»Und wäre es okay, wenn wir …?« Er sah mir ins Gesicht.

Ich ließ die Neuigkeit einen Moment sacken. Was waren die Optionen? Wenn es Tom und Brandon nicht taten, dann ein anderer. Es war nicht fair von mir, ihnen dafür Vorwürfe zu machen. Ich blickte Tom fest in die Augen. »Das Leben geht weiter. Besser, du und Brandon kauft Parkers Business als irgendein Fremder.«

Tom nickte. »Schön, dass du es so siehst.«

»Wenn ich dir einen Rat geben darf...« Ich spielte gedankenverloren mit einer Haarsträhne.

»Ja?«

»Kauf den Verleih nur, wenn er dir wirklich etwas bedeutet. James' Herz ist gebrochen, aber es würde seinen Lebenswillen brechen, wenn er mitansehen müsste, wie sein Lebenswerk kaputt gemacht wird.«

»Ich verspreche dir, ich werde nichts dergleichen tun. Brandon und ich wollen die Vermietung weiterführen. Kitty Hawk wächst stetig, und somit die Zahl der Touristen. Wenn du Lust hast, erzähle ich dir mal in Ruhe von unseren Plänen. Vielleicht hast du ja noch eine gute Idee. Schließlich warst du lange mit Parker zusammen und kennst dich aus. Aber zuerst müssen wir mit James reden.«

Ich nickte. »Das klingt gut.«

Brandon war ein Mann mit Herz und Verstand, und auch Tom schien ein guter Kerl zu sein. Parker wäre glücklich, wenn er wüsste, dass die beiden seinen Traum weiterleben würden.

9

Jaxon

»Na, das hat doch gut geklappt. Auf mich kannst du dich eben verlassen.« Liam zwinkerte mir zu. Suzie, die keinen Meter entfernt stand, sah interessiert zu uns rüber.

Ich drehte meinen Kopf zur Seite, damit sie mich nicht hören konnte. »Kann man so sagen.« Ich klopfte Liam auf die Schulter. »Danke für deine Hilfe, Kumpel.«

»Immer gerne. Ist ,ne scharfe Braut, die Kleine.« Er zwinkerte. »Die würde ich auch gerne mal flachlegen.«

»Halt die Klappe.« Ich nahm meinen Rucksack von den Schultern. Es gefiel mir nicht, dass er über Molly redete wie über eine billige Tussi, die man vögeln konnte, wann man wollte. »Die Kleine ist nicht so eine.«

»Aber ich dachte, deshalb wolltest du sie kennenlernen.« Liam sah aus, als hätte er eine persönliche Niederlage erlitten.

»Nein. Ich wollte einfach wissen, wie sie aussieht, nachdem du so von ihr geschwärmt hast.« Je weniger er wusste, desto besser.

»Ach so.« Er klang enttäuscht. »Und, hat sie dir gefallen?«

»Sieht ganz passabel aus. Ist aber nicht mein Typ.« Mit diesen Worten verschwand ich nach hinten in die Werkstatt. Liam sollte keinen Verdacht schöpfen, dass mein Interesse an Molly weit größer war, als ich vorgab.

Es war noch früh. In wenigen Minuten würde der Laden seine Türen für die Kunden öffnen. Die beiden Kollegen von der Hi-Fi-Abteilung standen am Kaffeeautomaten und unterhielten sich mit Suzie. Als sie mich sahen, hoben sie nur kurz die Köpfe und widmeten sich dann wieder ihrem Gespräch. Normalerweise beachtete Suzie die beiden kaum. Etwas verwundert darüber ließ ich mich auf meinen Stuhl fallen. Ein Riesenstapel Aufträge türmte sich vor mir. Der Computer summte leise, als ich ihn hochfuhr. Im Hintergrund hörte ich Suzie lachen. Zumindest hatte jemand gute Laune. Konzentriert machte ich mich an die Arbeit.

»Sag mal, spinnst du?«, riss mich Suzies Stimme hoch. Sie hatte sich vor meinem Schreibtisch aufgebaut, die Hände in die Hüften gestemmt.

»Ich weiß nicht, was du meinst«, gab ich zurück.

»Jaxon, ich habe gesehen, wie du der Kundin mit dem Auto geholfen hast. Kann es sein, dass du mir etwas verschweigst?«

»Keine Ahnung, wovon du sprichst.«

»Molly Wilson! Die Frau, deren Laptop du repariert hast.«

»Pssst!« Ich sah mich unruhig um. Die beiden Muppets hatten von unserer kleinen Diskussion nichts mitbekommen, und so sollte es bleiben. Ich packte Suzie am Arm.

»Hey, was soll das?« Ihre Augen funkelten mich wütend an, und ich ließ sie los.

»Bitte komm kurz mit. Ich möchte mit dir reden, ohne dass es jeder gleich mitbekommt.« Ich machte eine unauffällige Kopfbewegung in Richtung der Muppets.

Sie nickte stumm. Ich stand auf und führte sie in die Cafeteria, wobei es sich hierbei eigentlich nur um einen schmucklosen Raum mit einem Tisch, vier Stühlen, einer Mikrowelle und einem uralten Kaffeeautomaten handelte.

»Kaffee?«

»Gerne«, brummte sie etwas versöhnlicher und hüpfte mit dem Hintern auf den Tisch.

Ich machte mich an der Maschine zu schaffen. Wie sollte ich Suzie erklären, was ich getan hatte, so dass sie mich verstand?

»Was ist nur in dich gefahren?«, durchbrach sie als Erste die Stille.

»Ich weiß auch nicht … Das hat sich so ergeben.«

Sie schüttelte missbilligend den Kopf. »So ergeben!«

»Herrgott nochmal.« Ich stellte einen vollen Becher vor ihr auf den Tisch. Kaffee schwappte über, und eine kleine braune Lache bildete sich auf dem Wachstischtuch. »Ich habe ihr Foto gesehen und war neugierig, mehr nicht. Ich wollte einfach wissen, was für ein Typ Frau Molly ist.«

»Dann hast du also in ihren Dokumenten geschnüffelt?« Suzies Augen zogen sich zu schmalen Schlitzen zusammen.

Ich leckte mir nervös über die Lippen. »Ich habe mir ihre Fotos angesehen und ein paar E-Mail gelesen, das ist alles«, startete ich einen schwachen Versuch, meine Handlung zu verharmlosen.

»Alles?!« Suzie spuckte mir das Wort förmlich entgegen. »Hörst du überhaupt, was du da sagst?« Ich schwieg. »Was du getan hast, ist hochkriminell. Das kann dich im besten Fall deinen Job kosten, im schlimmsten landest du im Gefängnis.«

»Nun mal nicht gleich den Teufel an die Wand.«

»Jax, das ist ein Verbrechen und verstößt gegen jede Regel.«

»Ich weiß«, sagte ich dumpf. Es hatte keinen Sinn, mit ihr zu streiten. Suzie kannte die Vorschriften besser als jeder andere – und vor allem kannte sie mich. Sie war meine einzige Vertraute in diesem Scheißladen, und ich wollte es mir nicht mit ihr vermasseln.

»Das muss aufhören. Diese ganze Sache muss aufhören.« Sie fuchtelte wild mit den Händen in der Luft. »Das ist Wahnsinn.«

»Wie hast du es herausgefunden?«, fragte ich.

»Ich habe die Abrechnungen gemacht. Molly Wilsons Abrechnung war für heute dabei. Dann habe ich dich mit Liam beobachtet. Die Fragen, die er dir gestellt hat, waren ziemlich eindeutig. Ich musste nur eins und eins zusammenzählen.«

»Ich schätze, ich hätte vorsichtiger sein müssen.«

»Nein.« Suzie sprang vom Tisch. »Du hättest den Laptop gar nicht erst mit nach Hause nehmen dürfen.« Sie stemmte die Hände in die Hüften. »Du weißt, dass ich dich mag. Aber das geht zu weit. Du musst mir versprechen, dass das aufhört. Hast du das kapiert?«

»Ich verspreche es. Ich werde keine Daten von Kunden anschauen, außer die Reparatur verlangt es.« Ich hob meine Finger in die Höhe. Das Versprechen war ehrlich gemeint. Ich hatte nicht vor, noch mal in einem Kundenlaptop zu schnüffeln. Das mit Molly war eine einmalige Sache gewesen, und das würde es auch bleiben.

Suzie zögerte einen winzigen Augenblick. »Gut. Ich mache mir echt Sorgen um dich.«

Ich ging einen Schritt auf sie zu. »Das brauchst du nicht. Ich kann auf mich selbst aufpassen.«

»Das mag sein, aber wir alle machen Fehler. Dann ist es gut, wenn man einen Freund an der Seite hat, der einen davon abhält, noch größere

Dummheiten zu machen.« Ihre Augen blickten mich forschend an. »Ich mag dich, Jax. Sogar sehr. Deshalb bin ich hier.«

»Ich weiß, und ich danke dir dafür.« Ich stieß mit meinem Becher gegen ihren. »Freunde?«

»Freunde.«

Erleichtert trank ich einen Schluck. Wenn ich meinen Plan, Molly zu helfen, umsetzen wollte, musste ich in Zukunft vorsichtiger sein.

10

Molly

Ich wurde am Morgen durch ein lautes Klopfen geweckt. Blinzelnd öffnete ich die Augen und stöhnte. Ein stechender Kopfschmerz machte sich hinter meinen Lidern bemerkbar. Die Strafe für meinen ungewohnten Alkoholkonsum am gestrigen Abend. Ich hatte die halbe Nacht wachgelegen und darüber nachgedacht, was Tom mir erzählt hatte. Eigentlich hätte mir klar sein müssen, dass James verkaufen würde, spätestens nach meinem Gespräch mit ihm. Aber zu hören, dass Parkers Erbe tatsächlich an jemand anderen übergehen würde, noch dazu an jemanden, den ich kannte, hatte mich emotional mehr mitgenommen, als ich gedacht hätte. All die Gespräche, die Parker und ich über sein Geschäft geführt hatten, waren mir durch den Kopf gegangen. Die Begeisterung, mit der er das Geschäft seines Vaters ausgebaut hatte. Nun würde ein Fremder seinen Traum fortführen.

Es klopfte erneut. Dog sprang bellend auf.

»Ich komme ja schon«, knurrte ich.

Ich kroch aus dem warmen Bett. Das Feuer im Kamin war erloschen, und es war kalt im Zimmer. Ich schnappte mir meinen Wollpullover und zog ihn über. Das Teil ging mir bis über die Hüfte und hüllte mich ein wie in eine Wolke.

Wieder klopfte es. Noch energischer als zuvor.

Ich lief auf nackten Füßen die Treppe hinunter, so schnell es in meinem verschlafenen Zustand möglich war. Durch das Glas in der Tür konnte ich eine schlanke Gestalt erkennen. Dog stand bellend neben mir.

»Ruhig«, wies ich ihn an. Sofort verstummte das Gebell. Mit wedelndem Schwanz beobachtete Dog, wie ich die Tür eine Handbreit öffnete. »Tom!«

Tom strahlte mich an. »Hallo, Molly.«

»Was machst du denn schon so früh hier?« Ich fuhr mir verlegen durch die Haare. Wahrscheinlich sah ich grauenvoll aus.

»Ich wollte einfach sehen, wie es dir geht.« Sein Blick glitt über mich hinweg.

»Gut. Warum?« Dog drängelte sich an mir vorbei und blieb begeistert mit dem Schwanz wedelnd vor Tom stehen.

»Brandon hat mir heute Morgen die ganze Story erzählt. Ich wollte dir einfach noch mal sagen, wie leid es mir tut.« Er wirkte sichtlich zerknirscht.

»Mach dir deshalb bitte keine Sorgen Du kannst nichts dafür. Ich war einfach völlig überrascht. Außerdem ist es nicht meine Entscheidung, sondern die von James.«

Tom nickte. Sein Blick ruhte forschend auf mir. Wahrscheinlich versuchte er herauszufinden, ob ich es wirklich so meinte. Ein Windhauch fuhr durch den Flur. Ich schauderte.

»Möchtest du reinkommen? Ich wollte mir sowieso gerade einen Kaffee machen«, fragte ich.

»Sehr gerne. Kaffee klingt fantastisch. Brandon ist nicht gerade ein Hausmann, und das Zeug, das er mir heute Morgen als Kaffee vorgesetzt hat«, er verzog das Gesicht, »– grauenvoll!«

Ich lachte. »Das muss ja schlimm gewesen sein.«

»Noch viel, viel schlimmer!« Sein Lächeln ließ ihn aussehen wie einen kleinen Jungen.

Ich machte einen Schritt zur Seite, sodass er eintreten konnte. Tom bückte sich und zog seine Schuhe aus. Fast hätte ich laut losgelacht beim Anblick seiner rot-blauen Socken, auf die Rentiere gestickt waren.

»Ein Geschenk meiner kleinen Schwester.« Er grinste schief. »Ich habe heute Morgen auf die Schnelle nichts anderes gefunden.«

»Stehen dir gut!«

Er wackelte mit den Zehen. »Finde ich auch.«

»Dann passt du wenigstens zu mir. Ich habe weder geduscht noch Zähne geputzt«, sagte ich entschuldigend.

»Wäre mir nicht aufgefallen.« Er grinste schief. »Wenn man mal von der Schlafanzughose absieht.«

Ich musste unwillkürlich lachen. Wir gingen in die Küche, dabei beäugte Tom interessiert den Flur, sagte jedoch kein Wort.

»Nimm doch Platz.« Ich deutete auf die Sitzecke in der Mitte des Raumes. Ich machte mich an der Kaffeemaschine zu schaffen. »Willst du Milch?«

»Nein, ich trinke den Kaffee schwarz.« Aus dem Augenwinkel sah ich, wie er die Küche begutachtete. »Schön hast du es hier«, lautete sein abschließendes Urteil.

»Ja. Die Einrichtung ist ein bisschen altmodisch, aber gemütlich.« Ich reichte ihm den vollen Becher.

»Gehört das Haus dir?«

»Es gehörte meiner Großmutter.« Ich lehnte mich gegen die Küchenzeile. »Sie hat es mir und meiner Schwester vererbt.«

»Dann lebst du mit deiner Schwester hier?«

»Ja, normalerweise schon. Im Moment bin ich allerdings alleine. Lexie arbeitet an einem Projekt in Malawi.«

»Das hat Brandon mir erzählt.«

Ich grinste. »Was hat Brandon dir denn noch alles erzählt?«

»So einiges, vor allem von eurer Zeit am College.«

»Auweia.« Ich verzog das Gesicht. »Ich hoffe, nicht nur Schlechtes.«

»Ehrlich gesagt hat er ziemlich von euch beiden geschwärmt.«

»Brandon war schon immer ein Gentleman«, antwortete ich.

Toms Blick glitt durch die Küche zu Dog. »Aber wie ich sehe, bist du nicht ganz alleine.«

»Das stimmt. Dog ist der einzige Mann in meinem Leben.«

»Muss schwer für dich sein, hier zu leben, wo dich alles an Parker erinnert.«

»Am Anfang war es nicht leicht, aber mittlerweile habe ich mich daran gewöhnt. Parker wird immer ein Teil meines Lebens bleiben, ob ich nun hier wohne oder nicht.«

»Mhm. Ich habe das Glück, dass noch niemand gestorben ist, der mir nahesteht. Meine Großmutter erfreut sich mit ihren neunzig Jahren immer noch ihres Lebens, was auch am Rotwein liegen könnte, von dem sie jeden Tag mindestens ein Glas trinkt.« Mit erstaunlicher Leichtigkeit hatte Tom das Gespräch auf ein weniger unverfängliches Thema gelenkt. Obwohl wir gerade über Parker gesprochen hatten, musste ich schmunzeln. »Meine *Grand-maman* behauptet immer, dass der Rotwein ihr Lebenselixier wäre. Bisher scheint sie damit recht zu haben.«

»Das muss ich mir merken.« Ich lachte. »Wohnst du auf dem Schiff?«

»Nein. Auf dem Boot wird es langsam ungemütlich und kalt. Ich bin vorübergehend bei Brandon eingezogen, bis ich etwas Passendes finde.«

»Du meinst es wirklich ernst mit deinem Umzug nach Kitty Hawk.« Ich musterte ihn aufmerksam.

»Absolut. Ich habe lange genug auf die Gelegenheit gewartet, etwas zu machen, was mir gefällt.«

»Du hast gesagt, dass du Schiffsbau studiert hast«, erinnerte ich mich. »Ziemlich ungewöhnlich für jemanden, der in den Weinbergen von Kalifornien aufgewachsen ist.«

»Ich weiß auch nicht, warum, aber ich hatte schon immer eine Verbindung zum Meer. Schon als kleiner Junge habe ich davon geträumt, ein eigenes Boot zu besitzen.« Er lehnte sich lässig im Stuhl zurück. »Bis dahin war es allerdings ein weiter Weg. Meine Eltern hatten ganz andere Pläne für mich … Aber ich will dich nicht mit meiner Geschichte langweilen.«

»Das tust du keineswegs. Ich finde es spannend«, versicherte ich ihm.

»Das kann aber länger dauern«, erwiderte er ernst.

Ich lächelte ihm zu. »Ich habe Zeit.«

»Also gut. Du hast es nicht anders gewollt!«

»Das klingt fast wie eine Drohung«, witzelte ich.

Seine Mundwinkel zuckten. »Ist es auch.«

»Ich stelle mich der Herausforderung.« Ich warf ihm einen provozierenden Blick zu.

Tom holte tief Luft. »Ziemlich lange her, dass ich einer Frau alles über mich erzählt habe.« Er zwinkerte mir zu. »Eigentlich heiße ich Thomas Morel.« Er zog das ‚l‘ am Ende seines Nachnamens in die Länge und verschluckte das ‚s‘ von Thomas.

Ich kicherte. »Klingt irgendwie sexy.«

»Willst du etwa sagen, dass sich Tom nicht so gut anhört?«, empörte er sich gespielt. Dabei legte er einen starken französischen Akzent in seine Aussprache. Ich prustete laut los, und wir lachten beide. »Wenn das so gut ist, dann rede ich nur noch so!«

»Nein, bitte nicht, dann kann ich mich nicht mehr konzentrieren. Und außerdem klingt es, wenn ich ehrlich bin, ein wenig schwul. Nichts gegen Schwule.«

»Diesen Eindruck wollte ich allerdings nicht bei dir erwecken«, sagte Tom. Der französische Akzent war fast verschwunden. Nur bei genauem Hinhören konnte man ihn noch wahrnehmen.

»Warum sind deine Eltern nach Kalifornien ausgewandert? Das ist doch eher ungewöhnlich.«

»Das stimmt. Mein Vater war der zweite Sohn französischer Weinbauern. Als mein Großvater starb, hat Dads älterer Bruder das Weingut geerbt. Meinem Vater blieb praktisch nichts. Er hat weiter für seinen Bruder gearbeitet. In dieser Zeit hat er meine Mutter kennengelernt ...«

Während Tom erzählte, nutzte ich die Gelegenheit, ihn genauer unter die Lupe zu nehmen. Er hatte lange Finger wie ein Pianist, die er beim Sprechen die ganze Zeit bewegte. Die Nase war etwas zu groß. Sein Mund war fein geschwungen. Die grünen Augen stachen hinter den dunklen Wimpern hervor. Die lockigen braunen Haare umrandeten das markante Gesicht. Alles in allem war er ein gutaussehender Mann. Noch dazu hatte er Humor. Ich musste paarmal laut lachen, als er mir Anekdoten aus seiner Familie erzählte. Wie es sich anhörte, hatte er ein liebevolles Verhältnis zu seinen Eltern und seiner Schwester, auch wenn er sich selbst als das schwarze Schaf der Familie bezeichnete.

Tom hatte eine unterhaltsame Art, Geschichten zu erzählen, und die Zeit verging wie im Flug. Ich hatte bereits meinen zweiten Becher Kaffee getrunken. Ich war erstaunt, wie offen er mir die großen und kleinen Geheimnisse seiner Familie anvertraute. Er schien mir gegenüber keinerlei Scheu zu haben.

»Ich weiß, dass meine Eltern enttäuscht sind, dass ich nicht das Geschäft übernehme, aber Wein ist nun mal nicht mein Ding«, beendete er seine Erzählungen. »Ich habe sogar zwei Semester Betriebswirtschaft und Weinbau studiert, bevor ich zu Schiffsbau wechselte. Ich musste ziemlich schnell feststellen, dass ich nicht als Winzer tauge. Ich trinke lieber guten Wein, statt ihn anzubauen.«

»Und deine Schwester will in die Fußtapfen eurer Eltern treten?«

»Ja. Muriel hat dieses Jahr angefangen, einen Teil der Geschäfte meines Vaters zu übernehmen.« Er sah nachdenklich in den Kamin.

»Allerdings besitze ich ein Drittel der Anteile und unterstütze sie bei wirtschaftlichen Fragen.«

»Du bist ganz schön mutig, dass du das Luxusleben hinter dir lässt und hier in Kitty Hawk ein neues Leben anfängst.«

»Wer sagt, dass ich mein Luxusleben hinter mir lasse?«, erwiderte Tom grinsend.

»Nicht?«, fragte ich ein wenig irritiert. »Ich dachte nur, weil ...«

»Ich bin kein Kind von Traurigkeit. Es gibt Annehmlichkeiten in meinem Leben, auf die ich nicht verzichten möchte.«

»Und die wären?«

»Ich habe eine Schwäche für schnelle Autos und attraktive Frauen.«

»Wie schön für dich«, erwiderte ich mit sarkastischem Unterton.

»Ich bin einfach nur ehrlich. Es ist keine Schande, reich zu sein.«

»Nein, ist es nicht. Leider werde ich wohl nie in das Vergnügen kommen.« Ich dachte an die vielen Reparaturen, die fällig waren und mein mageres Einkommen auffraßen.

»So habe ich dich gar nicht eingeschätzt«, sagte Tom mit fast vorwurfsvollem Ton.

Ich hob die Augenbraue. »Wie meinst du das?«

»Na ja, du scheinst mir eher eine Frau zu sein, die ihr Schicksal selbst in die Hand nimmt, und nicht jemand, der darauf wartet, dass ein Wunder geschieht.«

Ich schluckte. Seine Worte hatten einen wunden Punkt getroffen. Tatsächlich hatte ich seit Parkers Tod aufgehört, für meine Träume zu kämpfen. Es war mir sinnlos vorgekommen. Ich spielte gedankenverloren mit der Tasse in meiner Hand.

»Hättest du Lust, mit mir zu frühstücken? Ich lade dich ein«, sagte Tom mit einladend weicher Stimme.

»Frühstück? Jetzt?« Ich schüttelte überrascht über den plötzlichen Themenwechsel den Kopf.

»Warum nicht? In Frankreich frühstückt man immer erst zur Mittagszeit.« Seine grünen Augen sahen mich bittend an.

Ich stellte die Tasse auf den Tisch. »Ich weiß nicht ...«

»Wovor hast du Angst?«

»Angst? Nein. Aber so kann ich nicht auf die Außenwelt los.« Ich zupfte an meiner Pyjamahose mit den Herzen darauf.

»Kein Problem. Du machst dich in Ruhe fertig, und ich warte hier auf dich.« Sein Tonfall ließ keine Widerrede zu. »Nachdem ich dich den ganzen Morgen vollgequatscht habe, ist das sowieso das Mindeste, was ich tun kann. Das ist der Franzose in mir. Wir hören uns gerne selbst reden und vergessen völlig, dass die anderen auch mal etwas sagen möchten.« Ich lachte. Frühstück bei Cathy klang äußerst verlockend, zumal ich kaum etwas im Haus hatte. Außerdem genoss ich die Leichtigkeit der Unterhaltung mit Tom. »Gib deinem Herz einen Ruck. Ich verspreche auch, ich bin ganz lieb.« Er klapperte mit den Augendeckeln.

»Okay, okay, okay.« Ich hob die Hände in die Luft. »Gib mir eine Viertelstunde.«

»Perfekt. Und du brauchst dich nicht zu beeilen. Ich wollte ohnehin noch ein paar Telefongespräche führen.« Er zückte sein Handy.

»Bis gleich.« Gutgelaunt eilte ich nach oben.

11

Jaxon

Ich verstaute das Shirt in meiner Tasche. Ein letztes Mal ließ ich meinen Blick durch das Zimmer gleiten, um sicherzustellen, dass ich nichts vergessen hatte. Dann zog ich den Reißverschluss zu und warf mir die Tasche über die Schultern.

Mein Boss hatte nicht schlecht gestaunt, als ich heute Morgen in seinem Büro aufgetaucht war und ihn um Urlaub gebeten hatte. Als Begründung hatte ich eine dringende Familienangelegenheit vorgeschoben. Niemand brauchte zu wissen, was der wirkliche Grund meiner Reise war. Auch Suzie hatte verwundert reagiert, jedoch nichts gesagt. Ich hatte ihr ebenfalls die Lüge von einer dringenden Familienangelegenheit aufgetischt. Nach unserem letzten Gespräch wollte ich sie nicht tiefer in die Sache hineinziehen.

Ich zog die Tür hinter mir zu. Zum Glück hatte sich der Sturm verzogen, und bis auf wenige Wolken war der Himmel klar. Die Luft war deutlich kühler, und ich war froh, dass ich meine dicke Jacke angezogen hatte.

Ich hatte mir vorgenommen, auf dem Weg nach Kitty Hawk bei meiner Mum vorbeizuschauen. Ich hatte sie seit einer gefühlten Ewigkeit nicht mehr gesehen. Bei dem Gedanken an sie zog sich mein Magen zusammen, als hätte ich in eine saure Zitrone gebissen. Das letzte Mal, als ich sie besucht hatte, stand es nicht gut um sie. Ich ging davon aus, dass sich ihr Zustand nicht gebessert hatte.

Mit einem flauen Gefühl verstaute ich mein Gepäck auf der Harley. Es war erstaunlich, dass mein ganzes Leben in eine lächerliche Tasche passte. Die Wohnung war möbliert gewesen, als ich eingezogen war. Bis auf meine Klamotten und meinen Laptop hatte ich nicht viel. Ich wollte frei sein, und Besitz bedeutete, sich zu binden. Mit einem satten Klang sprang der Motor der Harley an. Ich setzte den Helm auf und fuhr langsam vom Parkplatz. Ich verspürte eine leichte Vorfreude bei dem Gedanken, Molly wiederzusehen. Aber zuerst würde ich meine Vergangenheit besuchen.

***

»Guten Tag, Mr Davis«, empfing mich die ältere Frau bei der Anmeldung. »Ihre Mutter ist im Aufenthaltsraum.«

Ich nickte. Der Geruch nach Desinfektionsmittel und Essen verursachte mir Übelkeit. Langsam ging ich den schmalen Gang entlang. Der Linoleumboden quietschte bei jedem meiner Schritte. Eine junge Schwester kam mir entgegen. Für einen winzigen Moment verschwand ihr professionell gelangweilter Gesichtsausdruck und machte einem aufreizenden Lächeln Platz. Als wir auf gleicher Höhe waren, blieb sie stehen.

»Kann ich Ihnen behilflich sein?« Ihre Worte klangen wie eine Aufforderung zum Sex.

»Ich möchte zu meiner Mutter.« Ich stockte. »Emily Davis.«

Bei der Nennung von Mums Namen verschwand ihr Lächeln, stattdessen breitete sich Mitleid auf ihrem Gesicht aus. Eine Reaktion, die mir durchaus bekannt war.

»Mrs Davis ist im Aufenthaltsraum. Soll ich Sie dorthin begleiten oder kennen Sie sich aus?«

Ich wollte kein Mitleid. »Ich kenne den Weg.«

Mit langen Schritten eilte ich davon. Mein Herz klopfte bis zum Hals, als ich die Tür zum Aufenthaltsraum öffnete. Eine angenehme Wärme und der Duft nach frisch geschälten Orangen empfingen mich. Ich ließ den Blick durch den Raum schweifen. Mehrere ältere Menschen saßen um einen Tisch versammelt und spielten Scrabble. Eine andere Gruppe hatte es sich vor dem Kamin gemütlich gemacht und plauderte miteinander. Zwei Frauen mittleren Alters schwirrten dazwischen herum und beobachteten das Geschehen im Raum aufmerksam. Auf den ersten Blick würde niemand vermuten, dass jeder hier – abgesehen von den beiden Frauen – schwer krank war.

Ich hatte Mums zusammengesunkene Gestalt entdeckt. Eine der Schwestern stand neben ihrem Stuhl und unterhielt sich mit ihr. Es brach mir jedes Mal wieder das Herz, meine lebenslustige Mutter hier zu sehen. Ich holte tief Luft, dann ging ich zu ihr.

»Mr Davis«, begrüßte mich die Schwester.

Mum sah interessiert hoch. Ihre braunen Haare waren sorgfältig gebürstet, und sie trug eine blaue Bluse, die ihr gut stand. Ihr Gesicht war teilnahmslos. Kein Zeichen, dass sie mich erkannte.

»Wir haben heute keinen guten Tag«, warnte mich die Betreuerin. Ich nickte stumm. In meinem Hals hatte sich ein Kloß gebildet, den ich zu ignorieren versuchte.

»Hi, Mum.« Ich bückte mich, um ihr einen Kuss auf die Wange zu geben.

Sie sah mich mit großen Augen an. »Wer sind Sie?«

»Mum, ich bin es, Jaxon.« Ich nahm ihre Hand.

Sie schüttelte verständnislos den Kopf. »Jaxon?«

»Dein Sohn, Jaxon Miles Davis«, nannte ich meinen vollen Namen.

»Miles«, wiederholte Mum verträumt. »Was für ein schöner Name für einen attraktiven Mann wie Sie.« Sie zwinkerte mir zu.

Ich stöhnte innerlich. Mum flirtete tatsächlich mit mir.

»Mr Davis, kann ich Sie kurz sprechen?« Die Pflegerin stand auf. »Mrs Davis, wir sind gleich wieder bei Ihnen.«

»Schon gut«, erwiderte Mum. »Ich wollte sowieso gerade stricken.«

Erst jetzt entdeckte ich das Garn und die Nadeln auf ihrem Schoß. Ich hatte sie noch nie irgendwelche Handarbeiten ausführen sehen. Sie hatte früher sogar Probleme gehabt, mir einen Knopf anzunähen. Dass sie jetzt stricken sollte, war neu für mich.

»Ihrer Mutter geht es den Umständen entsprechend.« Offensichtlich hatte die Pflegerin meinen überraschten Blick aufgefangen. »Sie spricht gut auf die Medikamente an und schläft ruhiger. Außerdem hat sie angefangen, sich mit einigen der Patienten anzufreunden.« Wie auf Kommando hob Mum die Hand und grüßte einen der vorbeigehenden Männer. »Wenn Sie mich brauchen oder Fragen haben, ich bin in der Nähe.« Sie deutete auf den Tisch mit den Scrabble-Spielern.

»Alles klar.« Ich zwang mich zu einem Lächeln. Zumindest hatte sie keine schlechten Nachrichten gehabt, wie bei meinem letzten Besuch, bei dem Mum sich geweigert hatte zu essen. Ich ließ mich auf dem Stuhl nieder. »Mum, wie geht es dir?«

»Da sind Sie ja schon wieder«, flötete sie verzückt. »Schauen Sie mal, was ich gestrickt habe.« Sie hob einen Wollfetzen in die Höhe, der mehr Löcher als Maschen hatte. »Toll.« Immer noch fassungslos starrte ich auf das unförmige Gebilde in ihren Händen.

»Stricken Sie auch, junger Mann?«

Ich schluckte schwer. »Nein. Ich bin handwerklich nicht so gut.« Ich tätschelte ihre Hand. »Geht es dir gut?«

Mum sah mich mit befremdlichem Ausdruck an. »Kennen wir uns?«

»Ich bin es – Jaxon«, startete ich einen weiteren Versuch.

Mum stockte. Ihre Augen füllten sich mit Tränen. Ihre Hand fing an zu zittern. »Jaxon?«

»Ja. Ich bin es, dein Sohn. Jaxon. Erinnerst du dich?«

Sie schüttelte den Kopf. »Mein Sohn?«

»Ja, Mum. Ich bin gekommen, um dich zu besuchen.«

Eine Träne kullerte die faltige Wange herunter. Ich streckte die Hand aus und wischte sie vorsichtig weg. Blitzschnell griff Mum danach. »Jaxon.« Für einen Moment wurde ihr Blick klar. »Was machst du hier, mein Engelchen? Wo sind wir?« Sie klang, als ob sie mit einem kleinen Jungen reden würde. »Bist du schon wieder aus der Schule abgehauen?«

Ich stand auf und kniete mich vor sie auf den Boden. »Nein, Mum. Ich bin hier, weil ich dich sehen wollte.«

»Wie schön, mein Engel.« Sie streckte die Hand aus und strich mir behutsam die Haare aus dem Gesicht, so wie sie es früher immer getan hatte. Eine winzige Geste, die mich bis ins Mark berührte. »Hast du wieder etwas angestellt?«

»Nein, ich verspreche es dir«, versicherte ich.

Ein Lächeln zierte ihr Gesicht, und für einen Augenblick konnte ich wieder die hübsche, lebensbejahende Frau, die sie einmal gewesen war, hinter den Falten sehen. »Gut.« Sichtlich zufrieden sank sie zurück in ihren Stuhl. »Weißt du, mein Junge, du musst hart arbeiten, damit es dir einmal besser geht als mir.«

»Mum, mach dir keine Sorgen, es geht mir gut. Ich habe einen Job.«

»Ach, Dummerchen.« Sie lächelte milde. »Du kannst nicht für immer Zeitungen austragen.«

Während meiner Zeit an der High School hatte ich durch Gelegenheitsjobs etwas Geld zur Familienkasse beigesteuert. Ich hatte die Autos der Nachbarn gewaschen, war für die alte Mrs Stevens einkaufen gegangen und hatte Zeitungen ausgetragen, in der Hoffnung, Mum zu entlasten. »Nein, ich habe einen richtigen Job. Einen, bei dem ich gutes Geld verdiene«, wiederholte ich. »Deinen Aufenthalt hier bezahle ich.«

Bei der Diagnose, dass Mum unter fortschreitendem Alzheimer litt, hatte es mich umgehauen. Mum hatte damals in einem Supermarkt an der Kasse gearbeitet und war entlassen worden, weil sie ein paarmal ausversehen die Kasse offengelassen hatte, um einen Kaffee trinken zu gehen. Sie hatte mich schluchzend angerufen und wirres Zeug geredet. Ich befand mich damals auf einem Roadtrip quer durchs Land und dachte mir zunächst nichts dabei. Als sich die Anrufe jedoch häuften und sie eines Abends fast die Wohnung in Brand setzte, weil sie vergessen hatte, den Herd abzustellen, machte ich mich auf den Heimweg. Ich war erschüttert, als ich die Wohnung betrat. In der Küche standen überall verdorbene Lebensmittel herum. Ihre gesamte Wäsche war rot verfärbt, und an den Wänden klebten Zettel, um sie an Dinge zu erinnern. Als ich auf einem der Zettel meinen Namen entdeckte, wusste ich, dass es Zeit war, mit ihr zum Arzt zu gehen.

Meine schlimmste Befürchtung wurde wahr. Der Arzt erklärte mir mit emotionsloser Stimme, dass meine Mutter an einer schnell fortschreitenden Form von Alzheimer litt und eine ganztägige Betreuung brauchen würde, um sich und ihre Umwelt nicht zu gefährden. Bis zu diesem Moment hatte ich nie darüber nachgedacht, einen festen Job anzunehmen. Ich hatte von Gelegenheitsjobs gelebt, die am Rande der Legalität waren, aber gutes Geld brachten. Mir war klar, dass ich Mum unmöglich alleine pflegen konnte. Ich wollte das Beste für die Frau, die ihr ganzes Leben alles getan hatte, damit es mir gut ging. Also hatte ich mich auf die Anzeige der *Experten* beworben und den Job bekommen. Die Bezahlung war gut und reichte, um das Pflegeheim zu bezahlen, das ich gefunden hatte. *The Shadows* war eines der besten Heime und hatte sich auf Alzheimer-Patienten spezialisiert.

»Mein guter Junge.« Mum gab mir einen Kuss auf die Stirn. Dann lehnte sie sich zurück und sang das Kinderlied, das sie mir immer zum Einschlafen vorgesungen hatte.

Die feinen Härchen entlang meiner Arme stellten sich beim Klang ihrer brüchigen Stimme auf. Ich ließ meinen Kopf in ihren Schoß sinken und schloss die Augen. Für einen Augenblick gestattete ich mir, wieder ein kleiner Junge zu sein. Als das Lied zu Ende war, hatte ich Tränen in den Augen. Ich wischte mir mit dem Handrücken über das Gesicht, damit es niemand sah.

»So, mein Kleiner, und jetzt musst du artig ins Bett.« Sie sah mich liebevoll an.

Ich richtete mich auf und gab ihr einen Abschiedskuss. »Ich hab dich lieb, Mum.«

Ohne mich weiter zu beachten, wandte sie sich summend wieder ihrem Strickzeug zu. Auf ihrem Gesicht lag ein seliges Lächeln. Ich blieb, um den Moment in mich aufzusaugen. Ich wollte dieses Bild von ihr im Gedächtnis behalten. Zumindest bis zu meinem nächsten Besuch.

1 2

Molly

»Guten Morgen«, empfing uns Cathy fröhlich, als wir das Café betraten. Es duftete herrlich nach frischen Croissants und Kaffee. Dog, der neben mir an der Leine ging, wedelte erwartungsvoll mit dem Schwanz. »Hallo, Cathy.« Ich gab ihr einen freundschaftlichen Kuss auf die Wange. Dabei flüsterte ich ihr leise ins Ohr: »Wehe, du sagst ein Wort wegen Tom!«

»Niemals!« Sie schenkte mir einen verschwörerischen Blick. »Hallo, Tom! Schön, dich zu sehen.«

»Hi, Cathy.« Tom gab ihr erst auf die rechte, dann auf die linke Wange einen Kuss.

Eine zarte Röte überzog Cathys Gesicht, und sie zwinkerte mir zu. »Ich liebe diese französischen Bräuche.«

»Hallo, Molly«, rief eine bekannte Stimme vom Nachbartisch.

»Hi, Ellen«, grüßte ich zurück.

»Wie ich sehe, geschehen doch noch Zeichen und Wunder.« Sie sah mich freundlich an. »Schön, dich wieder unter den Lebenden zu wissen.« Ihr Blick fiel auf Tom.

»Ähm, das ist Thomas Morel«, stellte ich meine Begleitung vor.

»Tom«, verbesserte er mich.

»Sie sind Brandons Freund. Der Franzose!» Wie zu erwarten war, hatte sich Toms Anwesenheit bereits im Dorf herumgesprochen

Toms Mundwinkel zuckten. »Sie sind gut informiert.«

»Ach, wissen Sie, in einem Dorf wie Kitty Hawk bleibt nichts lange geheim. Ich liebe Frankreich. Nicht wahr, Schatz?« Sie gab ihrem Mann, der sich voll und ganz seiner Zeitung widmete, einen unsanften Stoß in die Seite.

»Natürlich, Mäuschen«, erwiderte er, ohne den Blick zu heben, was Ellen nicht zu stören schien.

»Wir haben unsere Flitterwochen in Paris verbracht. So schön! Die Stadt der Liebe. Woher genau kommen Sie?« Sie klimperte mit den Wimpern, was verführerisch wirken sollte, aber tatsächlich aussah, als hätte sie etwas im Auge.

»Ehrlich gesagt haben Ihre Informanten Sie nicht ganz richtig in Kenntnis gesetzt. Ich fühle mich zwar als Franzose, aber eigentlich bin ich Amerikaner. Meine Eltern sind Einwanderer.«

»Aber damit sind Sie quasi Franzose. Nicht wahr, Schatz?«

»Ja, Mäuschen«, antwortete ihr Mann sichtlich desinteressiert.

»Ja und nein. Ich bin amerikanischer Staatsbürger mit Frankreich im Herzen«, sagte Tom geduldig. Ich musste mir alle Mühe geben, nicht loszuprusten. Tom warf mir einen *Lass-die-arme-Irre-doch*-Blick zu.

Ellen seufzte theatralisch. »Das haben Sie aber schön gesagt!«

Cathy rief uns zu sich. Die Gute. Immer im richtigen Moment vor Ort.

»Ich wünsche Ihnen noch einen schönen Tag«, verabschiedete sich Tom höflich.

»Das wünschen wir Ihnen auch.« Ellen schenkte uns ein wissendes Lächeln. »Bye, Molly.«

»Der arme Mann«, flüsterte Tom, kaum dass wir außer Hörweite waren. »Ich würde durchdrehen mit einer Frau wie Ellen an meiner Seite.«

»Ach, eigentlich ist sie nicht verkehrt. Ich glaube nur, ihre Ehe ist nicht besonders glücklich, und das äußert sich in dieser gespielten guten Laune und der Fürsorglichkeit ihrem Mann gegenüber.«

Immer wenn ich sie traf, wurde Ellen nicht müde, mir zu erzählen, wie aufregend und schön ihr Eheleben war. Genau das machte mich misstrauisch. Wenn Menschen etwas besonders betonten, war meist das Gegenteil der Fall. Aus dem Augenwinkel sah ich, wie zwei bekannte Tratschweiber ihre Köpfe zusammensteckten und dabei zu mir und Tom herübersahen. Spätestens heute Mittag würde ganz Kitty Hawk wissen, dass ich mit ,dem Franzosen' frühstücken war. In einem Nest wie diesem blieb nichts geheim.

Wir nahmen an einem der Tische in der Nähe der Vitrine Platz. Tom nahm mir, ganz der Gentleman, meinen Mantel ab. Manieren hatte er auch. Das gefiel mir. Ich ließ mich in einen der rosa Plüschsessel sinken. Dog machte es sich unter dem Tisch gemütlich.

»Das nenne ich mal eine Aussicht!« Tom deutete auf die Vitrine, aber sein Blick haftete auf mir.

Flirtete er mit mir? »Ja, Cathy versteht ihr Handwerk.« Ich studierte die köstlich aussehenden Teilchen. »Ich kann mich gar nicht entscheiden, was ich nehmen soll.«

Cathy baute sich mit einem Block in der Hand neben uns auf. »Was darf ich euch bringen?«

»Alles!« Tom machte eine ausladende Bewegung zu den Gebäckstücken, die Cathy appetitlich auf einer Etagere angerichtet hatte.

»Alles?!«, riefen Cathy und ich wie aus einem Mund.

Tom grinste. »Ja. Du hast doch selbst gesagt, dass du dich nicht entscheiden kannst.«

»Aber das war doch nur ein Spruch«, wehrte ich ab.

»Egal. Bitte bring uns alles.« Ich öffnete den Mund zum Protest.

»Keine Widerrede!«, wehrte Tom mit einer gebieterischen Handbewegung ab. Dabei blitzte seine silberne Armbanduhr auf. Eine Rolex.

»Okay. Aber du bist schuld, wenn du mich aus dem Laden rollen musst.«

Cathy stand noch immer neben uns. »Kaffee?«

Tom sah mich fragend an.

»Ich nehme gerne den Herbststurm.« Beim Betreten hatte ich einen Blick auf die Tafel mit den Spezialitäten der Woche geworfen.

»Gute Wahl. Und du, Tom?«

»Das Gleiche. Dann wirbeln wir wenigstens zusammen.«

Ich mochte Tom und hatte das Gefühl, einen Freund gewonnen zu haben.

***

»Das war das leckerste und längste Frühstück meines Lebens!« Ich lachte und deutete auf meinen Bauch. »Ich werde nie wieder essen.«

»Das wäre schade«, sagte Tom. »Dann könnte ich dich ja nicht noch mal einladen.«

»Okay, vielleicht esse ich doch wieder, aber nicht so bald. Davon abgesehen bin ich das nächste Mal an der Reihe. Du hast schließlich dieses opulente Frühstück bezahlt«, protestierte ich.

»Kommt überhaupt nicht infrage. Da kommt der Franzose in mir durch. Wir würden uns niemals von einer Frau einladen lassen.«

»Ich bin Amerikanerin, und noch dazu eine selbstständige Frau. Ich bin es gewohnt, für mich selbst zu zahlen«, warf ich ein.

»Das mag ja sein, aber ich könnte dich auch bekochen. Das wäre dann quasi keine richtige Einladung, sondern –«

»Du kannst kochen?«, unterbrach ich ihn.

»*Mais oui* – aber ja. Mein Vater hat immer gesagt: ‚Wenn du eine Frau erobern möchtest, musst du sie bekochen.' Also habe ich schon früh damit angefangen.«

»Mit den Frauen oder mit dem Kochen?«, neckte ich ihn.

»Mit beidem.«

Ich konnte mir gut vorstellen, dass Tom kein Kind von Traurigkeit war. Er war ein äußerst attraktiver Mann, gebildet und noch dazu wohlhabend. Es gab bestimmt jede Menge Frauen, die ihn nicht von der Bettkante schubsen würden. Mein Typ war er allerdings nicht. Vielleicht war er zu glatt, zu perfekt. Er weckte auf jeden Fall keine Gefühle in mir, die über freundschaftliche Sympathie hinausgingen.

»Allerdings habe ich schon lange keine Frau mehr bekocht.« Sein Blick suchte meinen.

»Na, ihr beiden«, unterbrach Cathy unser Gespräch. »Kann ich euch noch etwas bringen?«

Ich schüttelte den Kopf. »Untersteh dich. Ich platze gleich.«

»Gut! Ein paar Kilo mehr auf deinen Rippen können nicht schaden.«

Tom fragte nach der Rechnung. Zum Glück hatte er seine Einladung vergessen. Ich hätte ihm nur ungern eine Abfuhr gegeben. »Ich habe noch ein Treffen mit James Barns«, sagte er entschuldigend. »Wir wollen den Kaufvertrag durchgehen, und wenn alles gut läuft, gibt es heute Abend etwas zu feiern.«

»Dann bist du wirklich entschlossen, den Bootsverleih zu kaufen?«

»Ja. Die Entscheidung steht. Brandon und ich sind uns einig.«

Ich legte meinen Kopf leicht schräg. »Was bedeutet das genau?«

»Wir möchten den Bootsverleih so weiterführen, wie er ist, und zusätzliche Reisepakete anbieten. Der Kunde kann bei uns nicht nur ein Boot chartern, sondern die Crew gleich mit dazu. Zusätzlich gibt es ausgearbeitete Reiserouten.«

»Das klingt wirklich gut«, sagte ich nach kurzer Überlegung. Parker wäre begeistert von der Idee. Er hatte selbst mal darüber nachgedacht, aber letztendlich hatten uns die finanziellen Mittel zur Umsetzung gefehlt. Nun würde es also ein anderer tun. Ein schönes Gefühl, dass Parkers Erbe weitergeführt werden würde. Ich lächelte Tom an. »Ich drücke euch die Daumen.«

»Danke. Es bedeutet Brandon und mir viel, dass du damit einverstanden bist.« Er legte seine Hand auf meine. »Mir ganz besonders.«

»Das freut mich.« Ich zog meine Hand zurück. »Dann sollten wir mal gehen. Ich will schließlich nicht, dass du einen so wichtigen Termin verpasst.«

13

Jaxon

Seit ich vom Highway abgefahren war, hatte sich die Landschaft verändert. Flach geschwungene Dünen verliefen parallel zur Küste. Das Meer war aufgewühlt vom Sturm der letzten Tage, und die Wellen brachen tosend am Strand. Über allem strahlte die Sonne. Der Geschmack von Algen und Meer legte sich auf meine Zunge.

Eine frische Brise wehte mir ins Gesicht und vertrieb die negativen Gedanken, die mich seit dem Besuch bei meiner Mutter quälten. Das abschließende Gespräch mit ihrer Ärztin hatte jegliche Hoffnung auf eine Besserung zunichtegemacht. Es würde nicht mehr lange dauern und Mum würde sich in eine teilnahmslose Hülle verwandeln, die weder mich noch andere wiedererkannte. Ich schluckte den Kloß herunter, der sich in meinem Hals gebildet hatte. Das Leben war nicht fair. Mum hatte immer hart gearbeitet. Sie hatte sich für mich geopfert, und womit war sie belohnt worden? Alzheimer.

Nein, das Leben war wirklich nicht fair. Das hatte ich schon als kleiner Junge kapiert. Wenn man etwas erreichen wollte, musste man dafür kämpfen und nicht hoffen, dass einem das Leben irgendetwas schenkte.

Die Küstenstraße machte eine leichte Biegung. Ich gab Gas und verlagerte mein Gewicht, sodass ich die Kurve perfekt nehmen konnte. Ich liebte das Gefühl der Freiheit, das mich immer überkam, wenn ich auf meiner Harley saß und über die Landstraße donnerte. In diesen Momenten war ich unsterblich. Ein einfaches Holzschild tauchte vor mir auf.

Kitty Hawk

Ich lächelte. Ich hatte mein Ziel erreicht. Die ersten Häuser kamen in Sicht. Bunte Holzgebäude, die auf Stelzen am Strand entlang gebaut waren, um den Herbststürmen zu trotzen. Der Winter an der Küste von

Outer Banks war hart. Eisige Kälte und Stürme waren hier an der Tagesordnung. Dementsprechend karg war die Landschaft. Gelbe Dünen bestimmten das Bild, lediglich unterbrochen vom grünen Dünengras und einigen Büschen. Einige der Hausbesitzer hatten kleine Steingärten rund um ihr Grundstück angelegt. Jetzt waren sie mit Wasser geflutet.

Ich bog in die Seitenstraße ein, die zu dem Haus führte, in dem ich ein Zimmer gemietet hatte. Es war eine Herausforderung gewesen, etwas zu finden, das in Gehweite zu Mollys Haus lag. Die meisten Hotels waren geschlossen, und es gab so gut wie keine Pensionen.

Mein Blick wanderte über die Hausnummern. Das musste es sein! Ich betrachtete das Haus. Die Holzfassade des verwinkelten Gebäudes war in einem satten Himbeerton gestrichen. Dazwischen stachen die weißen Fensterläden hervor. Im hinteren Teil zum Meer konnte ich eine riesige Holzveranda entdecken. Bis auf ein einfaches Schild am Eingang wies nichts darauf hin, dass es sich hierbei um eine Pension handelte.

Ich parkte das Motorrad am Straßenrand, warf mir die Reisetasche über die Schulter und ging den schmalen Weg zum Haus entlang, vorbei am Carport. Zu meiner Überraschung stand dort kein Auto, sondern ein Motorrad. Ich blieb stehen. Ich traute meinen Augen kaum, als ich die Einzelheiten ausmachte. Es war ein Easy Rider Chopper. Dieses Modell war durch den Film *Easy Rider* mit Peter Fonda in der Hauptrolle zur Legende geworden, und die Maschine vor mir war ein perfekter Nachbau. Sie hatte sogar die gleiche Bemalung mit der amerikanischen Flagge auf dem Tank. Der Original-Chopper war kurz nach dem Dreh geklaut worden und für immer verschwunden. Andächtig strich ich mit den Fingern über das glänzende Chrom.

»Finger weg!«, raunzte mich eine Stimme an.

Überrascht drehte ich mich um. Nur wenige Schritte von mir entfernt stand eine ältere Frau. Ihr gebräuntes Gesicht stand in starkem Kontrast zu ihren langen weißen Haaren und war mit einem Netz aus Falten überzogen. Ihr Mund leuchtete in einem satten Rotton, und an ihren Ohren baumelten goldene Kreolen. Das Kleid, das sie trug, hatte die gleiche satte Farbe wie die Fassade des Hauses. Dazu trug sie Cowboystiefel. Sie sah aus, als wäre sie einem Film der Siebziger entsprungen. Ihre grauen Augen funkelten angriffslustig.

»Hi. Mein Name ist Jaxon Davis. Ich habe ein Zimmer bei Ihnen gemietet.«

»Ach, und da dachtest du, du kannst dir gleich mal meine Maschine unter den Nagel reißen«, blaffte sie weiter. Anscheinend legte sie keinen Wert auf Formalitäten, sondern kam gleich zur Sache. Sie hatte eine Harke in der Hand, und so wie sie mich ansah, würde sie sich nicht scheuen, diese als Waffe gegen mich einzusetzen.

»Nein«, protestierte ich ertappt. Die Schroffheit der Alten brachte mich total aus der Fassung. »Ich wollte mir diese Schönheit nur kurz anschauen. Habe noch nie ein Easy Rider Chopper in echt gesehen.«

»Das haben die wenigsten.« Die grauen Augen scannten mich von oben bis unten. »Die Easy Rider war ein Geschenk meines Freundes Peter.«

In meinem Hirn ratterte es. »Peter ... *Fonda*?«

Die Frau zuckte mit den Schultern. »Wer sonst? Peter und ich hatten damals eine leidenschaftliche Affäre. Natürlich wusste niemand davon, schließlich war er verheiratet. Die Maschine hat er mir geschenkt. Später haben sie gegenüber der Presse behauptet, sie wäre gestohlen worden. Kein schöner Zug von Peter.«

Sie lehnte die Harke gegen die Wand des Carports. Offenbar hatte sie beschlossen, dass von mir keine Gefahr ausging. In meinem Kopf rotierten die Gedanken. Wenn es stimmte, was sie sagte, dann war das Motorrad eine echte Rarität und ein Vermögen wert. Entweder war sie eine geborene Lügnerin oder eine Legende wie das Motorrad selbst. Meine Neugier war geweckt. Wer war die Frau?

»Ich bin Marianne Hillard«, schien sie meine Gedanken erraten zu haben. »Aber alle nennen mich Hilly.« Sie streifte die Gartenhandschuhe ab und reichte mir die Hand.

Ich schlug ein. »Sehr erfreut, Hilly.«

»Lass das höfliche Gerede. Mit mir kannst du quatschen, wie dir der Schnabel gewachsen ist.« Hilly klopfte mir auf die Schulter. Für eine alte Frau hatte sie einen erstaunlich kräftigen Schlag.

Ich grinste breit. »Cool.«

»Mir gehört der Schuppen.« Sie deutete auf das Haus. »Mein Altersruhesitz. Die Küste eignet sich perfekt für Ausflüge auf dem Bike. Kaum Verkehr und so gut wie keine Kontrollen. Außerdem kenne ich den Polizeichef.« Sie zwinkerte mir zu. »Ist ein guter Freund von mir, wenn du verstehst, was ich meine.« Ich beschloss, lieber nicht darauf einzugehen. »Willst du dein Zimmer sehen?«

»Ich hätte nichts dagegen.«

Ihr Blick fiel auf meine Reisetasche. »Du hast wohl nicht vor, lange zu bleiben.«

»Das hängt davon ab«, erwiderte ich vage.

»Wovon?«

»Ist ,ne Privatsache.« Hilly war nicht nur forsch, sondern auch ganz schon neugierig. Ich würde auf der Hut sein müssen.

»Ich bin auch immer nur mit wenig Gepäck gereist. Zu viel Kram behindert einen nur.«

»So sieht es aus.« Mein Blick fiel auf das Motorrad.

»Wenn du lange genug bleibst, lasse ich dich vielleicht mal fahren.« Hilly lächelte verschmitzt. »Du wirkst wie einer, der was von Motorrädern versteht.« Sie deutete auf meine Maschine, die gegen die Easy Rider wie ein armseliges Mofa aussah.

»Das wäre ziemlich …«

»… cool. Ich weiß.« Auf den Mund gefallen war Hilly jedenfalls nicht.

Ich folgte ihr ins Haus. Der schwache Duft von Geißblatt hing in der Luft, der mich an meine Großmutter erinnerte. Eine gute Erinnerung. Ich liebte meine Großmutter. Sie lebte in Santa Monica in einem winzigen Haus, das sie und mein Großvater Anfang der Sechzigerjahre gekauft hatten. Grandpa war früh an Lungenkrebs gestorben und hatte damit die Statistiken der Raucher um einen Toten mehr bereichert. Mum war untröstlich über seinen Tod gewesen. Danach waren unsere Besuche dort nicht mehr dieselben gewesen. Trotzdem hatte ich als Kind die Tage dort immer sehr genossen. Grandma hatte mich den ganzen Tag verwöhnt und mit mir gespielt. Am meisten jedoch hatte ich die Abende geliebt, wenn sie mir eine heiße Schokolade zubereitet und mir mit ihrer rauen Stimme Geschichten erzählt hatte.

»Dein Zimmer ist im ersten Stock«, riss Hilly mich aus meinen Gedanken. »Von da hast du einen wunderschönen Blick auf das Meer.« Sie zwinkerte mir zu. Ich folgte ihr die Treppe hoch. Bei jedem Schritt knarrten und ächzten die Stufen. »Ich bin keine besonders gute Köchin, deshalb biete ich meinen Gästen nur Frühstück an. Rühreier, Spiegeleier, Schinken, Speck, Toast, Marmelade, Erdnussbutter, Müsli«, plapperte Hilly weiter. »*Cathy's Café* mit dem besten Kuchen weit und breit befindet sich in Gehweite. Ihr Kaffee ist gut, wenn auch nicht so gut wie meiner. Am Hafen gibt es mehrere Kneipen, die allerdings alle zu sind, bis auf *Joe's*. Ansonsten ist Kitty Hawk ein verschlafenes Nest.« Sie drehte den Kopf zu mir. »Was treibt einen jungen Mann wie dich hierher?«

»Ich brauchte mal eine Auszeit.« Das war zumindest nicht gelogen.

»Aha. Die übliche Work-Life-Balance-Scheiße?«, fragte sie mit abfälligem Unterton. »Ihr jungen Leute wisst gar nicht mehr, was es bedeutet, hart zu arbeiten. Ihr seid doch alle mit dem Samthandschuh großgezogen worden. Danach siehst du gar nicht aus.«

»Wie sehe ich denn aus?«

Ihr Blick glitt über mich hinweg. »Wie jemand, der vor dem Leben davonläuft.«

Ich zuckte mit den Achseln. »Ich glaube kaum.«

»Na, wir werden ja sehen«, murmelte Hilly.

Wir hatten die letzte Stufe erreicht. Auch hier wirkte alles freundlich und hell. Im Vorbeigehen betrachtete ich die alten Schwarz-Weiß-Fotografien an der Wand. Fast alle zeigten Hilly in bunten Hippieklamotten mit irgendwelchen Berühmtheiten aus den Siebzigern an ihrer Seite. Allem Anschein nach hatte ich mich bei einem ehemaligen Groupie eingemietet.

»Das ist dein Zimmer.« Hilly stieß die Tür auf.

Das Zimmer war groß und mit hellen Möbeln eingerichtet. Das Bett wirkte komfortabel. An der Stirnwand hing ein riesiges Frauenporträt, das hinter Glas gezogen worden war. Fasziniert betrachtete ich das Bild. »Das bist du?«

»Ja, das hat mein Freund von mir aufgenommen, während einer gemeinsamen Fotoreise. Ich war damals fünfundzwanzig. Es ist mein Lieblingsporträt.«

»Das kann ich verstehen.« Ich nickte anerkennend. Hilly war in ihrer Jugend eine absolute Schönheit gewesen.

Sie baute sich breitbeinig inmitten des Zimmers auf. »Und, zufrieden?«

»Absolut. Alles bestens.«

»Gut. Das Bad ist am Ende des Flurs. Handtücher findest du im Schrank. Falls du noch etwas brauchst, sag mir einfach Bescheid.« Sie wandte sich ab. »Ach, bevor ich es vergesse. Ich nehme keine Kreditkarten. Nur Bares ist Wahres.«

»Alles klar. Hab's kapiert.« Ich tippte mir mit den Fingern gegen die Stirn.

»Gut. Dachte mir schon, dass du ein schlaues Kerlchen bist.« Sie hatte die Tür erreicht.

»Was ist mit meinen Papieren? Soll ich noch etwas ausfüllen?« Normalerweise waren Vermieter immer scharf darauf, die Daten ihrer Gäste aufzunehmen und sich den Ausweis zeigen zu lassen.

»Nicht nötig.« Hilly winkte ab. »Ich verlasse mich auf mein Gespür.« Sie tippte sich gegen die Nase. »Hat mich noch nie betrogen.« Das war ungewöhnlich, wie die ganze Frau an sich. »Du findest mich in der Küche. Falls du einen Kaffee möchtest, kannst du gerne vorbeikommen.«

»Cool. Das Angebot nehme ich an.« Vielleicht konnte ich von ihr mehr über Molly erfahren.

»Bis gleich, und lass dir Zeit.«

Ihre Schritte verschwanden. Ich warf meine Tasche aufs Bett und ging zum Fenster. Hilly hatte nicht zu viel versprochen. Der Blick war gigantisch. Vor meinen Augen breitete sich der Strand mit seinem fast weißen Sand aus. Dahinter leuchtete das Meer in einem satten Blauton. Ich öffnete das Fenster. Sofort strömte die kühle Luft ins Zimmer. Das Rauschen der Wellen war zu hören. Was für ein Unterschied zu dem Drecksloch, in dem ich sonst wohnte! In der Ferne war ein einsames Fischerboot zu erkennen, das auf dem Meer dümpelte. Ein paar wenige Menschen gingen am Strand entlang. Ansonsten Sand und Dünen, so weit das Auge reichte. *Hier zu leben muss ein Traum sein*, schoss es mir durch den Kopf. Vielleicht etwas langweilig, aber dafür war man frei.

Ich dachte an Molly. Ich war gespannt, wie sie lebte. Leider hatte es nur wenige Bilder gegeben, die das Haus unscharf im Hintergrund zeigten. Ich würde später einen kleinen Ausflug dorthin machen. Außerdem wollte ich mir *Cathy's Café* anschauen. Als Erstes würde ich mir aber den Geruch des Pflegeheims vom Körper waschen und mich umziehen.

Ich hatte das Gefühl, dass sich der Desinfektionsgeruch in meiner Kleidung festgesetzt hatte. Ich machte mich daran, mich auszuziehen.

***

Frisch geduscht ging ich die Treppe hinunter. Es war total ruhig im Haus. Nichts war zu hören. Wo waren nur alle? Ein verführerischer Kaffeeduft zog durch den Flur. Ich folgte meiner Nase bis in die Küche. Als ich eintrat, saß Hilly an einem riesigen Tisch und las die Zeitung.

»Na, alles gefunden?« Sie sah zu mir hoch. Auf ihrer Nase thronte eine goldene Nickelbrille, deren Gläser bläulich schimmerten.

»Ja, danke. Ich wollte auf dein Angebot zurückkommen.« Ich schenkte ihr mein strahlendes Lächeln, mit dem ich bei Frauen eigentlich immer punktete.

»Klar. Setz dich.« Hilly stand auf und nahm den Wasserkessel vom Herd. »Ich finde immer noch, dass der Kaffee am besten schmeckt, wenn er von Hand gebrüht wird«, erklärte sie und goss das heiße Wasser durch den Filter.

Ich musste grinsen. Mum hatte immer das Gleiche behauptet. »Ich bin gespannt.«

»Das kannst du auch sein. Außer Cathy hat es in diesem Nest keiner drauf, einen vernünftigen Kaffee zu servieren. Das Zeug bei Joe schmeckt wie Pisse.« Mit diesen Worten stellte sie mir den Becher vor die Nase.

Vorsichtig trank ich einen Schluck. Hilly beobachtete mich dabei mit Argusaugen. Der Kaffee war ziemlich stark und kochend heiß. Genau so, wie ich ihn mochte.

»Ziemlich gut.« Zur Bekräftigung meiner Worte nahm ich einen weiteren Schluck.

»Endlich ein Kerl, der einen guten Kaffee zu schätzen weiß. Ebenso wie ein gutes Motorrad. Ich hab mir deine Maschine angesehen. Nicht schlecht.« Sie schürzte die Lippen. »Du hast am Vergaser rumgespielt.«

»Ja, läuft besser so«, bestätigte ich mit einem anerkennenden Kopfnicken. Die wenigsten Motorradfahrer erkannten diese kleine, aber entscheidende Veränderung.

Mit einem Lächeln trank Hilly selbst von ihrem Kaffee. »Warte.« Sie stellte den Becher auf den Tisch und stand auf. »Noch besser schmeckt er mit einem kleinen Schuss *davon*.« Sie holte eine Flasche aus dem Regal und tippte mit ihrem Finger auf das Etikett. »Feinster Scotch aus dem Land meiner Vorfahren.« Sie goss erst mir und dann sich einen ordentlichen Schuss in den Becher. »Auf Schottland. Wenn sie eins können, dann einen ordentlichen Scotch. Müssen sie auch bei dem Scheißwetter, was da drüben herrscht, anders hält man es dort nicht aus. Slàinte mhath.«

Die brennend heiße Flüssigkeit lief mir die Kehle runter und nahm mir die Luft zum Atmen. Ich musste husten, sehr zu Hillys Belustigung. Sie stieß ein heiseres Lachen aus. »Ich hab ja gesagt, das Zeug ist nur was für echte Kerle.«

»Ganz schön starker Stoff«, bestätigte ich nach Luft schnappend.

»So, und nun erzähl mal, was führt dich nach Kitty Hawk?« Hillys Augen zogen sich zusammen.

»Wie ich schon sagte, ich brauche eine Auszeit.« Ich war schon immer ein guter Lügner gewesen. Ein echter Vorteil, wenn man wie ich häufig die Schule geschwänzt hatte.

»Mm, und was hast du vor?«

»Ich wollte mich ein wenig umsehen. Vielleicht ein bisschen Sport treiben und Motorrad fahren. Du hast selbst gesagt, dass sich die Gegend bestens dazu eignet.«

»Ja, ich kann dir ein paar hübsche Routen nennen, bei denen du die Maschine richtig laufen lassen kannst.«

»Cool. Das mache ich auf jeden Fall.« Ich trank einen Schluck. »Sag mal, kennst du Parkers Bootsverleih?«

»Ja klar. Warum interessiert der dich?« Sie musterte mich aufmerksam.

Ich hatte mit der Frage gerechnet und mir bereits eine Antwort zurechtgelegt. »Ich habe überlegt, einen Bootsausflug zu unternehmen. Schließlich ist die Gegend berühmt für ihre Wasserstraßen.«

»Da wirst du Pech haben. Ist die falsche Jahreszeit. Der Bootsverleih hat bereits geschlossen. Außerdem soll er verkauft werden, soweit ich gehört habe. James' Sohn ist tödlich verunglückt, und der Alte schafft es einfach nicht mehr.« Das Lächeln war aus ihrem Gesicht verschwunden, und eine tiefe Falte hatte sich zwischen ihre Augen gegraben. »Muss schrecklich sein, ein Kind zu verlieren. Deshalb habe ich keine. Ich hätte so etwas nicht verkraftet.«

Das war auch die größte Sorge meiner Mutter gewesen. Wie es aussah, war das etwas, das alle Mütter gemein hatten.

»Woran ist der Sohn denn gestorben?«

»Parker. Eine wirklich tragische Geschichte. Ein Autofahrer hatte einen epileptischen Anfall und hat dabei die Kontrolle über seinen Wagen verloren. Ist direkt in den armen Parker reingefahren. Der Junge hatte keine Chance und ist noch an der Unfallstelle verstorben.« Hilly schüttelte den Kopf. »Wir waren alle geschockt. Parker war so ein netter junger Mann.« Ihr Gesicht war zu einer Maske versteinert. »Seine Verlobte hat seinen Tod bis heute nicht wirklich verkraftet. Ein hübsches Ding, das alleine lebt.« Hilly holte tief Luft, als wollte sie sich von einer Last befreien. »Aber lass uns über angenehmere Dinge sprechen. Was machst du beruflich, oder arbeitest du überhaupt?« Ich spürte ihren Blick auf meinen Händen ruhen.

»Ich bin Computerspezialist.« Ich hatte beschlossen, bei der Wahrheit zu bleiben.

»Soso.« Hilly legte den Kopf leicht schräg. »Irgendwie habe ich mir Computerspezialisten immer anders vorgestellt.«

»Wie denn?«, fragte ich belustigt.

»Nicht so wie du jedenfalls. Irgendwie spießiger.«

»Dann bin ich froh, dass ich nicht deinen Vorstellungen entspreche«, erwiderte ich schmunzelnd. Ich trank den Rest aus meinem Becher und stand auf. »Ich denke, ich geh dann mal los. Danke für den Kaffee.« Ich zwinkerte ihr zu.

»Jederzeit wieder.« Hilly grinste, und um ihre Augen bildeten sich unzählige Lachfältchen. »Es tut gut, sich mit jungen Leuten zu unterhalten. Wenn man so alt ist wie ich, tendiert man dazu, in der Vergangenheit zu leben.« Sie zog einen Schlüssel aus ihrer Tasche. »Der ist für dich. Damit bekommst du die Tür am Eingang und dein Zimmer auf. Ich gehe für gewöhnlich um zehn schlafen. Es wäre nett, wenn du nicht so einen Radau machen würdest, falls es bei dir später wird.«

»Sind eigentlich noch andere Gäste im Haus?« Die Frage lag mir schon die ganze Zeit auf der Zunge. »Ich habe niemanden gesehen.«

»Nein. Ich mag es nicht, wenn so viele Fremde im Haus sind. So kann ich mich besser um meine Gäste kümmern.« Sie schenkte mir einen intensiven Blick. Die feinen Härchen entlang meiner Arme stellten sich auf. Das taten sie für gewöhnlich nur, wenn Gefahr lauerte.

»Okay«, sagte ich verwundert.

Das Haus war riesig. Obwohl ich nicht alle Räume gesehen hatte, schätzte ich es auf mehrere hundert Quadratmeter. Mit ein paar Umbauten konnte man daraus locker eine gut laufende Pension machen.

»Gut. Dann bis später.« Hilly setzte sich wieder an den Tisch, ohne mir weiter Beachtung zu schenken.

»Bis später«, murmelte ich.

14

Molly

Hallo Sis,

ich habe viel nachgedacht. Keine Sorge, nicht so, wie du denkst. Es ist einfach viel passiert. Die Worte flossen nur so aus meinen Fingern. Ich berichtete ihr von den letzten Tagen. Als ich fertig war, fühlte ich mich eigenartig erleichtert. Es war wie früher in der Kirche, wenn ich meine Beichte abgelegt hatte. Seit Parkers Beerdigung hatte ich keine Kirche mehr betreten. Ich hatte einen Groll auf Gott und konnte ihn auch nicht ablegen. Welcher Gott konnte zulassen, dass ein Mensch wie Parker einfach so starb, während andere, die weit schlechtere Menschen waren, weiterleben durften? Ich hatte für mich beschlossen, dass dieser Gott nicht gerecht war und ich somit nichts mit ihm zu tun haben wollte.

Die verrückte Hilly war einige Tage nach der Beerdigung zu mir gekommen und hatte gesagt: *‚Alles im Leben hat seinen Sinn.'* Ich hätte ihr am liebsten ins Gesicht geschrien: *‚Wie kann der Tod eines Menschen einen Sinn haben?!'* Stattdessen hatte ich nur genickt und mich so schnell wie möglich von ihr verabschiedet.

Ich wandte mich wieder meiner E–Mail zu.

Ich hoffe, es geht dir gut. Was macht das Projekt? Kommt ihr weiter gut voran? Du siehst, Fragen über Fragen. Ich beneide dich so sehr um deine Zeit dort. Während du Abenteuer erlebst, besteht mein Highlight des Tages daraus, dass ich mit Dog am Strand spazieren gehe.

Ich dachte an Tom.

Wobei – das stimmt nicht ganz. Heute Morgen hatte ich tatsächlich überraschend Besuch von Tom. Ich habe dir ja schon von ihm erzählt. Es war ein ziemlich lustiger Vormittag. Du würdest ihn mögen. Er ist zwar ein echter Hipster, aber nett. Stell dir vor: Tom hat vorgeschlagen, dass ich sie bei ihrem Projekt mit dem Bootsverleih unterstütze, was ich ziemlich spannend finde. Parker hat mich ja in seine Pläne eingeweiht, und vielleicht kann ich etwas von seinen Ideen einbringen. Das wäre dann so, als ob ich sein Erbe weitergeben würde. Findest du nicht? Irgendwie ein gutes Gefühl.

Fühl dich gedrückt.

Deine Schwester Molly

Ich schickte die E-Mail ab und lehnte mich im Stuhl zurück. Dog sah mich mit treuen Hundeaugen von seinem Kissen aus an. Ich hatte völlig die Zeit vergessen. Der Kamin war bereits runtergebrannt, und die Dämmerung hatte eingesetzt.

»Musst du noch mal raus?« Dog bellte begeistert darüber, dass ich seine Gedanken erraten hatte. »Also gut.«

Da ich keine Lust hatte mich anzuziehen, schnappte ich mir die Kaschmirdecke vom Sofa. Eingemummelt wie in einen Kokon aus flauschigem Stoff trat ich durch die Terrassentür ins Freie. Dog stürmte an mir vorbei in die Dunkelheit. Es dauerte einen Moment, bis sich meine Augen an die Lichtverhältnisse gewöhnt hatten. Eigentlich hatten wir eine Außenbeleuchtung, aber die Birne war beim letzten Regen durchgebrannt und ich hatte vergessen, eine neue zu besorgen.

Der Mond war aufgegangen und ließ das Meer wie einen silbernen Spiegel schimmern. Es war kühl, und ein leichter Dunst hing über dem Strand. Der Himmel hingegen war fast wolkenlos. Hier draußen, wo keine Lichtverschmutzung war, konnte man an klaren Nächten wie dieser die Milchstraße erkennen. Ein majestätischer Anblick, der mir jedes Mal wieder vor Augen führte, wie unbedeutend jeder Einzelne von uns war im Vergleich zu der Unendlichkeit, die sich mir bot. Ehrfürchtig blieb ich stehen, das Gesicht zum Himmel gerichtet, und betrachtete den Sternenhimmel.

War Parker da oben und sah auf mich herab? Ich bezweifelte es. Ich erinnerte mich an kein Leben vor diesem, deshalb ging ich davon aus, dass es keines danach gab. Aber was, wenn doch? Ich dachte an das Gespräch mit James. Würde Parker es gutheißen, dass ich versuchte, mit der Vergangenheit abzuschließen und mein Leben zu genießen?

»Hi, Parker«, flüsterte ich. Ich scharrte mit dem Fuß im Sand. Eine kühle Brise wirbelte meine Haare durcheinander und ließ mich schaudern.»Kannst du mich hören?« Ich starrte mit angehaltenem Atem in den Himmel.»Geht es dir gut da oben? Ich würde so gerne wissen, dass du glücklich bist, dort, wo du jetzt bist.«

Ich wartete. Vielleicht würde er mir ein Zeichen geben, so wie in einem dieser Hollywoodfilme, den wir mal zusammen angeschaut hatten. Ich verharrte regungslos. Vergeblich. Ich schüttelte den Kopf über mich selbst. Wie hatte ich nur so dumm sein und auf ein Zeichen hoffen können? Dog bellte in der Ferne.»Dog!« Ich pfiff meinen Hund herbei. Nichts passierte. Ich starrte in die Richtung, aus der das Bellen kam. »Dog«, rief ich in die Dunkelheit hinein.»Hierher!« Ich lauschte. Der Wind trug ein leises Flüstern an mein Ohr. Eine Männerstimme?»Ist da jemand?«

Ich wurde nervös. Was, wenn mir jemand auflauerte? Ich war vollkommen allein. Mein nächster Nachbar war gute hundert Meter entfernt, und ich wusste nicht mal, ob er zu Hause war. Ich konnte auch nicht einfach ins Haus gehen, solange ich Dog nicht gefunden hatte.

Ein Schatten löste sich aus der Dunkelheit.

»Dog!«, rief ich erleichtert, als ich die Umrisse meines Hundes ausmachte. Freudig und mit dem Schwanz wedelnd kam er auf mich zugelaufen. Ich ging in die Knie und umarmte ihn. Sein Fell war feucht vom Nebel. Seine raue Zunge fuhr mir über die Wange.»Hey, wo warst du? Ich habe mir schon Sorgen gemacht.« Er gab mir mit der Nase einen Stups. Dabei schimmerten seine Augen im Mondlicht.»Schon gut. Schon gut.« Ich sah mich verstohlen um, konnte jedoch nichts Verdächtiges entdecken.»Komm, lass uns reingehen.«

Eine Wolke hatte sich vor den Mond geschoben, und für einen Moment wurde alles dunkel um mich herum. Es raschelte. Mein Puls schnellte nach oben. Ich kniff die Augen zusammen, um besser sehen zu können, aber da war nichts. Die Wolke hatte sich verzogen und gab den Mond wieder frei. Silbernes Licht fiel auf den menschenleeren Strand und das Meer. Meine Nerven spielten verrückt, das war alles.

»Komm«, forderte ich Dog auf. Ich wollte kein Risiko eingehen. Wenn sich wirklich jemand draußen aufhielt, wollte ich ihm nicht ungeschützt begegnen. Mit klopfendem Herzen verschloss ich die Terrassentür hinter mir. Es dauerte einen Moment, bis ich mich wieder beruhigt hatte. Ich ging zurück zum Schreibtisch, in der Hoffnung, dass Lexie meine E-Mail erhalten hatte. Tatsächlich leuchtete eine Nachricht auf meinem Display auf.

Hallo Schwesterlein,
wie ich dich beneide! Hier gibt es schon wieder kein fließendes Wasser. Ich musste mich heute Morgen in dem angrenzenden Fluss waschen. Stell dir vor, da drinnen schwimmen Flusspferde, Krokodile und ICH. Ich habe mir vor Angst fast in die Hosen gemacht. Die Männer des Dorfes haben sich entlang des Ufers aufgereiht und aufgepasst, dass mir nichts passiert. Es ist trotzdem nicht gerade beruhigend, wenn du weißt, dass dir jederzeit ein Krokodil das Bein abbeißen könnte. Die Hitze ist unerträglich, und ich habe innerhalb von ein paar Minuten mein Shirt durchgeschwitzt. Nachts ist es zwar kühler, aber dafür kommen die Moskitos und fressen mich auf. Ich bin an den Beinen total zerstochen. Mirijam, die Medizinfrau im Dorf, hat mir eine Pampe aus Blättern gekocht, damit sich die Stiche nicht entzünden. Ich sage dir ganz ehrlich: Ich weiß nicht, wie lange ich das noch aushalte. Was würde ich für ein klimatisiertes Schlafzimmer und eine Dusche geben!
Es freut mich zu hören, dass du endlich aus deinem Schneckenhaus gekrochen bist. Wurde auch höchste Zeit! So wie es sich anhört, muss dieser Tom ziemlich nett und attraktiv sein. Apropos attraktiv: Das Schönheitsideal hier ist das krasse Gegenteil zu unserem. Eine Frau muss üppig und kurvig sein, dann ist sie für die Männer begehrenswert. Haha. Damit bin ich definitiv aus der engeren Wahl raus. Aber Mirijam meinte, das wäre nicht so schlimm. Sie würde schon einen Mann für mich finden. (Gott bewahre!)

Ich schüttelte lachend den Kopf. Das war mal wieder typisch für Lexie, sich auf so etwas zu fokussieren.

Wenn ich schon gerade von Männern spreche: Wer hätte gedacht, dass Brandon wieder nach Kitty Hawk zieht? Mit dem Geld, das er verdient hat, könnte er sich doch bestimmt ein cooles Penthouse in New York leisten. Sieht er immer noch so süß aus wie früher? Es ist wirklich unglaublich, dass so viel Neues passiert, kaum dass ich weg bin.
Haben sich Mum und Dad bei dir gemeldet? Ich komme mir, so ganz ohne Handy, ein wenig verlassen vor. Je länger ich hier bin, desto mehr

weiß ich unsere moderne Welt zu schätzen. Ich bin definitiv nicht für das Leben im Busch gemacht. Aber macht euch keine Sorgen, es geht mir ansonsten gut. Ich bin gespannt auf deine Berichte, was in Kitty Hawk los ist. Und bitte tu mir den Gefallen und mach dich ein bisschen hübsch, wenn du dich mit Tom triffst.

Ich runzelte die Stirn. Lexie hatte schon immer viel mehr Wert auf ihr Aussehen gelegt als ich. Schon als Teenager hatte sie Stunden vor dem Spiegel verbracht, um sich zu schminken. Die Ergebnisse waren zum Teil von zweifelhafter Natur gewesen, aber mittlerweile hatte sie es drauf.

Der Mann auf dem Foto ist übrigens Asante. Er hilft mir bei meinem Projekt und spricht als Einziger vernünftig Englisch. Aus diesem Grund lerne ich Chichewa, aber so richtig weit bin ich noch nicht gekommen. Asante ist ein geduldiger Lehrer, und ich bin optimistisch, dass ich am Ende meiner Zeit hier ein paar Sätze sprechen kann. Die Kinder freut es jedenfalls, wenn ich etwas sage, auch wenn es meist falsch ist. Sie lachen dann und verbessern mich. Gestern wollte ich sagen: Die Mutter ist in der Küche. Tatsächlich kam raus: Die Mutter ist ein Schwein. Du kannst dir vorstellen, was hier los war. Ich war das Gespött des ganzen Dorfes. Ich muss noch viel lernen.

Ich rief die Datei im Anhang auf. Das Bild zeigte Lexie neben einem hochgewachsenen Einheimischen, dessen Gesicht wie gemeißelt aussah: hohe Wangenknochen, eine gerade Nase, ein energisch geschwungener Mund, Augen so dunkel wie zwei Kohlestücke und eine Haut, die wie Ebenholz schimmerte. In den kakifarbenen kurzen Hosen und dem weißen Shirt mutete er wie einer der Ranger aus einem Hollywoodfilm an. Er blickte ernst in die Kamera. Dabei stützte er sich auf einem Stock ab. Lexie stand in üblich lässiger Pose daneben. Lediglich die dunklen Augenringe verrieten, dass sie wenig geschlafen hatte. Ansonsten strahlte sie in die Kamera.

In diesem Sinne. Ndimakukondani mlongo pang'ono – Ich liebe dich, große Schwester.

Deine Lexie

»Ndimakukondani, kleine Schwester«, murmelte ich leise und klappte den Laptop zu. »Du fehlst mir auch.«

***

Als ich am nächsten Morgen wach wurde, schien die Sonne schräg durch mein Fenster. Ich schlüpfte aus dem Bett und tapste ins Badezimmer. Ohne zu duschen, zog ich meine Joggingklamotten an, die ich am Vorabend bereitgelegt hatte. Ich schüttete mir eine Ladung Wasser ins Gesicht und band meine Haare zu einem Pferdeschwanz zusammen. Ich drehte mich zu Dog, der auf dem Badvorleger lag und mich verschlafen beobachtete. »Was hältst du von unserem üblichen Joggingausflug zum Strand?« Ich tippelte vor ihm auf und ab. »Es ist an der Zeit, dass ich wieder in Form komme.« Dog hob träge den Kopf, als wollte er sagen: ‚Muss das sein?'

»Los, komm. Die Sonne scheint«, rief ich fröhlich und trabte nach draußen.

Trotz des schönen Wetters war es kühl. Ich war froh, dass ich mir eine leichte Jacke übergezogen hatte. Ich steckte mir die AirPods in die Ohren und schaltete meine Lieblingsplaylist ein, die ich extra für diesen Zweck zusammengestellt hatte. Langsam lief ich los, begleitet von Ian Broudies einschmeichelnder Stimme. Ein feiner Dunsthauch lag über dem Meer. Es würde nicht lange dauern und die Sonne würde ihn vertreiben. Der Himmel war wolkenlos und von strahlendem Blau, wie man es nur in den frühen Morgenstunden sah. Ein großer Schwarm Vögel flog am Horizont gen Süden.

Es dauerte einen Moment, bis ich meinen Rhythmus gefunden hatte. Dog lief einige Schritte vor mir. Gelegentlich blieb er stehen und schnupperte an Treibgut, das die Wellen an Land gespült hatten. Überall lag Seetang, den der Sturm aus seinen Wurzeln gerissen hatte. Als Kinder waren Lexie und ich oft nach Stürmen über den Strand gelaufen, in der Hoffnung, einen angespülten Schatz zu finden. Bis auf das Schild eines gesunkenen Schiffes und eine Flaschenpost war unsere Suche nicht von Erfolg gekrönt gewesen.

Ich erhöhte mein Tempo. Ich musste immer wieder Ästen ausweichen, die, von der Sonne gebleicht, wie Teile eines Skeletts aus dem Sand ragten. Ich genoss den Wind, und bei jedem Schritt spürte ich, wie sich meine Muskeln mehr und mehr entspannten. Meine Gedanken glitten dahin, getragen von der Leichtigkeit der Musik.

Ich dachte an Lexie. Manchmal erschien es mir unwirklich, dass meine kleine Schwester hunderte Kilometer entfernt in einer Hütte mitten in Afrika lag und mit Moskitos kämpfte, während ich eingemummelt am Strand joggte. Ich musste heute unbedingt meine Eltern anrufen. In letzter Zeit hatte ich mich ziemlich rar gemacht.

In einiger Entfernung tauchte eine einsame Gestalt auf, die am Strand entlanglief. Ein Mann, ohne Zweifel. Er trug Sportklamotten. Wahrscheinlich jemand aus dem Dorf. Ich joggte unbeirrt weiter. Lange, tiefe Atemzüge füllten meine Lungen mit frischer Luft. Der Geschmack des Meeres legte sich auf meine Zunge. Mit federnden Schritten lief ich über den weichen Sand. So langsam kehrte ich zu meiner alten Form zurück. Früher war ich jeden Morgen joggen gegangen. Parker hatte in der Zeit das Frühstück für uns beide vorbereitet. Nur gelegentlich hatte er mich begleitet. Nach seinem Tod hatte ich mein Training vernachlässigt. Das würde sich ändern. Ich hatte lange genug träge auf meinem Hintern gesessen und mich selbst bemitleidet – das war mir in den letzten Tagen klar geworden.

Ich hob den Kopf. Der Mann war noch knapp fünfzig Meter von mir entfernt. Er hatte die Kapuze seines Hoodies bis tief ins Gesicht gezogen. Dog hatte ihn ebenfalls entdeckt und lief ihm bellend entgegen. Der Fremde bewegte sich geschmeidig wie eine Raubkatze. Mit langen Schritten kam er auf mich zu. Ich stutzte. Etwas an ihm kam mir bekannt vor.

In diesem Moment schob er die Kapuze zurück. Dunkle Haare flatterten im Wind wie eine Flagge. Ich wusste, wer das war.

Ich blieb abrupt stehen. Das war der Kerl, der mir in Elizabeth City mit dem Dodge geholfen hatte. Mit wenigen Schritten war mein Helfer bei mir.»Hey.« Sein Mund verzog sich zu einem breiten Lächeln.»Das nenne ich mal eine Überraschung.«

Seine bernsteinfarbenen Augen, die mir schon bei unserer ersten Begegnung aufgefallen waren, nahmen mich sofort wieder gefangen. Seine Haare waren zerzaust und seine Wangen gerötet. Er sah verdammt gut aus in seinen Joggingklamotten. Schon fast zu gut!

»Das Gleiche wollte ich gerade sagen!«, rief ich überrascht. Mir wurde mir bewusst, wie armselig ich aussehen musste. Ich war ungeduscht und ungeschminkt. Eine Scheißkombi, wenn man einem Mann gegenüberstand, der aussah, als wäre er gerade einem *Abercrombie & Fitch*-Werbefilm entsprungen.

»Wie schön, dich zu sehen.« Er war in die persönliche Anrede übergegangen, was mir gefiel. »Geht es dir gut? Was macht der Wagen?«

»Schnurrt wie ein Kätzchen.«

»Freut mich zu hören.« Seine Augen scannten jeden Millimeter meines Gesichts. Dabei kribbelte mein ganzer Körper.

»Was machst du hier?«, platzte ich heraus.

»Urlaub.« Er grinste schief.

Ich schüttelte verwundert den Kopf. »Zu dieser Jahreszeit?«

»Warum nicht? Ich wollte einfach mal ein paar Tage ausspannen und motorradfahren. Ohne die ganzen Touristen.«

»Dann bist du zur richtigen Zeit hier. Momentan verirrt sich kaum einer nach Kitty Hawk.«

»Ich habe mich ein paarmal gefragt, ob du heil heimgekommen bist. Ich hätte es mir nicht verziehen, wenn die Karre noch mal abgesoffen wäre.«

»Nein, alles prima.« Ich grinste dümmlich, und meine Wangen glühten. Da war sie wieder, diese seltsame Anziehungskraft, die von ihm ausging und die mich schon bei unserer ersten Begegnung gefangen genommen hatte.

Dog sprang begeistert an dem Unbekannten hoch. »Na, mein Großer.« Er klopfte Dog auf den Rücken. »Du bist ja auch wieder da.« Mein Hund bellte begeistert, als hätte er einen alten Freund getroffen. »Darf ich dich ein Stück begleiten?« Mein Retter machte eine Kopfbewegung hinter sich, dabei fiel ihm eine dunkle Strähne ins Gesicht. Mit einer lässigen Handbewegung schob er die Haare zur Seite, ohne den Blick von mir zu nehmen.

»Klar.«

Seine Mundwinkel zuckten. »Cool.« Er streckte mir die Hand entgegen. »Ich bin übrigens Jaxon. Jaxon Davis.« Bei ihm klang es fast noch besser als bei James Bond.

»Molly. Molly Wilson.«

»Sehr erfreut, deine Bekanntschaft zu machen, Molly.«

Sein Händedruck war angenehm warm und fest. Für einen Augenblick blieben wir stehen, die Hände ineinander verschlungen, und sahen uns in die Augen. Mein Magen machte einen nervösen Hüpfer. Ein Gefühl, das ich schon lange nicht mehr verspürt hatte.

»Tja, dann wollen wir mal.« Jaxon entzog mir seine Hand, sehr zu meinem Bedauern. Ich hätte noch länger in seine wunderschönen Augen starren können. »Sonst holst du dir noch eine Erkältung.«

Ich fuhr mir mit der Zunge über die trockenen Lippen und setzte mich langsam in Bewegung. Jaxon folgte meinem Beispiel. Im Gegensatz zu mir waren seine Bewegungen von einer Leichtigkeit, wie sie gut trainierten Sportlern zu eigen war. Ich fragte mich, ob er professioneller Läufer war. Sein Tempo war ebenfalls weit höher als meines, und ich hatte Mühe, ihm zu folgen. Ich ließ mir jedoch nichts anmerken. Er sollte mich schließlich nicht für eine sportliche Flasche halten.

»Und wo wohnst du?«, fragte ich kurzatmig.

»Bei Marianne Hillard. Kennst du sie?«

»Na klar, wer kennt Hilly nicht? Sie ist so etwas wie eine Legende«, schnaufte ich. »Ist eines Tages mit ihrem Motorrad hier aufgetaucht und hat das Haus gekauft. Gelegentlich vermietet sie eines der Zimmer, aber nur an ausgesuchte Gäste.«

»Schätze, da habe ich wohl Glück gehabt.« Jaxons Mundwinkel kräuselten sich.

»Sieht ganz danach aus.«

Das Tempo war mörderisch. Mein Atem ging mittlerweile stoßweise. Schweiß lief mir kitzelnd den Rücken runter.

Jaxon warf mir einen fragenden Blick zu. »Geht's?«

»Jaja«, versicherte ich und konzentrierte mich darauf, einen Fuß vor den anderen zu setzen. Dog hatte sichtlich Spaß an der Geschwindigkeit und lief bellend neben uns her.

»Und wie gefällt es dir?«, presste ich zwischen zwei Atemzügen hervor.

»Du meinst, Kitty Hawk?«

»Mhm.« Ich reduzierte die Unterhaltung auf das Nötigste, um Kraft zu sparen.

»Ich bin erst gestern angekommen und habe noch nicht viel gesehen, aber bisher ganz gut. Das Meer ist der Wahnsinn.«

»Ja, ich liebe die Farben. Letzte Woche war es besonders schön, da gab's einen Sturm. Die Wellen waren meterhoch und das Wasser ging bis zu den Häusern.« Mein Sauerstoffvorrat war definitiv aufgebraucht. Wenn ich jetzt umfiel, würde ich wenigstens vom coolsten Typen in North Carolina wiederbelebt werden. Zumindest ein kleiner Trost. Heimlich bewunderte ich sein perfekt geschnittenes Profil. Sein Blick war geradeaus gerichtet. Die kühle Luft hatte seine Wangen gerötet, sein Mund war leicht geöffnet. Er sah verdammt gut aus.

Mein Fuß stieß gegen etwas Hartes. Ich ruderte mit den Armen, um das Gleichgewicht nicht zu verlieren. Ohne Erfolg. Der Schwung war zu groß, und ich drohte vornüber zu kippen. Mit weit aufgerissenen Augen sah ich dem näher kommenden Boden entgegen.

Plötzlich packten mich starke Arme und rissen mich hoch. Jaxons Gesicht schwebte über mir.

»Hey. Suchst du Aufmerksamkeit?« Er hielt mich fest. Ich spürte, wie sich sein Brustkorb heftig hob und senkte. Trotz meiner unglücklichen Lage lachte ich über seinen schrägen Humor. Er sah mich besorgt an. »Alles okay?«

Ich bewegte meinen Fuß. »Ja, ist nichts passiert. Ich habe mich nur erschreckt.«

Ich ärgerte mich über meine Ungeschicklichkeit. Jaxons Arme lagen noch immer fest um meine Taille. Von seinem Körper ging eine unglaubliche Hitze aus, und seine Berührung brannte sich durch die Klamotten in meine Haut. Was war nur los mit mir?

»Kannst du weiterlaufen?«

Ich nickte stumm, noch immer gefangen von seinen Augen. Er lockerte seinen Griff. Dog stupste mich an. Ich ging in die Knie und strich ihm über den Rücken. »Alles okay, mein Großer.«

»Ihr habt eine enge Bindung«, stellte Jaxon fest.

»Ja. Er war der Hund meines Verlobten.« Jaxon fragte nicht weiter nach, sondern sah mich nur mit diesem eindringlichen Blick an. »Er ist vor etwas über einem Jahr bei einem Autounfall ums Leben gekommen.« Aus irgendeinem Grund fiel es mir nicht so schwer wie sonst, über Parkers Tod zu sprechen. »Am Anfang war es nicht leicht für mich. Parker und ich kannten uns mein Leben lang.« Ich holte tief Luft. »Sein Tod hat mir den Boden unter den Füßen weggerissen. Es ist erstaunlich, wie selbstverständlich man das Leben nimmt und wie schnell es vorbei sein kann. Zum Glück war meine Schwester da – und Dog.

Ich weiß nicht, was ich ohne die beiden getan hätte. Es war schrecklich. Ich habe mit dem Schicksal gehadert, warum Parker sterben musste und nicht irgendein Idiot, der sowieso nichts mit seinem Leben anfängt.«

»Ich glaube, es gibt keine Gerechtigkeit. Es gibt eine Menge Arschlöcher, die durch die Gegend rennen und steinalt werden, ohne jemals etwas Sinnvolles vollbracht zu haben, und dann gibt es Menschen wie deinen Parker, die viel zu früh aus dem Leben gerissen werden.« Ich sah ihn überrascht an. Noch nie hatte ein Mensch so offen mit mir darüber gesprochen. »Das Schlimmste am Tod sind die Endlichkeit und die Einsamkeit, die damit einhergehen. Es gab noch keinen Menschen in meinem Leben, den ich so geliebt habe wie du Parker. Ich kann nur ahnen, wie du dich gefühlt haben musst. Niemand sollte so etwas erleben müssen.« Er fuhr sich mit der Hand über das Kinn. »Allerdings kann der Tod für manche Menschen auch eine Erleichterung sein. Meine Mum hat Alzheimer.« Seine Augen brannten sich in meine. Es war ihm anzumerken, wie schwer es ihm fiel, darüber zu sprechen. Eine düstere Wolke hatte sich auf sein Gesicht gelegt.

Ich legte meine Hand auf seinen Arm. »Das tut mir leid.«

»Sie hat paar falsche Abzweigungen in ihrem Leben genommen, aber sie war immer gut zu mir«, sagte er mit rauer Stimme. »Es ist schlimm, zu sehen, wie sie jeden Tag mehr von ihrer Identität verliert.«

Ich schluckte schwer angesichts des Schmerzes in Jaxons Gesicht. Niemals hätte ich hinter der hübschen Fassade dieses Mannes solche Gefühle vermutet. Auf eine eigenartige Weise fühlte ich mich mit ihm verbunden.

Eine Windbö wirbelte den Sand hoch. Ich schauderte, als die kalte Luft auf mein Gesicht traf.

»Was hältst du davon, wenn wir weiterlaufen?«, wechselte Jaxon abrupt das Thema. Dog hatte einen Vogel entdeckt, der im Sand nach Würmern pickte, und lief bellend los.

Tatsächlich war mir durch die Zwangspause kalt geworden, und eine Gänsehaut hatte sich auf meinen Armen gebildet. »Gute Idee.«

Langsam setzten wir uns wieder in Bewegung. Jaxon warf mir einen besorgten Blick zu. »Geht es mit dem Fuß?«

»Ja, ich merke nichts.« Ich hatte den kleinen Unfall durch unser Gespräch total vergessen.

»Ganz schön einsam hier«, bemerkte Jaxon, während wir an der Wasserlinie entlangtrabten, dort, wo der Sand fest war.

»Nur im Winter. Im Sommer wird Kitty Hawk von Touristen förmlich geflutet«, sagte ich schmunzelnd.

»Ich glaube, dann ist mir der Winter lieber. Ich bin kein Fan von Menschenmassen, die sich wie Brathähnchen in der Sonne brutzeln.« Ich lachte über den Vergleich. »Kommt für mich mit meiner Haut sowieso nicht infrage.« Ich hatte einen hellen Teint und brauchte das Wort ‚Sonne‘ nur zu schreiben, um einen Sonnenbrand zu bekommen. Ich verlangsamte das Tempo und deutete auf die weiße Fassade vor uns.

»Da hinten wohne ich.«

»Tolle Lage«, meinte Jaxon anerkennend.

»Ja. Heutzutage kann man sich ein Grundstück in der ersten Reihe kaum leisten, aber als meine Großeltern das Haus gebaut haben, war Kitty Hawk noch ein winziger Ort und das Land günstig.«

Jaxons Augenbraue schoss nach oben. »Noch kleiner!«

Ich lächelte. Für Außenstehende war Kitty Hawk noch heute ein Dorf. »Es gab nur ein paar Häuser, einen Gemischtwarenladen, ein Café und eine Bar.«

»Klingt gemütlich.« Jaxon grinste.

»Du meinst wohl eher stinklangweilig«, erwiderte ich lachend.

»Das hast du gesagt, nicht ich«, protestierte Jaxon. »Bist du hier großgeworden?«

»Ja und nein. Lexie und ich sind hier geboren. Als wir in die High School gekommen sind, sind meine Eltern mit uns nach Chesapeake gezogen. Nach dem Tod meiner Großeltern haben meine Schwester und ich das Haus geerbt«, erzählte ich weiter. »Wir hatten beide genug von der Stadt und sind hergezogen. Unsere Freunde haben uns für verrückt erklärt. Aber uns hat es gefallen.«

Er musterte mich aufmerksam. »Hat?«

»Manchmal ist es schon ganz schön einsam hier«, gab ich zu. »Vor allem jetzt, da Lexie weg ist und ich alleine bin. Als Schriftstellerin sitzt man den ganzen Tag alleine im Zimmer und schreibt. Da wäre etwas Abwechslung manchmal ganz nett.«

»Aber warum ziehst du nicht weg oder reist? In deinem Job kann man doch überall arbeiten.«

Ich zuckte mit den Achseln. »Es käme mir wie ein Verrat vor, wenn ich das Haus verkaufen oder verwahrlosen lassen würde. Außerdem, wo soll ich mit Dog hin? Ein Hund auf Reisen ist nicht leicht. Viele Fluggesellschaften akzeptieren keine Hunde in der Kabine, und ich kann Dog unmöglich in den Frachtraum geben.«

»Deine Schwester scheint kein Problem damit zu haben, das Haus zurückzulassen«, bemerkte Jaxon trocken.

Ich sah zu ihm hoch. Von dieser Warte aus hatte ich die Sache noch nie betrachtet. Es war immer klar gewesen, dass Lexie diejenige war, die auf Reisen ging, während ich zu Hause blieb und auf alles aufpasste.

»Lexie ist eben die Abenteurerin von uns beiden. Ich bin eher die Bodenständige«, sagte ich nachdenklich.

»Ist das wirklich so?« Seine Augen flackerten. Ein leises Kribbeln breitete sich in meinem Bauch aus.

Tatsächlich hatte ich meine Rolle nie hinterfragt, da es schon immer so gewesen war, dass Lexie Dinge anschob und machte. Ich war diejenige, die sich um unsere Eltern und das Haus kümmerte.

»Früher wollte ich gerne reisen«, gab ich zögerlich zu. »Aber dann war ich mit Parker zusammen und ... es hat sich irgendwie anders ergeben. Parker wollte erst den Bootsverleih auf Vordermann bringen.«

Wir blieben vor der Veranda stehen. Im Winter sah alles etwas kahl aus, da ich die Pflanzen nach drinnen geholt hatte. Im Sommer, wenn keine Stürme zu befürchten waren, standen hier Töpfe mit Hibiskus, Rosen und Jasmin.

»Auf jeden Fall hatten deine Großeltern einen guten Geschmack«, lautete Jaxons Urteil. »Mir sind die alten Häuser viel lieber als diese modernen Kästen.«

»Das geht mir genauso.« Ich lächelte. »Möchtest du auf einen Kaffee reinkommen?«

»Das ist lieb von dir, aber leider muss ich ablehnen«, sagte Jaxon bedauernd. »Ich bin mit Hilly verabredet.« Enttäuschung kroch in mir hoch. »Was hältst du von einem Lauf-Date? Ich könnte einen Trainingspartner gebrauchen. Alleine ist es immer ein wenig langweilig.«

Ich strahlte ihn an. Es schmeichelte mir, dass er meine Gesellschaft suchte, obwohl ich offensichtlich deutlich schlechter trainiert war als er. »Einverstanden.«

»Morgen um die gleiche Zeit?«

»Das klingt prima.«

»Gut, ich hole dich ab. Viel Spaß beim Schreiben, und grüß deine Schwester.«

Jaxon wandte sich ab und lief davon. Nachdenklich starrte ich ihm hinterher.

15

Jaxon

»Du bist wieder zurück.« Hilly stand wie aus dem Nichts plötzlich vor mir im Flur und musterte mich interessiert. Jedes Mal, wenn sie mich so ansah, hatte ich das Gefühl, sie würde meine Gedanken lesen. »Ich war am Strand joggen.«

»Und warum hast du so ein dämliches Grinsen auf dem Gesicht? Wenn ich jogge, sehe ich nicht so aus.«

Die Frau war scharfsinnig wie ein Orakel. »Ich habe jemanden getroffen, den ich kenne.«

»Eine Frau?«

Ich kam mir vor wie früher, wenn Mum auf mich gewartet hatte, nachdem ich mit Freunden ausgegangen war. »Ich wüsste nicht, was dich das angeht. Aber ja. Molly Wilson.«

»Molly?«, wiederholte Hilly langsam.

»Ja, wir sind uns schon mal in Elizabeth City begegnet. Ihr Auto ist abgesoffen, und ich habe ihr geholfen, die Karre wieder in Gang zu setzen.«

»Was für ein Zufall!« Hillys Tonfall ließ mich aufhorchen.

Ich zuckte gleichgültig mit den Achseln. »Zufälle passieren.«

»Daran glaube ich nicht. Alles im Leben geschieht aus einem Grund. Das ist das Gesetz des Universums.« Ihre Augen zogen sich zu Schlitzen zusammen. »Hör zu, Junge. Ich glaube, wir sollten uns mal über Molly Wilson und dich unterhalten.«

»Ich wüsste nicht, was es da zu reden gibt.«

»Es gibt Dinge, die du über sie wissen solltest«, erklärte Hilly.

»Wie meinst du das?«

»Das Mädchen hat im letzten Jahr ziemlich viel durchgemacht. Das Letzte, was die Kleine gebrauchen kann, ist ein Mann, der sie verarscht.«

»Wie kommst du darauf, dass ich …« Ich machte ein empörtes Gesicht. »Wir waren zusammen joggen, mehr nicht!«

»Ich kenne diesen Blick. Den habt ihr Männer, wenn euch eine Frau gefällt. Und dein Gesicht spricht ganze Bände. Also erzähl mir keinen Scheiß.« Ihre Augen funkelten angriffslustig.

»Ich habe ja nicht behauptet, dass ich sie nicht gut finde«, wiegelte ich ab. »Aber ich kann dir eines versichern: Molly zu schaden ist das Letzte, was ich möchte.«

»Gut.« Hilly nickte. »Das ist schon mal ein Anfang. Damit kann ich arbeiten.«

»Arbeiten? Was hast du mit mir und Molly zu schaffen?« Diese Frau war mir ein Rätsel.

»Du möchtest sie doch bestimmt näher kennenlernen«, sagte Hilly bestimmt, als wüsste sie die Antwort darauf schon.

Ich überlegte einen Moment. Sollte ich Hilly in meine Pläne, Molly zu helfen, miteinbeziehen?

Vielleicht nicht ganz, aber ein bisschen Unterstützung konnte nicht schaden. Sollte sie ruhig in dem Glauben bleiben, dass ich einfach einer der Typen war, die auf die hübsche Molly standen. »Ich hätte nichts dagegen.«

»Na also. Dann würde ich vorschlagen, wir setzen uns bei einem Kaffee zusammen und ich erzähle dir mal ein bisschen was aus meinem Leben.«

»Ich dachte, wir wollen über Molly sprechen?«

»Nicht so ungeduldig.« Hilly tätschelte meine Hand. »Das eine hängt mit dem anderen zusammen.«

»Ich bin gespannt.«

»Gut, dann treffen wir uns in der Küche, wenn du geduscht hast. Ich habe keine Lust, neben einem stinkenden Mann zu sitzen.«

»Okay, Boss.« Marianne Hillard wurde mit jeder Minute interessanter. Ich war gespannt, was sie mir über Molly zu erzählen hatte, was ich nicht schon wusste.

Hilly kicherte. »Endlich ein Kerl, der es verstanden hat.«

»Das war nicht sonderlich schwer.« Auf eine eigenartige Weise erinnerte Hilly mich mit ihrer direkten Art an meine Mutter. Pfeifend ging ich nach oben auf mein Zimmer.

***

»Setz dich!«, wies Hilly mich an, als ich zwanzig Minuten später in die Küche kam. Sie hatte den Tisch bereits gedeckt und es sich auf dem Stuhl gemütlich gemacht. In der Luft hing der Duft nach frischen Kräutern, der zweifellos vom Tee stammte, der in der Kanne darauf wartete, getrunken zu werden. Ein Kaffee wäre mir lieber gewesen.

Ich ließ mich auf den Stuhl gleiten. Hilly goss eine braune Brühe in den Becher und reichte ihn mir. Misstrauisch schnupperte ich daran. Das war definitiv kein schwarzer Tee, sondern irgendein Kräutergebräu, das nicht nur abscheulich roch, sondern noch dazu schrecklich aussah. »Was ist das für ein Zeug?«

»Das reinigt deine Aura.« Ihre grauen Augen beobachteten jede meiner Bewegungen.

Ich schüttelte den Kopf. »Was?«

Hilly seufzte. »Ich dachte mir schon, dass du keine Ahnung hast. Deine Aura ist deine Lebensenergie, die dich umgibt und sich als Farbe darstellt.«

Ich stellte die Tasse zurück auf den Tisch. »Verarschen kann ich mich alleine.«

»Ich meine es ernst«, antwortete sie mit einem Lächeln auf den Lippen. »Jeder Mensch ist von einer Aura umgeben. Du musst dir das vorstellen wie eine Wolke, in der du dich bewegst. Manche Menschen können diese Auren sehen, so wie ich. Deine Aura hat eine mattrote Farbe. Ein Hinweis darauf, dass eine Menge Aggressivität und Wut in dir sind, gepaart mit Willenskraft, Mut und Unternehmungslust. Du bist ein Freigeist, der von seinen Emotionen gesteuert wird.«

Ich musste gegen meinen Willen schlucken. Woher wusste Hilly so viel über mich? Mit wenigen Worten hatte sie genau meine momentane Stimmungslage getroffen, und das, obwohl wir gerade mal ein paar Sätze miteinander gewechselt hatten.

»Ich hatte schon immer die Gabe, mein Gegenüber einzuschätzen.« Hilly hatte eine Kerze aus einer Schublade unter dem Küchentisch hervorgezaubert und zündete sie an. Dabei murmelte sie leise ein paar Worte, die ich nicht verstand. Zögerlich nahm ich den Becher wieder in die Hand. Was, wenn die Frau mich vergiften wollte? »Keine Sorge«,

124

sagte Hilly, bevor ich den Gedanken zu Ende gedacht hatte. »Ich will dich nicht vergiften.« Sie nahm die Kerze hoch und pustete mir den Rauch ins Gesicht.

Ich blinzelte irritiert. »Was soll das?«

»Damit reinige ich deine Aura. Vergiss das Trinken nicht.« Entschlossen schüttete ich mir das Zeug in den Rachen. Ein bitterer Geschmack legte sich zusammen mit einem pelzigen Gefühl in meinen Mund. Ich verzog das Gesicht. »Bäh.«

»Ich habe nicht gesagt, dass es gut schmeckt.« Sie grinste verschmitzt. »Und nun gib mir deine Hand.« Ich streckte den Arm aus. Sofort packte sie mit erstaunlicher Kraft zu. Ihre dünnen Augenbrauen zogen sich zusammen, während sie meine Handinnenfläche kritisch musterte. Mit dem Zeigefinger fuhr sie die feinen Linien darauf nach. »Hm.«

»Was?«, fragte ich beunruhigt.

»Unterbrich mich nicht. Ich muss mich konzentrieren!«, herrschte sie mich an.

Ich schwieg. Zeitgleich fragte ich mich, was ich hier tat. Ich war schließlich nicht nach Kitty Hawk gekommen, um mir von einer Irren meine Handlinien streicheln zu lassen und dabei auch noch einen beschissen schmeckenden Tee zu trinken. Ich war kurz davor, das Ganze abzubrechen, als Hilly zu mir hochsah.

»Sehr interessant.« Mit ernster Miene gab sie meine Hand frei.

»Was ist interessant?«

»Deine Zukunft.« Sie kam mit ihrem Gesicht ganz nah. »Halt still.«

»Warum?«

»Kannst du nicht einmal machen, worum ich dich bitte?«, fauchte sie mich an.

Ich hatte mich definitiv bei einer Verrückten eingemietet, so viel war sicher!

Ehe ich es verhindern konnte, hatte sie die Hand ausgestreckt und fasste mir ans Auge. Instinktiv duckte ich mich weg.

»Ich habe gesagt, stillhalten!«

»Erst wenn du mir sagst, was du vorhast.«

Sie seufzte theatralisch. »Die Indianer nennen mich Pauwau. Das bedeutet Hexe.«

»Wie beruhigend«, erwiderte ich lakonisch.

»Ich kann die Aura meines Gegenübers erkennen und die Zukunft aus den Händen deuten«, fuhr Hilly unberührt fort. »Und ich kann deine Iris lesen wie die Ringe eines uralten Baumes.«

Ich zuckte zurück, als sie sich erneut zu mir beugte und die Lider meines rechten Auges auseinanderschob. Sekundenlang starrte sie in mein Auge, bis es tränte. Ich blinzelte.

Endlich gab sie mich frei und sackte mit einem tiefen Seufzer in sich zusammen. Ihre Hand zitterte, als sie nach dem Becher griff und einen tiefen Schluck nahm. So langsam wurde mir die Sache unheimlich.

»Und? Wie lauten die Lottozahlen von nächster Woche?«, witzelte ich, um meine Nervosität zu überspielen.

»Ich werde meine Gabe nicht für einen solchen Blödsinn nutzen.«

Ich seufzte. »Okay, dann sag mir, was du gesehen hast. Was muss ich tun?«

»Die Zukunft eines Menschen ist nicht festgeschrieben, wie die meisten denken. Alles ist in Bewegung und kann von verschiedenen Faktoren beeinflusst werden.«

»Das ist mal wieder typisch«, schnaubte ich. »Du behauptetest, du kannst die Zukunft lesen, und wenn man dir eine direkte Frage stellt, weichst du aus.«

»Ich weiche nicht aus. Ich sage nur, wie es ist. Die Zeichen der Zukunft zu lesen, ist nicht einfach. Noch kannst du sie verändern.«

»Aha. Und wie sieht es bei mir so aus?«, witzelte ich.

»Fangen wir erst einmal mit dem Einfachen an«, sagte sie ernst. »Der Vergangenheit.« Ich hatte Hilly bis auf wenige Einzelheiten nicht viel von mir erzählt. Gespannt lauschte ich ihrer rauen Stimme. »Du hattest keine leichte Kindheit. Ich sehe viel Unruhe in deinem Leben. Häufige Ortswechsel. Wenige Freunde. Große Enttäuschungen.«

Ein Kloß hatte sich in meinem Hals gebildet, der nicht verschwinden wollte. Woher wusste sie das alles über mich? Hatte sie einfach gut geraten?

»Aber es gab auch Menschen in deinem Leben, die dich bedingungslos geliebt haben.« Ich nickte bei dem Gedanken an meine Mum und meine Grandma. »Deine Kindheit hat dich geprägt. Du öffnest dich nicht gerne. Du hast einige Fehler gemacht. Mache davon begleiten

126

dich bis heute.« Hilly stockte. Ihre Augen zogen sich unheilvoll zusammen. »Aber den größten Fehler hast du in jüngster Vergangenheit begangen.«

Ich hielt die Luft an. Der letzte Satz hallte in meinen Ohren nach. Ahnte Hilly, weshalb ich nach Kitty Hawk gekommen war? Panik überfiel mich. Vielleicht hatte sie in meinen Sachen geschnüffelt? Ich hatte Mollys Adresse in meinen Planer geschrieben. Daraus könnte den Laptop durchsucht hatte.

»Du bist nicht zufällig hier, wie du behauptet hast. Du bist wegen Molly hier.«

Verdammt! Woher wusste sie das?

»Und wenn es so wäre?«, krächzte ich, unfähig, einen klaren Gedanken zu fassen. Ich fühlte mich eigenartig schwer. Alles hörte sich an, als würde ich mich unter einer Taucherglocke befinden.

Hilly pustete die Kerze aus. »Ich weiß, dass es so ist!«

»Aber …« Ich öffnete den Mund und schloss ihn wieder.

Sie legte ihre Hand auf meinen Arm. »Du bist einer von den Guten, aber du musst aufpassen, dass du nicht vom rechten Pfad abweichst.«

»Ich möchte ihr nur helfen«, murmelte ich.

»Ich weiß, aber das wird nicht leicht. Du bist dabei, dich in ein Netz aus Lügen zu verstricken.«

Bei ihrem letzten Satz setzte mein Herz einen Schlag aus. Hilly konnte unmöglich ahnen, was ich getan hatte. Sie bluffte!

»Ich lüge nicht«, verteidigte ich mich halbherzig.

»Bist du dir da sicher?« Ihr Blick traf mich bis ins Mark. Ich schauderte. »Weshalb bist du wirklich hier, Jaxon?«

Ich zögerte. »Ich … ich möchte ihr helfen. Sie verdient es, glücklich zu sein.«

»Glück ist eine Sache, die wir uns verdienen müssen. Niemand von uns kann sagen, was das Schicksal für uns vorgesehen hat. Manchmal muss man durch ein Tal der Tränen gehen, um das Glück zu finden. Manche finden es nie.«

Ich hatte in Mollys Laptop geschnüffelt und war nach Kitty Hawk gefahren wie ein Stalker. Dabei hatte ich Molly nie schaden wollen. Ganz im Gegenteil! Mit einem Mal war ich mir nicht mehr so sicher, ob ich wirklich das Richtige tat. Wer war ich, dass ich glaubte, ich könnte das Schicksal eines Menschen beeinflussen? Noch dazu das einer Frau, die ich überhaupt nicht kannte. Ich dachte daran, wie sie mich heute mit einem Lächeln angesehen hatte, und wischte meine Zweifel davon.

»Wie ich schon sagte, unsere Zukunft ist in Bewegung. Niemand kann genau sagen, welcher Weg der richtige ist.« Hillys Augen starrten ins Leere. »Ich sehe Licht und Schatten in deiner Zukunft. Es hängt von dir ab, was es werden wird.«

»Und was soll ich deiner Ansicht nach tun?« Ich konnte es selbst nicht fassen, dass ich ernsthaft eine Verrückte nach Rat fragte.

»Die Wahrheit sagen, wenn es an der Zeit ist.« Hilly stand auf und schüttete den restlichen Tee in den Ausguss.

16

Molly

»Das war ziemlich cool.« Jaxon lehnte sich lässig gegen die Hauswand. Er hatte mich am Morgen wie verabredet abgeholt. Als ich die Tür geöffnet und ihn gesehen hatte, war mein Puls nach oben geschnellt wie eine Rakete. Es war erstaunlich, welche Wirkung dieser Mann auf mich hatte. Entgegen meiner sonstigen Angewohnheit hatte ich vor dem Sport geduscht und mich ein wenig zurechtgemacht. Ich wollte hübsch aussehen, wenn ich Jaxon gegenübertrat. Eine Erkenntnis, die mich leicht beunruhigt hatte.

Das Wetter war uns gnädig gewesen und hatte sich von der besten Seite gezeigt. Vom strahlend blauen Himmel hatte die Sonne auf uns herabgeschienen und jeden unserer Schritte begleitet. Das Meer war ruhig gewesen.

Im Gegensatz zum gestrigen Tag hatte Jaxon sein Tempo meinem Rhythmus angepasst, was mir die Möglichkeit gegeben hatte, mich zu unterhalten, ohne wie ein Asthmatiker zu klingen, der gerade einen akuten Anfall hatte. Ich hatte ihm von meiner Familie erzählt, und er hatte mir im Gegenzug von seiner Mutter berichtet. Es hatte mir in der Seele wehgetan, zu hören, wie sehr er mit dem Schicksal kämpfte, das seiner Mutter widerfahren war. Dabei war mir bewusst geworden, wie unterschiedlich wir großgeworden waren. Lexie und mir hatte es nie an Aufmerksamkeit, Liebe und Geld gemangelt. Wir waren bedingungslos unterstützt worden in allem, was wir getan hatten.

»Ja, das war toll«, erwiderte ich leicht außer Atem.

Der Wind spielte mit Jaxons Haaren wie ein Kätzchen mit Wollfäden. Seine braunen Augen schimmerten wie flüssiger Honig im Sonnenlicht. Wunderschön und verwirrend zugleich. Jedes Mal, wenn er mich ansah, hatte ich das Gefühl, dass er mein Innerstes berührte. Mein ganzer Körper reagierte auf ihn wie der eines Teenagers.

»Daran könnte ich mich wirklich gewöhnen.« Er grinste schief. Dabei bildeten sich kleine Fältchen um seine Augen.

»Ich auch. Möchtest du noch kurz auf ein Wasser reinkommen?« Ich deutete auf die Tür hinter mir. Wir hatten eine ordentliche Strecke zurückgelegt, und keiner von uns hatte eine Wasserflasche mitgenommen. Mein Mund fühlte sich trocken und pelzig an.

»Klingt sehr verlockend. Ich habe das Gefühl zu verdursten.« Auf seinem Gesicht sammelten sich winzige Schweißperlen.

»Na dann.« Ich machte eine einladende Handbewegung. »Herzlich willkommen in meinem Zuhause.« Mit einem Ruck drückte ich die Tür auf. »Komm, ich gebe dir eine kleine Führung, wenn du möchtest.«

»Cool. Gerne.« Er folgte mir nach drinnen. Sein Blick wanderte durch den Flur. Dabei schien er jeden Millimeter zu scannen.

»Im unteren Stock befinden sich Wohnzimmer und Küche.«

»Ganz schön groß für eine Person.« Er pfiff anerkennend durch die Zähne. »Du müsstest mal meine Bruchbude sehen! Ich glaube, dein Klo ist größer als mein Wohnzimmer.«

Wir lachten beide über seinen kleinen Witz.

»Na ja, eigentlich waren wir zu viert. Aber nachdem Parker gestorben und Lexie nach Afrika gegangen ist, gibt es nur noch mich und Dog.« Er nickte stumm, ohne den Blick von mir zu nehmen. Ich führte ihn ins Wohnzimmer. »Von hier aus hat man einen direkten Zugang zum Strand.« Ich deutete auf die Terrassentür.

»Der Ausblick ist wirklich der Hammer.« Jaxon trat neben den Kamin. »Ihr heizt noch mit Holz?«

Ich lachte. »Ja, ziemlich altmodisch!«

»Ich finde es toll. Ich mag den Geruch.«

»Geht mir auch so. Wobei ich eine Zentralheizung manchmal nicht schlecht fände. Aber mir und Lexie fehlen die finanziellen Mittel dazu.«

»Wann kommt deine Schwester wieder zurück?«

Ich hatte ihm beim Laufen von Lexies Projekt in Malawi erzählt. »Frühestens in drei Monaten. Aber bei meiner Schwester weiß man nie.« Ich zuckte mit den Achseln. »Hast du Geschwister?«

»Keine, von denen ich wüsste.« Ein harter Zug hatte sich um seinen Mund gebildet. »Mein Dad hat uns verlassen, als ich zwei Jahre alt war. Seitdem habe ich nichts mehr von ihm gehört.«

»Das muss schrecklich für dich und deine Mum gewesen sein.«

»Ja, ziemlich.« Seine Augen blickten düster auf mich herab.

»Da hatte ich ziemlich Glück mit meinen Eltern. Wenn es Dad zu viel wird, verkriecht er sich in den Keller und bastelt.« Jaxon sah mich verwirrt an. »Er hat sich eine Werkstatt eingerichtet und baut irgendwelche Dinge. Letztes Jahr waren es Vogelhäuschen, dieses Jahr sind es Windspiele. Ich glaube, das ist nur ein Vorwand, damit er seine Ruhe hat. Deshalb hatten wir immer jede Menge selbstgemachtes Holzspielzeug«, erklärte ich. »Mum kann ziemlich bestimmend werden.«

Jaxons Mundwinkel zuckten belustigt. »Verstehe!«

Dog stand in der Tür und wedelte erwartungsvoll mit dem Schwanz.

»Ich glaube, Dog verdurstet gleich«, sagte ich lächelnd.

»Daran will ich auf keinen Fall schuld sein«, antwortete Jaxon.

Wir setzten uns in Richtung Küche in Bewegung.

»Wasser oder lieber etwas anderes? Ich könnte dir noch Kaffee, Tee oder ein Bier anbieten«, scherzte ich.

»Wenn du mich so fragst, nehme ich ein Bier.« Er lehnte sich lässig gegen den Küchentisch.

»Wirklich?« Ich sah ihn verblüfft an. Mit der Antwort hatte ich um diese Uhrzeit nicht gerechnet. Jaxons Mundwinkel kräuselten sich. »Mistkerl!«

Ich schnappte mir das Küchentuch und warf es nach ihm. Er duckte sich blitzschnell, und das Tuch flog an ihm vorbei geradewegs auf Dog, der sich neugierig hinter Jaxon aufgebaut hatte. Alles, was noch von Dogs Kopf zu sehen war, war die dunkle Schnauze unter dem Tuch. Wir brachen beide in schallendes Gelächter aus. Es tat gut, mal wieder unbeschwert zu lachen. Seit Lexie weg war, hatte es kaum noch eine Gelegenheit dazu gegeben. Ich reichte Jaxon das Wasser und nahm mir selbst ein Glas.

»Danke.« Gierig trank er, und ich folgte seinem Beispiel. »Ah, es gibt doch nichts Besseres als frisches Wasser nach dem Sport.« Er stellte das Glas auf den Tisch.

»Ja, das stimmt.« Ich nahm die Flasche und füllte uns nach.

»Das Haus ist von innen noch schöner als von außen. Erinnert mich ein wenig an die Wohnung meiner Großmutter«, sagte er mit weicher Stimme.

»Ja, das sind auch noch die Originalmöbel von Granny«, antwortete ich lachend. »Eigentlich wollten Lexie und ich alles neu machen, aber dann fanden wir, dass es so viel besser aussieht.«

»Du schreibst Liebesromane?«

Ich stockte. »Woher weißt du das?«

Jaxon leckte sich über die Lippen. »Hilly hat es mir erzählt.«

Er hatte sich also mit Hilly über mich unterhalten. »Ja, ich schätze, das ist in meinen Genen verankert«, erwiderte ich schmunzelnd. »Jemand muss ja an die Liebe glauben, wenn ihr Männer es schon nicht tut.«

Er musterte mich interessiert. »Wer behauptet das?«

»Na ja, die meisten Männer, die ich kenne, sind in dieser Hinsicht eher nüchtern.«

»Kann schon sein. Ich gehöre nicht dazu. Glaubst du auch an die Liebe auf den ersten Blick?«

Für einen Wimpernschlag hatte ich das Gefühl, die Welt um uns herum würde stillstehen. Ein leichtes Flattern breitete sich in meinem Bauch aus. »Ich weiß nicht«, gab ich zögerlich zu. »Vielleicht.«

»Vielleicht?« Jaxon sah mich fragend an. »Das ist ziemlich vage für eine Liebesromanautorin.«

»Bei Parker und mir war es keine Liebe auf den ersten Blick. Eher auf den zweiten. Dafür kannten wir uns schon zu lange.«

Als Parker und ich auf dem College waren, fand ich ihn ziemlich eingebildet. Er spielte damals im College-Team Soccer und wurde von den Mädchen umgarnt, was dazu führte, dass er sich wie Superman persönlich benahm. Es war seiner Hartnäckigkeit zu verdanken, dass wir zusammengekommen waren.

Jaxon hielt mich noch immer mit seinem Blick gefangen. Ich bewunderte im Stillen die langen Wimpern und die leicht schrägen Augen, die mich jedes Mal an eine Raubkatze erinnerten.

»Und du? Glaubst du denn an die Liebe auf den ersten Blick?« Ich hoffte, dass er das leichte Zittern in meiner Stimme nicht bemerkte.

Das Lächeln war aus seinem Gesicht verschwunden. Sein Blick brannte sich in mein Gesicht. Sekundenlang sagte keiner von uns ein Wort. Abrupt stieß er sich von der Küchentheke ab. »Ich denke, ich sollte langsam gehen.«

»Aber …« Ich schüttelte den Kopf, verwirrt über die Reaktion.
»Habe ich etwas Falsches gesagt?«

»Nein. Ich habe nur total die Zeit vergessen«, sagte er. Sein Lächeln wirkte aufgesetzt.

»Aha.« Ich musste mir Mühe gegeben, meine Enttäuschung über seine Reaktion nicht zu zeigen.

»Ich habe Hilly versprochen, ihr im Garten zu helfen.« Er beugte sich vor. Instinktiv hielt ich die Luft an. Sein Gesicht war kaum eine Handbreit von meinem entfernt. Sein warmer Atem streichelte meine Wange. Mein Blick blieb auf seinem Mund hängen. Er hatte leicht geschwungene Lippen, die zum Küssen einluden. Wie es sich wohl anfühlte, von ihnen berührt zu werden? Er sah mich fragend an. »Morgen um die gleiche Zeit?«

»Ja.« Mein Herz machte einen freudigen Hüpfer. Ich hatte gehofft, dass er mich fragen würde.

»Gut, bis morgen. Ich freue mich drauf.« Mit einem Ruck zog er sich zurück.

Ich nickte stumm und sah ihm hinterher. Was war da eben passiert?

***

Nervös spielte ich mit dem Stift in meiner Hand. Seit meinem Treffen heute Morgen mit Jaxon fiel es mir schwer, mich zu konzentrieren. Ich musste ständig an unsere Unterhaltung denken. Sein Blick, als er mir die Frage nach der Liebe auf den ersten Blick gestellt hatte, ging mir nicht mehr aus dem Kopf. Warum hatte er so eigenartig auf meine Gegenfrage reagiert?

Das Klingeln meines Handys riss mich aus meinem Gedankenfluss. Toms Name leuchtete auf dem Display auf.

»Hi«, meldete ich mich.

»Hallo, Molly.« Er klang erfreut. »Ich wollte mal hören, wie es dir geht.«

»Gut. Ich habe viel gearbeitet.« Dog sah interessiert zu mir hoch.

»Dann wäre eine kleine Abwechslung doch bestimmt nicht verkehrt. Schließlich sitzt du ja den ganzen Tag alleine am Schreibtisch.«

»Klar.« Ich lehnte mich im Stuhl zurück. »Woran hast du gedacht?«

»Brandon und ich wollten dich fragen, ob du Lust hast, uns zu Cathys Kinoabend zu begleiten.«

Ich fasste mir mit der Hand an die Stirn. Ich hatte die Ankündigung im Schaufenster von Mr Capshaw gesehen, aber es dann total vergessen. »Wann denn?«

»Morgen um sieben Uhr. Brandon meinte, das wäre ein großes Ereignis und eine gute Chance für mich, mal alle Bewohner von Kitty Hawk kennenzulernen.«

»Womit er recht hat«, bestätigte ich. Der Kinoabend im *Cathy's* hatte Kultstatus. Die ganze Gemeinde kam zusammen, um Neuigkeiten auszutauschen und gemeinsam mit den Nachbarn einen gemütlichen Abend zu verbringen.

»Welcher Film wird gezeigt?« Eine unnötige Frage, denn eigentlich spielte es keine Rolle. Hauptsache, man war dabei.

»Der *neue*«, Tom betonte das Wort, »*Avengers*-Film! Ich glaube, der lief letztes Jahr zu Weihnachten in den Kinos.«

Ich musste lachen. »Das klingt doch vielversprechend.«

»Dann kommst du mit? Brandon würde sich sehr freuen.«

»Du etwa nicht?«, neckte ich ihn.

»Natürlich. Ich dachte nur, wenn ich Brandon erwähne, steigt die Chance, dass du mitkommst.«

Ich kicherte. »Ich wäre auch mitgekommen, wenn nur du mich gefragt hättest. *Das* Kinoereignis des Jahres kann ich mir unmöglich entgehen lassen.«

»Gut zu wissen! Ich würde dich abholen.«

»Einverstanden. Bis morgen.« Ich legte auf.

Ich musste an Jaxon denken. Würde er auch kommen? Wahrscheinlich nicht, schließlich war er nicht Teil unserer kauzigen Gemeinde. Schade eigentlich. Wenn ich ehrlich war, wäre ich lieber mit ihm hingegangen.

Was machte er eigentlich den ganzen Tag in Kitty Hawk, außer mit mir joggen zu gehen und Hilly im Garten zu helfen? Obwohl er mir von seiner Mutter und seiner Vergangenheit erzählt hatte, wusste so gut wie nichts über sein aktuelles Leben. Bei unserem nächsten Treffen würde ich versuchen, etwas mehr über meinen mysteriösen Joggingpartner zu erfahren.

***

Hi Lexie,

stell dir vor, ich habe einen neuen Laufpartner. Jaxon Davis, der Typ, von dem ich dir erzählt habe. Es war wirklich cool. Wenn ich weiter so trainiere, bin ich topfit, bis du wiederkommst. Davon abgesehen macht es richtig Spaß mit ihm. Der Mann hat die Figur einer griechischen Gottheit. Groß, schlank, sportlich – und ich glaube, er hat ein richtiges Sixpack.

Ich berichtete ihr von meinem Lauf und dem anschließenden Gespräch in der Küche.

Was hättest du an meiner Stelle gesagt? Glaubst du eigentlich an die Liebe auf den ersten Blick? Das ist tatsächlich eine Frage, die ich mir noch nie gestellt habe. Witzig, oder? Wo ich doch eine Liebesromanautorin bin!

Ich knabberte an meiner Unterlippe. Jaxons Gesicht tanzte durch meinen Kopf, und mit ihm kam das nervöse Kribbeln, das mich in seiner Gegenwart immer überfiel. Jedes Mal, wenn ich Jaxon gegenüberstand, überkam mich der Wunsch, von ihm berührt zu werden. Er übte eine magische Anziehungskraft auf mich aus, wie ich sie noch nie zuvor gespürt hatte.

Wie läuft es bei dir? Du hast geschrieben, dass du mit Asante einen Ausflug zum Nachbardorf machen wolltest. Du musst mir unbedingt schreiben, wie es war. Und was macht der Knoblauch-Arzt?

In ihrer letzten Mail hatte Lexie mir von einem neuen Kollegen erzählt, der schrecklich nach Knoblauch stank und auch sonst ziemlich spröde sein musste.

Ich bin übrigens eingeladen. Tom und Brandon gehen morgen mit mir zum Kinoabend bei Cathy. Schade, dass du nicht dabei bist. Auf der anderen Seite hast du es herrlich warm, während es hier ziemlich kalt geworden ist. Heute Morgen waren das erste Mal die Fenster im Badezimmer mit Eisblumen bedeckt. Du kannst dir vorstellen, wie kalt es war, als ich duschen wollte. Brrrr! Wenn du wiederkommst, sollten wir unbedingt über eine neue Heizung nachdenken.

Bis dahin solltest du die Wärme genießen. Ich denke an dich.

Deine Molly

17

Molly

»Du gehst also ins Kino?« Jaxon warf mir einen Seitenblick zu, ohne sein Tempo zu verringern.

»Ja, das ist so ein Ding in Kitty Hawk.« Ich erzählte ihm, wie der Kinoabend entstanden war.

»Aha. Klingt nach einem netten Event.« Er verzog keine Miene. Ich winkte ab. »Ach, es ist wirklich nichts Besonderes.« Kleine weiße Wölkchen bildeten sich bei jedem Wort vor meinem Mund. Es war bitterkalt, und ich hatte mir eine dicke Fleecejacke und Handschuhe angezogen. Das Letzte, was ich jetzt gebrauchen konnte, war eine Erkältung. »Cathy zeigt einen uralten *Avengers*-Film, und alle sitzen zusammen. Dazu gibt es Cathys legendären Eggnog oder Punsch. Das war es schon.«

»Klingt immer noch nach einem netten Abend.« Er sah alles andere als begeistert aus. »Und wer sind Tom und Brandon?«

Ich erzählte ihm von den beiden Freunden. »Brandon steht schon seit Jahren auf Lexie.«

»Deshalb geht er mit dir aus?« Jaxon sah mich kopfschüttelnd an. Er klang fast so, als wäre er eifersüchtig.

»Wir sind Freunde«, beruhigte ich ihn.

»Und was ist mit diesem Tom?«

»Bist du etwa eifersüchtig?«, rutschte es mir heraus.

Jaxon blieb mit einem Ruck stehen. Unsere Blicke verhakten sich ineinander. »Wäre das so schlimm?«

Für einen Moment hörte mein Herz auf zu schlagen. Sein Blick wanderte nach unten und blieben an meinem Mund hängen. Ich schluckte. *Küss mich.* Am liebsten hätte ich mich ihm an den Hals geworfen, stattdessen blieb ich regungslos stehen und wartete mit angehaltenem Atem, was als Nächstes passieren würde.

Er räusperte sich. »Ich möchte nur nicht, dass dir jemand wehtut.«

»Ach so.« Enttäuschung kroch in mir hoch. Für einen Moment hatte ich gedacht, er würde mich küssen und mir sagen, dass er sich in mich verknallt hatte. Aber stattdessen war es reine Fürsorge. »Keine Sorge. Brandon passt auf mich auf.«

Jaxon nickte. Seine Lippen waren fest aufeinandergepresst, sein Blick war starr geradeaus gerichtet. Die unbeschwerte Stimmung zwischen uns war mit einem Schlag verflogen. Ich ärgerte mich, dass ich den Kinoabend überhaupt erwähnt hatte.

»Wieso kommst du nicht einfach auch?«, schlug ich vor.

Ich sah, wie seine Augenbraue nach oben schnellte. »Ich glaube, das ist keine gute Idee.«

Wir hatten den schmalen Pfad zum Haus erreicht, und ich verlangsamte mein Tempo. Mein Atem ging stoßweise. Ich warf einen Blick auf meine Sportuhr. »Wow!«, jubelte ich. »Das war zehn Minuten schneller als sonst.«

»Da siehst du mal, wie dich meine Gegenwart beflügelt!« Jaxon grinste geradezu unverschämt.

»Haha. Bild dir bloß nichts darauf ein!«

Ich streckte das rechte Bein aus und beugte mich vor, um es zu dehnen. Ich spürte Jaxons Blick auf mir. Meine Wangen glühten, und ich senkte den Kopf, damit er nicht sah, wie ich rot wurde. Ich lehnte mich weiter vor, um den Druck auf die Ferse des hinteren Beins zu erhöhen.

»Du machst das nicht ganz richtig.«

Ich sah irritiert hoch. »Wieso?«

»Warte, ich zeige es dir.« Er stellte sich hinter mich. Von seinem Körper ging auch diesmal eine unglaubliche Wärme aus, die ich selbst auf die Entfernung spüren konnte. Mein Puls raste, als er seine Hand auf meinen unteren Rücken legte. »Du musst darauf achten, dass du hier gerade bleibst und nicht einknickst.« Ich nickte stumm. Jaxon erhöhte den Druck seiner Hand leicht. »Schon viel besser«, lobte er. »Und das Bein nicht durchdrücken, sonst belastest du dein Knie unnötig.« Stumm folgte ich seinen Anweisungen. »Und jetzt die Seite wechseln.«

Ich tat wie befohlen. Meine Sinne waren in höchster Alarmbereitschaft. Ich konnte die Hitze seiner Hand durch den dicken Stoff meiner Jacke spüren.

»Besser so?«, keuchte ich.

»Perfekt.«

Ich sah hoch. Jaxon stand direkt neben mir. Einige dunkle Strähnen hingen ihm im Gesicht. Dazwischen blitzten seine Augen gefährlich auf. Er sah ungemein sexy aus. Mir stockte der Atem bei seinem Anblick. Mein Körper war schon immer ein alter Verräter gewesen. Wenn mir ein Mann gefiel, regte er sich aus seinem Winterschlaf. Allerdings war es noch nie in solchem Ausmaß passiert wie bei Jaxon. Was war nur los mit mir? Ich musste damit aufhören, solange ich noch dazu fähig war. Ich hatte ihm mehrere Möglichkeiten geboten, mir zu zeigen, dass er Interesse an mir hatte, aber er hatte deutlich gemacht, dass er uns nur als Freunde sah. Sonst hätte er anders auf meine Frage mit der Eifersucht reagiert.

»Danke. Ich glaube, das reicht.« Ich richtete mich langsam auf, und Jaxon zog seine Hand zurück. Zur Demonstration beugte ich mich vor, tat einen tiefen Atemzug und streckte mich anschließend in die Höhe. »Sehen wir uns morgen wieder?«, fragte ich. Dabei vermied ich es, ihm in die Augen zu schauen.

»Wenn du möchtest.«

»Na klar«, sagte ich betont fröhlich. »Ich will schließlich besser werden, und du hast selbst gesagt, dass mich deine Gegenwart beflügelt.«

»Gut, dann sehen wir uns morgen. Gleiche Zeit. Gleicher Ort.«

»Einverstanden.«

Ohne mich eines weiteren Blickes zu würdigen, drehte mir Jaxon den Rücken zu und lief davon. Ich sah ihm hinterher, bis er nur noch ein winziger Punkt am Horizont war.

***

Pünktlich stand Tom vor meiner Haustür. In dem blauen Wollpullover, den Jeans und den Bootsschuhen aus feinstem braunen Wildleder wirkte er wie ein Mann von Welt, der sich auf einem kurzen Zwischenstopp auf dem Weg nach New York befand, um dort im angesagten Manhattan ein überteuertes Dinner zu sich zu nehmen.

»Hi.« Ein Lächeln zog über sein Gesicht. Sein Blick glitt über mich hinweg. »Du siehst absolut *magnifique* – fantastisch aus!«

»Ich nehme das als Kompliment«, erwiderte ich lächelnd.

Ich hatte mir mit meinem Outfit Mühe geben. Schließlich war es das erste große Event seit Parkers Tod, an dem ich wieder teilnahm – noch dazu in Begleitung von gleich zwei Männern. Ich hatte etliche Outfits probiert, bis ich das passende gefunden hatte. Normalerweise half mir Lexie immer bei der Auswahl meiner Klamotten, aber heute hatte ich mich ganz auf mein Gespür verlassen und mich für eine enge schwarze Hose und einen cremefarbenen Kaschmirpullover entschieden. Gegen die Kälte hatte ich mir Lexies alten Mantel übergeworfen. Mein Make-up war die größte Herausforderung gewesen. Ich war ungeübt, und es hatte eine Ewigkeit gedauert, bis ich die Wimperntusche aufgetragen hatte, ohne sie zu verschmieren. Aber die Mühe hatte sich gelohnt, und ich war zufrieden mit meinem Aussehen. Ich hatte ein Selfie gemacht, damit ich es Lexie schicken konnte.

»Das ist es auch. Du siehst bezaubernd aus.« Seine Stimme war weich wie Samt. Er bot mir seinen Arm dar. »Darf ich bitten?«

»Unbedingt!« Gutgelaunt hakte ich mich bei ihm unter.

Gemeinsam gingen wir zum Wagen. Ein schwarzer Jeep, der aussah, als wäre er gerade vom Produktionsband gefahren. Sogar die Ledersitze rochen neu, als ich mich darauf niederließ.

»Ich musste mir ein Auto kaufen, nachdem ich mit dem Schiff gekommen bin.« Tom, der meinen Blick aufgefangen hatte, grinste. »Ich hatte schon immer eine Schwäche für große Wagen.«

Der Schlitten war riesig und hatte sicher ein Vermögen gekostet.

»Du bist eben doch ein reicher Schnösel«, stichelte ich.

»Reich – ja! Schnösel – nein«, erwiderte Tom mit beleidigter Miene.

Ich kicherte vergnügt. »Dann wollen wir mal los.« Er warf mir einen kurzen Seitenblick zu. »Bist du so weit?«

»Yes, Sir!«

Tom trat auf das Gaspedal, und der Wagen schoss nach vorne.

***

Als wir vor *Cathy's Café* vorfuhren, waren die meisten Parkplätze bereits belegt. Wie es aussah, hatte sich das ganze Dorf dazu entschlossen, einen Kinoabend bei Cathy zu verbringen.

Galant reichte mir Tom die Hand. »Darf ich bitten?«

»Gerne.« Vorsichtig stieg ich aus.

»So viel ist sicher«, sagte Tom auf dem Weg zum Café. »Ich habe heute Abend definitiv die schönste Frau an meiner Seite.« Sein Blick lag wohlwollend auf mir.

»Danke, Tom.« Ich lächelte zurück. »Wenn du so weitermachst, werde ich noch rot.«

»Ich habe vor, den ganzen Abend nicht damit aufzuhören«, erwiderte er mit gesenkter Stimme.

Ich spürte, wie ich errötete. Es war offensichtlich, dass der Franzose mit mir flirtete. Sofort poppte Jaxons Gesicht in meinem Kopf auf. Was er wohl gerade machte?

»Da seid ihr ja«, begrüßte uns Cathy freudig, als wir eintraten. Sie hatte sich neben der Tür platziert, um jeden Besucher persönlich in Empfang zu nehmen.

Ich gab meiner Freundin einen Kuss. »Hallo, Cathy.«

»Wie ich sehe, bist du in äußerst charmanter Begleitung.« Sie schenkte Tom ein strahlendes Lächeln. Cathy hatte schon immer eine Schwäche für große dunkelhaarige Männer gehabt.

»*Enchanté* – sehr erfreut, Cathy.«

Cathy fasste sich seufzend an die Brust. »Ach, warum können nicht alle Männer meinen Namen so aussprechen?«

Tom zwinkerte ihr zu. »Das ist uns Franzosen vorbehalten.«

»*Mollhiii* klingt übrigens auch ganz nett«, ahmte ich Toms Aussprache nach.

Cathy kicherte. »Darf ich euch einen Eggnog anbieten? Den ersten dieser Saison.«

Sie hielt uns ein Tablett mit Gläsern entgegen, die mit der dampfenden gelblichen Flüssigkeit gefüllt waren.

»Unbedingt!« Ich grinste. »Das ist doch der einzige Grund, warum ich gekommen bin.«

»Da bist du nicht die Einzige.« Cathy deutete auf mehrere Gäste, die sich um den Tresen versammelt hatten und sich angeregt unterhielten. Ihre Gesichter waren gerötet, und die Augen glänzten vom Eggnog.

Ich stellte mich auf die Zehenspitzen, um mir einen Überblick über die Lage zu verschaffen. »Ist Brandon schon da?«

Cathy schüttelte den Kopf.»Nein, bisher noch nicht.«

»Ahhhh, da ist ja die bezaubernde Molly! Und mein bester Freund«, ertönte Brandons Bariton hinter uns.

»Wenn man vom Teufel spricht.« Tom drehte sich um. Die beiden Männer begrüßten sich mit kräftigem Schulterklopfen.

»Molly, du hast es bestimmt schon gehört, aber du siehst absolut umwerfend aus«, wandte Brandon sich mir zu.

»Danke, du hast dich aber auch rausgeputzt.«

Brandon hatte sich ein Jackett übergezogen, das seine breiten Schultern noch mehr betonte, und dazu Hosen, die wie angegossen auf seinen schmalen Hüften saßen. Nichts erinnerte mehr an den unsicheren, pickligen jungen Mann von früher.

»Man tut, was man kann. Die Konkurrenz schläft schließlich nicht, und wenn man einen Franzosen als besten Freund hat, musst man sich doppelt so viel Mühe geben.«

»Du brauchst dich wirklich nicht zu verstecken.« Ich zwinkerte ihm verschwörerisch zu.»Aus dem hässlichen Entlein ist ein Schwan geworden.« Gegen Brandon wirkte Tom fast schmächtig, was kein Wunder war. Brandon überragte mit seinen knapp zwei Metern jeden Mann im Raum.

»Eigentlich müsste ich jetzt beleidigt sein, aber aus deinem Mund klingt es irgendwie nett«, erwiderte Brandon lachend.

Ich machte einen Schmollmund.»Das war ein Kompliment! Ich erinnere dich nur an meine Dauerwelle. Das waren auch nicht gerade Zeiten, auf die ich mit Stolz zurückblicke.«

Brandon und ich brachen in schallendes Gelächter aus. Kylie Minogue war früher mein großes Idol gewesen. Mein einziger Wunsch war es gewesen, so auszusehen wie sie, und so war ich zum Friseur gegangen, um mir eine Dauerwelle legen zu lassen. Das Ergebnis war grauenvoll gewesen. Meine Haare hatten sich angefühlt wie Stroh, und ich hatte ausgesehen wie ein Igel.

»Wie ich sehe, amüsiert ihr euch prächtig«, sagte Tom mit leicht säuerlicher Miene.

»Ach komm schon. Molly und mich verbindet eben eine lange Geschichte.« Brandon gab seinem Freund einen freundschaftlichen Stoß in die Seite.

»Ich hoffe, das kann ich auch bald behaupten.« Toms Blick brannte sich in mein Gesicht.

Irritiert sah ich zur Seite. Ich mochte Tom, wollte ihm aber keine Hoffnung auf mehr machen. Für einen Moment wünschte ich, Jaxon wäre da.

»Auf gute alte Zeiten.« Cathy reichte Brandon ein Glas Eggnog und prostete uns zu.

»Auf einen gemütlichen Abend.« Vorsichtig nippte ich an meinem Glas. Der Eggnog lief mir angenehm warm die Kehle runter. »Damit hast du dich wieder selbst übertroffen.«

»Ein Geheimrezept meiner Großmutter. Das Wichtige ist, dass man einen guten Whiskey nimmt und nicht so einen billigen Fusel.« Cathy zwinkerte mir zu.

»Whiskey. Mmm.« Ich leckte mir genüsslich mit der Zungenspitze über die Lippen.

»Wenn wir noch einen guten Platz haben wollen, sollten wir uns beeilen.« Tom legte seinen Arm wie selbstverständlich um meine Taille. Da seine Geste nichts Besitzergreifendes hatte, sondern eher galant wirkte, ließ ich ihn gewähren, auch wenn ich mich nicht ganz wohl dabei fühlte. Brandon folgte uns dicht.

»Hallo, Molly.« Sandy Meyers kam mit einem Stechschritt auf uns zu. Parker war mit ihr als junger Mann mal ausgegangen. Seitdem hielt sie sich für eine Parker-Spezialistin und ließ keine Gelegenheit aus, mich an meinen toten Verlobten zu erinnern. »Schön, dich zu sehen.« Ihrem Blick nach zu urteilen, log sie gerade wie gedruckt. »Brandon, Darling, ich dachte, du wolltest nicht kommen?«

»Ich habe es mir anders überlegt.« Brandon zwinkerte mir zu, woraus ich entnahm, dass er eine Ausrede benutzt hatte, um nicht mit Sally in Begleitung auftauchen zu müssen.

»Das sehe ich.« Ihr Blick wanderte zu Tom. »Möchtet ihr mich nicht vorstellen?«

»Tom, das ist Sandy Meyers«, kam Brandon mir zuvor. »Vor der solltest du dich unbedingt in Acht nehmen. Die Frau ist brandgefährlich.«

Sandy blinzelte irritiert.

Tom schenkte ihr ein Lächeln. »*Enchanté*.«

»Ein Franzose!« Sandy rollte verzückt die Augen.

»Eigentlich Amerikaner«, korrigierte Tom sie, »mit französischen Wurzeln.«

»Ach, Molly, ich weiß nicht, wie du das angestellt hast, aber du bist wirklich ein Glückspilz in Begleitung von zwei so charmanten Männern.« Der Neid sprühte ihr förmlich aus den Augen.

»Du solltest dich vielleicht lieber fragen, was sie *nicht* gemacht hat«, bemerkte Brandon trocken. Ich konnte nur mit Mühe ein Lachen unterdrücken. Toms Mundwinkel zuckten ebenfalls. Sandy feuerte Pfeile in Brandons Richtung ab.

»Es war schön, dich zu sehen«, versuchte ich, die Wogen zu glätten.

»Ebenso. Du hast uns gefehlt. Aber jetzt sehe ich, womit du so beschäftigt warst, dass du deine alten Freunde nicht besuchen konntest.« Ihr Blick ruhte auf Tom.

»Immer noch dieselbe Klatschtante wie früher«, warf Brandon ein.

Für einen Moment herrschte atemlose Stille. Sandy sah aus, als hätte sie gerade einen Schlaganfall erlitten. Ihr Freund, ein junger Mann aus dem Nachbarort, fing an zu gackern.

»Was soll das?«, zischte sie den Unglücksraben an.

Ich beschloss, dass es besser war, das Weite zu suchen, bevor die Konversation noch ausuferte.

»Bis später«, verabschiedete ich mich. Sandy würdigte uns keines Blickes.

»Das war ganz schön fies von dir«, flüsterte ich Brandon zu.

»Geschieht der Schlange recht. In der Schule hat sie mich immer *Fetti* genannt, und jetzt tut sie so, als ob ich ihr bester Freund wäre.«

Cathy hatte jeweils drei bis vier Stühle kreisförmig um einen Tisch gestellt, sodass jeder einen freien Blick auf die Leinwand hatte, die sie an der Stirnwand des Raumes angebracht hatte. Tom, Brandon und ich nahmen an einer Dreiersitzgruppe Platz, von wo aus wir einen fantastischen Blick auf die Leinwand und das Geschehen im Café hatten.

Früher hatte Cathy die Filme von einem Projektor abgespielt. Mittlerweile hatte die moderne Technik Einzug gehalten und die Filme wurden von einem Beamer auf die Leinwand projiziert.

Brandon und Tom platzierten sich rechts und links von mir. Wir prosteten uns zu. Der Eggnog war wirklich köstlich, und ich musste mich zwingen, nicht alles auf einmal zu trinken. Das Zeug hatte es in sich. Drei davon, und ich war betrunken, wie ich aus leidvoller Erfahrung wusste.

Jemand schlug mit dem Löffel gegen ein Glas. Alle Gespräche erstarben.

»Hallo, ihr Lieben.« Cathy hatte sich vor der Leinwand aufgebaut. »Es freut mich, dass ihr so zahlreich erschienen seid zum ersten Kinoabend des Winters. Bitte fühlt euch wie zu Hause. Es ist genügend Eggnog da und auch andere Getränke. Am Tresen gibt es für die Hungrigen unter euch kleine Snacks.« Beifälliges Murmeln war zu hören. »Ich würde mich über eine kleine Spende von euch freuen. Das Geld ist wie immer nicht für mich gedacht, sondern soll der Küstenwache zugutekommen.« Jedes Mal, wenn Cathy ein Event veranstaltete, spendete sie die Einnahmen für einen guten Zweck. Das war genauso Tradition wie die Veranstaltungen selbst. »Und jetzt wünsche ich euch allen einen unterhaltsamen Abend mit den *Avengers*.«

Begeisterter Applaus ertönte. Es war ein eigenartiges Gefühl, wieder zwischen all den Menschen zu sitzen, die ich fast mein Leben lang kannte.

Seit ich wieder in Kitty Hawk lebte, hatte ich nie einen Abend verpasst, bis auf das letzte Jahr. Ich hatte es einfach nicht übers Herz gebracht, ohne Parker herzukommen.

Das Licht wurde gedimmt. Zeitgleich verstummten die Gespräche. Die Sitzecke neben uns war noch frei, alle anderen Plätze waren besetzt. Es flackerte, und die ersten Filmsequenzen flimmerten über die Leinwand. Es klingelte leise im Hintergrund.

»Sind wir schon zu spät?«, ertönte Hillys unverkennbare Stimme. Alle Köpfe drehten sich um.

»Marianne Hillard wusste schon immer, wie man einen Auftritt hinlegt«, flüsterte ich Brandon zu.

»Das habe ich gehört.« Brandon sah neugierig zur Tür. Er war bereits weggezogen, als Hilly nach Kitty Hawk gekommen war.

Cathy stoppte den Film, und das Licht ging erneut an. Ich drehte mich ebenfalls um. Zu meiner Überraschung war Hilly nicht alleine gekommen, sondern hatte einen Mann an ihrer Seite.

»Jaxon«, entwich es mir leise.

Aus dem Augenwinkel sah ich, wie Toms Augenbraue nach oben schnellte. Ich musterte die beiden. Jaxon war ganz in Schwarz gekleidet. Seine dunklen Haare schimmerten wie Rabenfedern im Licht. Er sah gefährlich und sexy zugleich aus. Hilly hatte eines ihrer bunten Hippiekleider angezogen, dazu die üblichen Cowboyboots. Ich vermutete, dass sie sie nur zum Schlafen auszog. Ihre langen Haare fielen in weichen Wellen wie flüssiges Silber über ihre Schultern. Ihr ewig roter Mund lächelte breit. Jaxon hielt Hillys Hand. Die beiden wirkten auf den ersten Blick wie ein Paar.

»Wie schön, dass du gekommen bist.« Cathy umarmte Hilly herzlich. Der ganze Raum verfolgte aufmerksam das Geschehen.

»Wer ist der Typ?«, fragten mich Tom und Brandon zeitgleich.

Ich schluckte. »Das sind Jaxon Davis und Marianne Hillard.«

Brandon sah mich fragend an. »Du kennst ihn?«

»Ja, wie waren paarmal zusammen joggen.«

Tom drehte sich überrascht zu mir. Missbilligung spiegelte sich in seinem Gesicht wider. »Davon hast du mir gar nichts erzählt!«

»Ich wusste nicht, dass ich dir Rechenschaft schuldig bin«, antwortete ich scharf.

»Ist das seine Freundin?«, fragte Brandon.

»Quatsch. Sie ist seine Vermieterin«, erwiderte ich heftiger als gewollt.

Jaxon hatte sich zu Hilly gebeugt und flüsterte ihr etwas ins Ohr, was Hilly mit einem lauten Lachen quittierte. Ich verspürte einen leichten Stich im Bauch. Warum hatte er mir nicht erzählt, dass er bereits mit Hilly zum Kinoabend verabredet war, und stattdessen so getan, als wüsste er gar nicht, worum es ging?

Cathy deutete auf die freien Plätze neben uns. Verdammt! Ich sank tiefer in meinen Stuhl. Mit wenigen Schritten waren die beiden bei uns. Hilly nickte uns fröhlich zu. »Guten Abend, alle zusammen.«

»Guten Abend«, grüßte Brandon fröhlich zurück. Ihn schien die Situation gut zu unterhalten. Tom dagegen blickte düster drein.

»Hallo, Molly.« Jaxons Blick ruhte auf meinem Gesicht.

Sofort setzte das Prickeln in meiner Bauchgegend ein. Alle anderen Anwesenden schienen nicht mehr zu existieren. Es gab nur Jaxon und mich. »Hallo, Jaxon.«

Er sah mich bewundernd an.»Du siehst toll aus.«

Genau in diesem Moment legte Tom seine Hand auf meine. Eine subtile, aber eindeutig besitzergreifende Geste – mit dem gewünschten Erfolg. Jaxons Mund wurde schmal, und seine Augen schleuderten Pfeile in Toms Richtung. Eine unangenehme Stille entstand. Verärgert entzog ich Tom meine Hand.

»Das ist mein neuer Gast, Jaxon Davis«, schaltete sich Hilly ein.»Einige von euch haben ja bereits von ihm gehört.«

»Hi, Jaxon.« Brandon reichte ihm die Hand.

»Hi, du musst Brandon sein. Molly hat mir von dir erzählt. Freut mich, dass wir uns begegnen. Ich bin ein großer Footballfan«, brach Jaxon das Eis.

»Wirklich? Dann sollten wir uns später unbedingt unterhalten.«

Jaxon hatte sein Lächeln wiedergefunden.»Gerne.«

»Hey. Ich bin Tom. Ein Freund von Molly.«

»Hi, Tom«, sagte Jaxon fast gelangweilt.

Cathy gab Hilly und Jaxon ein Zeichen, sich hinzusetzen.

»Es geht weiter!«, flötete sie. Zeitgleich ging das Licht aus und der Film startete erneut.

Ich drehte mein Gesicht nach vorne und versuchte, mich auf den Film zu konzentrieren. Leider nur mit mäßigem Erfolg. Immer wieder wanderten meine Gedanken zu Jaxon. Ich schielte unauffällig an Brandon vorbei. Er saß lässig in seinem Stuhl, den Arm über die Lehne von Hillys Stuhl gelegt, so als würde er sie umarmen. Genau in diesem Moment drehte er sich zu mir. Unsere Blicke trafen sich. Seine Augen schimmerten silbern, als das Licht der Leinwand darauf fiel. Ein Lächeln huschte über sein Gesicht. Lachte er über mich? Ertappt drehte ich mich zur Seite und starrte angestrengt auf die Leinwand. Mein Herz trommelte wie verrückt gegen meine Brust. Was war nur los mit mir? Ich kannte den Mann kaum, und doch brachte er mich völlig aus dem Konzept. Ich nahm mein Glas und leerte es mit einem Zug.

»Da hat aber jemand Durst«, raunte Brandon grinsend.

»Du hast es erfasst«, erwiderte ich stumpf.

Tom legte seine Hand erneut auf meine. Ich zuckte, ließ ihn aber gewähren. Meine Gedanken waren jedoch bei Jaxon. Warum hatte ich nur eingewilligt, zu diesem doofen Kinoabend zu gehen?

***

Ich blinzelte, als das Licht wieder anging. Von dem Film hatte ich nichts mitbekommen. Meine Gedanken hatten die ganze Zeit um Jaxon gekreist.

»Das war doch ein nettes Filmchen«, hörte ich Brandon zu Hilly sagen.

»Ehrlich gesagt hat er mich nicht sonderlich interessiert. Ich bin nur wegen der netten Gesellschaft mitgekommen.« Hilly kicherte. »Ich stehe mehr auf die guten alten Bikerfilme aus den Siebzigern und Achtzigern. Die hatten noch Klasse. Dieser ganze moderne Kram aus der Retorte langweilt mich nur.«

»Eine echte Kennerin«, warf Jaxon ein.

Verstohlen blickte ich zur Seite. Hillys Wangen waren gerötet, und sie strahlte übers ganze Gesicht. Jaxon saß, die Beine übereinandergeschlagen, im Stuhl. Sein Blick war auf mich gerichtet.

»Hat dir der Film gefallen?«, zog Tom die Aufmerksamkeit auf sich. Ich drehte meinen Kopf zu ihm. »Ich bin nicht so ein Actionfilm-Fan. Aber ganz gut«, sagte ich leichthin, sodass Jaxon es hören konnte.

»Ich fand ihn toll, und man muss sagen, Scarlett Johansson ist eine Klassefrau«, schwärmte Tom.

»Stimmt«, pflichtete ihm Brandon bei. »Aber nicht so heiß wie Lexie. Sorry, Molly, nichts gegen dich.«

»Kein Problem«, erwiderte ich lächelnd. »Ich kenne deine Schwäche für meine Schwester. Eigentlich schade, dass aus euch nie ein Paar wurde. Ich glaube, ihr würdest prima zusammenpassen.«

»Was nicht ist, kann ja noch werden«, sagte Hilly augenzwinkernd.

»Das bezweifele ich stark. Zumindest solange Lexie in Afrika ist« erwiderte ich.

»Das weiß man nie.« Hilly sah mich eindringlich an. »Das Schicksal geht seine eigenen Wege.«

»Du kennst Lexie nicht. Die hält es nirgendwo wirklich aus. Da muss erst einmal der richtige Mann kommen.«

»Der wird schon kommen«, sagte Hilly bestimmt. »Genau wie für dich.« Ihre grauen Augen bohrten sich in meine. Eine angenehme Wärme breitete sich in meinem Bauch aus.

Jaxon hatte recht gehabt, als er heute Morgen beim Laufen behauptet hatte, dass Hilly in die Seele eines Menschen schauen konnte. Ich fragte mich, was sie sehen würde. Wusste sie, dass ich mich nach Jaxon sehnte, schon seit dem Moment, in dem er das Café betreten hatte?

»Ich könnte noch ein Schlückchen vertragen«, warf Tom ein, der von all dem nichts bemerkt hatte. »Wie sieht es mit dir aus?«

Ich zwang mich zu einem Lächeln. »Auf jeden Fall.«

Eigentlich hatte ich schon genug getrunken. Der Whiskey war mir bereits zu Kopf gestiegen, und mir war leicht schwindelig. Das letzte Mal, dass ich so viel getrunken hatte, war schon eine Ewigkeit her. Tom stand auf.

»Warte, ich komme mit.« Ich sprang aus meinem Stuhl. »Ich muss mal für kleine Mädchen.«

»Na dann.« Tom legte seinen Arm wie schon zuvor um meine Taille. Aus dem Augenwinkel sah ich, wie sich Jaxons Augen zusammenzogen. Ich spürte eine gewisse Freude. Vielleicht war er doch eifersüchtiger, als er zugeben wollte. Lächelnd folgte ich Tom in Richtung Theke.

»Diese Hilly ist ganz schön aufdringlich«, meinte Tom.

»Ja. Sie ist ein Mensch, der sich von niemandem Vorschriften machen lässt und auf Konventionen pfeift. Ich finde das bewundernswert.«

»Auf mich macht sie eher den Eindruck eines Menschen, der sein Leben lang dem Abenteuer hinterhergelaufen ist und den Zeitpunkt verpasst hat, um sich ein Leben aufzubauen.«

»Ich glaube, da tust du ihr Unrecht. Ich habe eher das Gefühl, dass sie genau das Leben lebt, das sie leben möchte.« Ich löste mich aus Toms Umarmung. »Sieh dich an. Du hast deine Familie und dein Zuhause verlassen und bist hierhergekommen. Das ist gar nicht so anders als bei Hilly.«

»Vielleicht hast du recht.« Tom deutete auf die handbeschriebene Kreidetafel mit der Liste an Getränken. »Was möchtest du?«

Ich studierte die Karte, was in meinem alkoholisierten Zustand gar nicht so einfach war. »Ich nehme ein Wintermärchen.«

Tom folgte meinem Blick. »Klingt ziemlich süß.«

»Ich liebe süße Getränke«, gestand ich.

Tom verzog das Gesicht. »Aber das gilt doch sicher nicht für Champagner?«

»Leider doch.« Ich lachte. »Ich bin in dieser Hinsicht ein echter Kulturbanause. Für Champagner konnte ich mich noch nie begeistern. Das Zeug ist mir zu sauer, und noch dazu muss ich ständig aufstoßen. Bei Wein ist es nicht ganz so schlimm. Wenn ich schon Prickelndes trinke, dann darf es gerne ein Asti Spumante sein.« Tom verzog das Gesicht zu einer Grimasse. »Oder Chardonnay. Den mag ich auch.«

»*Mon dieu* – mein Gott!« Tom schlug theatralisch die Hände über dem Kopf zusammen. »Dann wird es höchste Zeit, dass ich dir mal einen Lehrgang in Weinkunde verpasse. Ich wette, du hast bisher einfach nicht den richtigen Champagner getrunken.«

»Vielleicht, aber ich fürchte, bei mir ist in dieser Hinsicht einfach Hopfen und Malz verloren. Das ist wie mit Kunst. Entweder ich mag ein Bild oder nicht.« Meine Blase drückte. »Ich bin gleich wieder da.«

Mit diesen Worten eilte ich davon, froh, Tom für ein paar Minuten zu entkommen. Ich hatte nichts gegen ihn, im Gegenteil. Er war charmant, aufmerksam und hatte Humor. Aber er war mir zu besitzergreifend. So wie er sich verhielt, könnte man denken, er wäre mein Freund. Ich war mir sicher, dass man bereits darüber tuschelte. Das Letzte, was ich wollte, war, Gerüchte in die Welt zu setzen.

***

Ich wusch mir die Hände, nachdem ich mir Zeit gelassen hatte, um wieder einen klaren Kopf zu bekommen. Der Eggnog und Jaxon hatten mein Hirn vernebelt. Wenn ich den Abend überstehen wollte, musste ich nüchtern bleiben. Der Alkohol war eine Fehlentscheidung gewesen.

»Hier bist du.« Cathy kam in den Raum gestürmt. Einige Strähnen hatten sich aus dem Knoten gelöst und fielen ihr ins Gesicht. »Tom hat schon gefragt, wo du bleibst.«

»Ich brauchte nur mal ein paar Minuten Ruhe«, gestand ich ihr.

Cathy musterte mich. »Du scheinst ein paar neue Verehrer zu haben. Tom sieht dich an, als würde er dich am liebsten vor den Traualtar schleppen. Brandon flirtet, weil er Spaß daran hat.«

Ich legte das Handtuch beiseite. »Mhm.«

»Tom ist ein guter Mann«, sagte Cathy, als müsste sie mich davon überzeugen. »Er ist ehrlich, offen und noch dazu Franzose.«

»Na, wenn das kein Grund ist, sich auf der Stelle in ihn zu verlieben«, sagte ich trocken.

»So wie du es sagst, hört es sich nicht so an.«

Ich stützte mich am Waschbecken ab. »Ich bin einfach durcheinander. Bis vor Kurzem war ich alleine. Kein Mann hat sich für mich interessiert«, ich stockte, »und ich mich für keinen Mann. Plötzlich ist da Tom …«… *und Jaxon*, fügte ich im Stillen hinzu.

Cathy nickte mitfühlend. »Ich kann mir vorstellen, wie schwer es für dich sein muss, dich wieder für einen neuen Mann zu öffnen.« Sie legte ihre Hand auf meine Schulter. »Aber glaub mir: Tom ist einer von den Guten.«

»Ja, ich weiß.« Ich zwang mich zu einem Lächeln.

»Diese Aktion von Hilly vorhin war selbst für sie ein ziemlicher Knaller.« Cathy kicherte. »Die Alte hat es echt faustdick hinter den Ohren, hier mit einem Toyboy aufzuschlagen. Hast du die Blicke gesehen? Ich dachte, die Hälfte der Anwesenden fällt gleich in Ohnmacht.« Sie lachte.

»Wieso geht eigentlich jeder davon aus, dass die beiden eine Affäre miteinander haben?«, sagte ich laut.

»Aber hast du nicht die Blicke gesehen, die Hilly ihm zugeworfen hat? Das sagt doch alles.«

»Das hat überhaupt nichts zu bedeuten«, zischte ich. »Wir sind schnell dabei, wenn es darum geht, jemanden in eine Schublade zu packen. Hilly ist ein Mensch, bei dem man das nicht einfach so machen kann. Dazu gehört, dass sie mit einem Mann auftaucht, der ihr Sohn sein könnte.«

»Jetzt komme ich mir richtig schlecht vor.«

Ich winkte ab. »Blödsinn.«

»Aber du hast recht. Ich sollte nicht so schnell urteilen.«

Ich wischte mir mit dem Finger etwas Mascara weg, die sich unter meinen Augen abgesetzt hatte. »Dein Eggnog ist übrigens der Knaller«, sagte ich versöhnlich. »Als Nächstes werde ich mir einen Schluck Wintermärchen gönnen.«

»Eine gute Wahl«, versicherte Cathy mir schmunzelnd. »Aber Vorsicht: Der hat es in sich.«

Ich kicherte. »Das hast du auch schon zum Eggnog gesagt.«

»Ja, aber das Wintermärchen verwandelt selbst den hässlichsten Frosch in einen Prinzen.«

»Dann nehme ich gleich zwei davon.«

»Prinzen?«

»Haha. Sehr witzig. Bis gleich.«

Ich holte tief Luft und ging die Treppe hoch. Plötzlich tauchte Jaxon vor mir auf. »Molly.«

»Jaxon!«, stieß ich aus. Ich konnte nicht anders, als ihm in die Augen zu schauen, und wurde sofort wieder in seinen Bann gezogen. »Warum bist du doch hier?«

Ein Lächeln breitete sich auf seinem Gesicht aus. »Hilly hat mich gefragt, ob ich sie heute Abend begleiten möchte, und nach dem, was du erzählt hast, war ich neugierig.«

»Das ganze Dorf redet über euch.«

»Wirklich?« Sein Blick versenkte sich in meinen. »Dabei dachte ich, dass du das Gesprächsthema Nummer eins bist.«

»Du meinst wegen Tom?« Ich winkte ab. »Er ist nur ein Freund.«

»Hm. Hilly ist auch *nur* eine Freundin.« Der zynische Unterton war nicht zu überhören. Er machte sich definitiv lustig über mich.

»Na ja, dann wünsche ich dir noch einen schönen Abend.« Das Blut rauschte in meinen Ohren.

»Eigentlich bin ich nur wegen dir gekommen«, hielt mich seine Stimme zurück. Seine Augen schimmerten wie Honig, in dem ich zu versinken drohte.

»Wirklich?«

»Ich habe den Gedanken nicht ertragen, dass dich dieser aufgeblasene Franzose ausführt.«

»Aber warum hast du mir das nicht gleich gesagt?«

»Weil ich Angst hatte, dich zu bedrängen. Ich bin fremd hier, und du hast dein Leben.«

Eine Welle der Zuneigung rollte über mich hinweg. »Oh Jaxon. Ich hätte die Verabredung sofort abgesagt.«

»Was hältst du davon, wenn wir uns aus dem Staub machen und diese langweilige Veranstaltung verlassen?« Er schenkte mir ein Lächeln, das bei mir Magenflattern auslöste.

Ich musste mich verhört haben. »Was?«

»Mein Motorrad steht draußen. Es ist Vollmond. Wir könnten eine kleine Spritztour unternehmen.«

Das war absolut verlockend. Bei dem Gedanken, mit Jaxon durch die Nacht zu düsen, wurde mir ganz heiß. »Was sollen die anderen denken?«

Er trat einen Schritt auf mich zu. »Ist dir das wirklich wichtig?«

»Ja ... Nein. Aber Tom ...« Ich hob ein wenig hilflos die Arme. »Ich dachte, Tom ist *nur* ein Freund.« Sein Blick bohrte sich in meine Augen.

»Und was ist mit Hilly?«, startete ich einen letzten Versuch, mich selbst davon zu überzeugen, hierzubleiben.

Jaxon zuckte mit den Achseln. »Hilly ist ein großes Mädchen, die kommt auch ohne mich klar.« Er streckte die Hand nach mir aus. »Es ist Vollmond und viel zu schön, um den Abend mit langweiligen Leuten in einem Café zu verbringen. Komm mit mir.«

Seine Stimme war ein erotisches Versprechen. Meine Handflächen wurden feucht vor Aufregung. Ich zögerte einen winzigen Augenblick, dann schlug ich ein. »Also gut.«

Seine Augen blitzten kurz auf. »Cool.«

In meinem Kopf arbeite es fieberhaft, wie ich Tom mein Verschwinden am besten erklären konnte. Ich konnte schließlich schlecht zu ihm hingehen und sagen: ,Hey, ich mache eine kurze Spritztour mit Jaxon.' Ich würde Kopfschmerzen vortäuschen müssen.

»Bereit?« Mir wurde ganz heiß, als er seinen Blick über meinen Körper hoch zu meinen Augen wandern ließ. Ich tat einen tiefen Atemzug und nickte. Jaxons Hand hielt meine noch immer fest umschlungen. »Dann los.«

Schritte ließen mich hochschrecken. Cathy war von der Toilette zurück. »Du bist ja immer noch hier.« Ihr Blick fiel auf unsere Hände. »Oh.«

In meinem Magen flatterte es verräterisch. »Jaxon und ich ... wir kennen uns bereits von meinem Besuch in Elizabeth City.«

Zumindest war das nicht gelogen. Jaxon stand nur daneben und sagte kein Wort.

»Aha.« Cathy kam noch eine Stufe auf uns zu. »Das geht mich auch nichts an. Ihr solltet euch vielleicht nur darauf gefasst machen, dass ihr ein paar Leute vor den Kopf stoßen könntet, wenn ihr so nach oben geht.« Ich nickte stumm. Cathy trat vor. »Ich bin deine Freundin und werde immer hinter dir stehen. Egal welche Entscheidung du triffst.«

»Danke.« Ich warf ihr einen kurzen Blick zu.

»Bis gleich, oder vielleicht bis bald.« Cathy lächelte uns zu, dann ging sie die Treppe hoch, ohne sich noch einmal zu uns umzudrehen.

Mein schlechtes Gewissen setzte mit voller Wucht ein. »Jaxon, ich glaube, es ist besser, ich bleibe hier.«

»Ich hätte dich mutiger eingeschätzt«, antwortete er schlicht, ohne eine Miene zu verziehen.

Verdammt. Mit diesem Satz hatte er mich. Ich hasste es, als Feigling dazustehen.

»Ach, was soll's.« Ich warf ihm ein zaghaftes Lächeln zu. »Scheiß auf die anderen!«

Seine Mundwinkel zuckten. »Dann los!«

»Gib mir ein paar Minuten Zeit, damit ich mich wenigstens von Tom und Brandon verabschieden kann. Das bin ich ihnen schuldig.«

»Ich warte auf dich.«

Mit klopfendem Herzen eilte ich die Treppe hoch.

18

Molly

Die meisten Gäste waren aufgestanden und unterhielten sich in lockerer Runde mit Nachbarn und Freunden. Ich entdeckte Brandon, der sich mit Hilly unterhielt, an der Bar.

»Da bist du ja!« Tom kam mit zwei Gläsern in der Hand auf mich zugeeilt.

Meine Kehle fühlte sich staubtrocken an. Ich schluckte schwer und versuchte, mir nichts anmerken zu lassen. »Hi. Entschuldige bitte, aber ich habe schreckliche Kopfschmerzen und brauchte ein paar Minuten Ruhe.«

Er musterte mich kritisch. »Geht es dir wieder besser?«

»Leider nein.«

Aus dem Augenwinkel sah ich, wie Brandon und Hilly auf uns zukamen. Von Jaxon keine Spur. Anscheinend hatte er beschlossen, noch einen Moment auf der Treppe zu verharren.

»Da bist du ja«, begrüßte Brandon mich. »Tom wollte schon eine Vermisstenanzeige aufgeben. Dabei wollte ich ihm gerade ein paar Leute vorstellen. Als zukünftiger Bootsverleiher kannst du gar nicht früh genug damit anfangen.«

»Ich habe ziemliche Migräne.« Wie zum Beweis rieb ich mit dem Finger über meine Schläfe.

Hilly sah mich bedauernd an. »Das tut mir leid.«

»Kann ich irgendetwas für dich tun?« Tom machte Anstalten, seinen Arm um meine Taille zu legen.

Ich wich einen Schritt zurück. Ich zögerte einen Moment, dann schüttelte ich den Kopf. »Nein danke. Ich glaube, es ist das Beste, wenn ich nach Hause fahre.«

»Ich fahre dich natürlich«, sagte Tom mit sanftem Gesichtsausdruck.

Verdammt. Wo war Jaxon?

»Das ist nicht nötig«, lehnte ich ab. Dabei warf ich Tom ein Lächeln zu, damit er keinen Verdacht schöpfte. »Das ist die Gelegenheit für dich, alle kennenzulernen und Kontakte zu knüpfen.«

»Ich kann dich fahren.« Wie aus dem Nichts war Jaxon hinter Toms Rücken aufgetaucht. Alle Köpfe drehten sich zu ihm. »Wenn du nichts dagegen hast, Hilly.«

»Wo denkst du hin«, kam Hilly ihm zu meiner Überraschung zu Hilfe. »Brandon und ich unterhalten uns gerade so gut.« Sie zwinkerte Brandon zu. »Und ich würde gerne noch ein Schlückchen von diesem köstlichen Zeugs zu mir nehmen. Brandon, Darling ...« Sie hielt ihm ihr Glas entgegen.

»Selbstverständlich. Gute Besserung, Kleine.« Brandon gab mir einen Kuss auf die Wange.

»Danke«, entgegnete ich matt.

»Und du bist dir sicher?« Toms Augen zogen sich argwöhnisch zusammen. Er ließ seinen Blick von mir zu Jaxon wandern.

»Ja, natürlich.«

»Mach dir keine Sorgen, Kumpel. Ich bringe sie heil nach Hause«, versicherte Jaxon.

Toms Wange zuckte.

»Tom.« Sandy Meyers näherte sich uns. Es war das erste Mal, dass ich froh war, sie zu sehen. »Sie müssen unbedingt zu uns kommen. Ich möchte Sie ein paar Freunden vorstellen.«

Das war unsere Gelegenheit! Jaxon gab mir das Zeichen zu verschwinden.

»Danke für den schönen Abend.« Ich lächelte Tom zu.

»Wenn du mich brauchen solltest, kannst du mich jederzeit anrufen.« Er gab mir einen Kuss auf die Wange. »Ich traue diesem Kerl nicht«, fügte er flüsternd hinzu.

»Mach dir keine Sorgen um mich. Ein bisschen Ruhe, und es geht mir bald wieder besser. Viel Spaß noch.«

»Ohne dich wird das schwer«, erwiderte er missmutig.

Mein schlechtes Gewissen meldete sich erneut zu Wort. Ich schielte zu Jaxon, der gerade dabei war, sich von Hilly zu verabschieden. Allein sein Anblick genügte, um mein Herz höherschlagen zu lassen.

»Bis bald«, sagte ich entschieden.

»Bis bald.« Tom hauchte mir noch einen Kuss auf die Wange. Dabei verweilte er einen Augenblick länger, als es üblich war. »Ich werde dich vermissen.« Seine Lippen ruhten warm auf meiner Haut. Nicht unangenehm, aber auch keine Sensation.

»Ich bin ja nicht aus der Welt«, scherzte ich halbherzig.

»Ich ruf dich an«, versicherte er.

»Bis dann!« Mit diesen Worten machte ich auf dem Absatz kehrt und schlängelte mich durch die Besucher in Richtung Ausgang. Jaxon hatte sich bereits verabschiedet und wartete auf mich. Er lehnte lässig am Tresen. Seine Haltung erinnerte mich ein wenig an den jungen James Dean.

»Alles okay?« Seine Stimme klang erstaunlich sanft.

»Ja. Tom war nicht gerade begeistert«, murmelte ich.

Jaxon nickte. Wortlos nahm er meine Hand. Mein Puls hämmerte wie verrückt, als wir nach draußen traten. Es war eine sternenklare Nacht. Der Mond stand wie eine silberne Scheibe am Horizont und hüllte alles in ein silbernes Licht. Im Hintergrund war das Plätschern des Wassers zu hören. Ab und zu schrie eine Möwe. Ich hatte den Mantel übergeworfen und den Schal fest um den Hals gebunden. Trotz der Kälte war mir heiß. Jaxon ging neben mir.

Das Motorrad stand keine zehn Schritte vom Eingang entfernt neben der Hauswand des Nachbargebäudes. Jaxon ließ meine Hand los. Nur seine Fingerspitzen ruhten für einen Moment auf der Stelle, wo die Haut am zartesten war und man den Puls spüren konnte. Die Berührung war federleicht und wie zufällig, aber ich wusste intuitiv, dass es nicht so war. Was würde als Nächstes passieren?

Er reichte mir den Helm. »Der sollte passen.« Ich zog ihn auf und fummelte etwas unbeholfen an dem Verschluss unterhalb meines Kinns. »Warte. Lass mich das machen.«

Vorsichtig steckte er den Verschluss zusammen. Sein warmer Atem streifte meine Wange. Ich hielt die Luft an. Sein Gesicht war meinem so nah, dass ich seine Sommersprossen zählen könnte. Mein Blick wanderte zu seinem Mund. Wie würde es sich anfühlen, ihn zu küssen?

»Fertig.« Er trat einen Schritt zurück.

Unschlüssig, was ich als Nächstes tun sollte, blieb ich stehen. Ohne mich weiter zu beachten, schwang sich Jaxon auf das Motorrad und schob es vom Ständer. Er gab mir ein Zeichen, hinter ihm Platz zu nehmen. Etwas unbeholfen setzte ich mich auf die Maschine.

»Du musst dich gut an mir festhalten«, wies er mich an. »Wenn ich mich in die Kurve lege, dann tust du das auch. Verstanden?«

Ich nickte. Mein Herz schlug so heftig gegen meine Brust, dass ich Angst hatte, es könnte raushüpfen. Meine Hände waren eiskalt, obwohl ich das Gefühl hatte zu verglühen.

»Keine Angst«, fügte er in zärtlichem Ton hinzu.

»Ich habe keine Angst«, platzte ich heraus. Ich war aufgeregt, aber Angst – nein.

Ein Lächeln erhellte sein Gesicht. »Umso besser.« Er schnappte sich den Helm, den er zwischen seine Beine geklemmt hatte, und zog ihn sich auf. »Bist du so weit?« Ich hob die Hand mit dem Daumen nach oben. Zu mehr war ich nicht fähig. Mein Hals war staubtrocken. Nervös leckte ich mir mit der Zunge über die Lippen. »Halt dich fest!«

Er startete den Motor. Ich schlang meine Arme um seine Taille. Keine Sekunde zu spät, denn im gleichen Moment machte die Maschine einen Satz nach vorne. Wir rollten vom Parkplatz. Ich warf einen letzten Blick auf *Cathy's Café.* Goldenes Licht fiel durch die Fenster auf den Weg. Für einen winzigen Moment kamen Zweifel in mir hoch. Noch hatte ich die Chance, das Ganze zu stoppen und zurück zu meinen Freunden zu gehen. Jaxon ließ den Motor aufheulen, und ich presste mich dichter an ihn. Der Geruch von Leder und Abenteuer stieg mir in die Nase. *Nein.* Entschlossen hielt ich mich fest. Ich wollte nicht zurück. Ich wollte bei Jaxon sein.

Mit sicheren Bewegungen lenkte er die Maschine auf die Straße. Kaum dass wir festen Asphalt erreicht hatten, schaltete er einen Gang höher. Das Motorrad schoss nach vorne. Ich hielt die Luft an, den Blick starr geradeaus gerichtet. Der eiskalte Fahrtwind schlug mir ins Gesicht und meine Haut fing an zu prickeln, als würden Tausende winzige Nadeln darauf treffen. Der Alkohol war mit einem Schlag verflogen, und ich konnte wieder klar denken. Ich war froh, dass ich Lexies warmen Mantel angezogen hatte. Es war herrlich. Die Häuser glitten an uns vorbei und verschwanden in der Dunkelheit der Nacht. Das Gefühl der Geschwindigkeit versetzte mich in Euphorie. Ich ging in Deckung und kuschelte mich an Jaxons Rücken.

Es dauerte nur ein paar Minuten und wir hatten Kitty Hawk hinter uns gelassen. Ich konzentrierte mich darauf, Jaxons Bewegungen zu folgen. Legte er sich in die Kurve, folgte ich seinem Beispiel. Am Anfang war ich noch etwas unsicher, aber mit jedem Kilometer, den wir fuhren, gewöhnte ich mich mehr daran. Meine Muskeln entspannten sich, die Bewegungen wurden flüssiger. Wir wuchsen zu einer Einheit zusammen. Der Fahrtwind klang wie leises Jubeln in meinen Ohren. Ich war froh, dass Jaxon vor mir saß und mich mit seinem Körper wärmte. Außer uns war niemand auf der Straße. Es herrschte völlige Dunkelheit, lediglich unterbrochen durch den Strahl des Scheinwerfers, der vor uns über den Asphalt kroch. Ich hatte keine Orientierung, wo genau wir uns befanden. Aber es war mir auch egal. Ich wollte einfach auf dem Motorrad sitzen und die Fahrt genießen.

»Lust auf ein kleines Abenteuer?«, rief er mir zu und deutete mit der Hand auf einen Weg keine hundert Meter entfernt.

Noch mehr Abenteuer? Eigentlich war mein Bedarf gedeckt. »Ja!«, rief ich. Schließlich wollte ich kein Angsthase sein. Jaxon verlangsamte das Tempo. »Wohin fahren wir?«

Keine Antwort. Ein Schlagloch tauchte vor uns auf. Ich konnte spüren, wie sich seine Muskeln unter der Jacke anspannten, als wir hindurchfuhren. Die Maschine brach aus und machte einen kurzen Schlenker. Ich schnappte nach Luft, die Augen gebannt nach vorne gerichtet. Dann hatte Jaxon die Maschine wieder im Griff.

Rechts und links vom Scheinwerferlicht war Dünengras zu erkennen. Der Asphalt brach ab. Ab hier führte ein einfacher Holzweg zum Strand. Ausbuchtungen rechts und links waren zum Parken gedacht. Ich hatte erwartet, dass Jaxon die Maschine anhalten und wir die letzten Meter bis zum Strand zu Fuß gehen würden. Stattdessen beschleunigte er und fuhr mit Vollgas auf den Strandweg zu. Was hatte er vor? Er konnte doch unmöglich den Dünenweg fahren wollen!

Die Reifen des Motorrads ratterten lautstark über die Bohlen, und wir wurden heftigen Vibrationen ausgesetzt. Ich war mir sicher, wir würden stürzen. Jaxons Hände umklammerten fest den Lenker. Sein Oberkörper war nach vorne gebeugt. Ich folgte seinem Beispiel. Der Scheinwerfer erhellte die Bohlen, um plötzlich im Nichts zu landen. Der Weg war zu Ende.

»Festhalten!«, schrie Jaxon.

Panisch klammerte ich mich an ihn. Der Motor heulte auf. Mit einem Satz raste das Motorrad über die Schwelle zum Strand. Als die Räder den Kontakt mit dem Untergrund verloren, war es für den Bruchteil eines Wimpernschlags totenstill. *Wir werden sterben*, schoss es mir durch den Kopf. Ich hatte den Gedanken noch nicht zu Ende gedacht, als die Maschine auf den weichen Untergrund setzte.

Wir schossen über den Strand. Sand spritzte auf und flog durch die Luft. Es war unglaublich! Ich musste unwillkürlich an Lexie denken. Wie oft hatten wir davon geträumt, mit dem Motorrad über den Sand zu fahren? Nun war dieser Traum für mich wahrgeworden. Ein Glücksgefühl breitete sich in mir aus und entlud sich in einem lauten Aufschrei. Ohne nachzudenken, riss ich meine Arme in die Luft. Der kühle Wind fuhr durch meine Glieder. Ich fühlte mich lebendig und befreit wie seit Jahren nicht mehr.

Die Landschaft flog an uns vorbei, während wir mit einem mörderischen Tempo über den Strand fuhren. Ich drehte mich leicht nach hinten. Sand spritzte wie aus einer Fontäne hoch und wirbelte wie ein brauner Schleier durch die Luft. Meine Augen tränten vom Fahrtwind. Ich blinzelte. Links von uns glitzerte das Meer im Mondlicht wie ein Diamantteppich. Rechts stachen die Dünengräser in die Luft.

Ich kuschelte mich an Jaxons Rücken, den Blick aufs Meer gerichtet. So musste es sich für einen Vogel anfühlen, durch die Luft zu fliegen. Ich war noch nie so frei und losgelöst von der Erde gewesen. Von mir aus hätte die Fahrt bis in alle Ewigkeit dauern können. Ich schloss die Augen, fühlte den kühlen Fahrtwind, der meine Haut streichelte, und sog den Duft des Meeres in mich auf. Vergessen waren all meine Ängste und Sorgen. Vergessen waren all die anderen, die mich normalerweise umgaben. Meine Eltern, Lexie, Cathy, Tom, Brandon und sogar Parker.

Wie im Traum nahm ich wahr, dass Jaxon das Tempo verringerte, bis wir schließlich zum Stillstand kamen. Benommen öffnete ich die Augen. Ehe ich etwas sagen konnte, war Jaxon vom Motorrad gestiegen. Er reichte mir die Hand und half mir runter. Meine Beine waren steif von der Kälte und dem langen Sitzen, und ich musste mich festhalten, um nicht zu fallen. Ich sehnte mich nach seiner Wärme. Mit ein paar Handgriffen hatte er den Helm gelöst und zog ihn mir vom Kopf. Ich war immer noch unfähig, mich zu bewegen. Mein Blick wanderte zu Jaxon. Er hatte ebenfalls den Helm abgenommen. Seine Haare lagen wirr um seinen Kopf. Seine Augen schimmerten fast unwirklich im Mondlicht. Ein warmer Strahl schoss durch meinen Unterleib. Am liebsten wäre ich ihm um den Hals gefallen.

»War es so, wie du es dir vorgestellt hast?«, fragte er mit rauer Stimme.

»Noch viel, viel besser«, erwiderte ich.

»Molly.« Mein Name war ein Flüstern auf seinen Lippen.

Ich atmete tief ein und langsam wieder aus. Ein schwacher Versuch, meinen Herzschlag zu beruhigen. Er legte eine Hand unter mein Kinn und hob es an, sodass ich ihm in die Augen schauen musste. Sein Daumen streichelte über meine Haut. Eine Berührung, nicht mehr als der Schlag eines Schmetterlingsflügels, aber sie reichte aus, um meinen ganzen Körper in Aufruhr zu versetzen. Alles um mich herum war vergessen – das Meer, die Sterne und der Mond. Die Welt hatte aufgehört zu existieren. Ich schloss die Augen, um mich ganz meinen Empfindungen hinzugeben, in der Hoffnung, dass er mich küssen würde.

»Ich bin nicht besonders gut mit anderen Menschen, schon gar nicht mit Frauen, Molly. Das solltest du wissen.« Seine Stimme klang rau. Ich öffnete blinzelnd die Augen. »Aber ich begehre dich, wie ich noch nie jemanden begehrt habe.«

Unsere Blicke trafen sich. Seine Hand ruhte noch immer unter meinem Kinn. Sein Daumen fuhr sanft über meine Unterlippe, um dort zu verharren. Ich zitterte unter der Sanftheit seiner Berührung. Jede Zelle meines Körpers war in Aufruhr. Sein Blick wanderte über mein Gesicht, von den Augen hinab zu meinem Mund.

Küss mich!

Ich sehnte mich nach der Berührung seiner Lippen, so sehr, dass es fast schmerzte. Mein ganzer Körper prickelte. Wie in Zeitlupe beugte er sich zu mir. Als sein Mund nur noch wenige Zentimeter entfernt war, verharrte er, als müsste er sich sammeln. Erwartungsvoll schloss ich die Augen.

Als unsere Lippen sich berührten, durchfuhr mich ein wohliger Schauer. Er legte seine Hand auf meine Hüfte und drückte mich an sich.

Ein Seufzer entwich meiner Kehle, den ich nicht unterdrücken konnte. Ich stellte mich auf Zehenspitzen und schlang meinen Arm um seinen Hals. Zeitgleich öffnete ich die Lippen, und er nahm mich mit seiner Zunge in Besitz. Sein Geschmack war wild und erregend zugleich. Es war unglaublich. Seine Bartstoppeln kratzten auf meiner zarten Haut, was mich nur noch mehr erregte. Ich presste mich dichter an ihn, spürte die Hitze, die von seinem Körper ausging. Unsere Zungen spielten miteinander und neckten sich. Eine Windbö fuhr zwischen uns und wirbelte uns meine Haare ins Gesicht, doch keiner von uns wollte den Kuss unterbrechen. Seine Hand fuhr über mein Gesicht und wischte die Strähnen beiseite. Sein Griff um meine Hüfte wurde fester. Ich spürte seinen steifen Schwanz, der sich gegen mich drückte. War der Kuss zu Beginn ein zartes Herantasten gewesen, wurde er nun leidenschaftlicher. Noch nie in meinem ganzen Leben war ich so von einem Mann geküsst worden. Ich hatte das Gefühl, ohnmächtig zu werden. Trotzdem wollte ich um nichts auf der Welt, dass er aufhörte. Jaxon zu küssen, kam meiner Vorstellung von Perfektion ziemlich nahe.

Als er sich langsam von mir löste, schnappte ich nach Luft wie eine Ertrinkende. Ich ließ den Kopf gegen seine Brust sinken und spürte sein Herz genauso kräftig wie das meine schlagen. Alles drehte sich, und ich war nicht in der Lage, auch nur einen klaren Gedanken zu fassen.

Jaxon schwieg ebenfalls. Seine Hand fuhr zärtlich über meine Wange und hinterließ eine brennende Spur. Der Wind heulte in meinen Ohren. Ich verharrte regungslos, unfähig, mich zu bewegen, aus Angst, ich könnte den Moment zerstören. Ich sog seinen himmlischen Duft in mich auf, während seine starken Arme mich fest umschlossen hielten. Nichts und niemand hätte uns in diesem Moment trennen können. Wir waren inmitten der Kälte zu einer Einheit verschmolzen.

»Molly«, holte mich seine Stimme zurück.

Ich schlug die Augen auf und blickte geradewegs in sein Gesicht. Er sah so wunderschön aus, wie er im Halbdunkeln vor mir stand. Schwaches Mondlicht fiel auf sein Gesicht und betonte die markanten Züge. Ich stellte mich auf die Zehenspitzen und küsste die Stelle an seinem Hals, wo der Puls darunter schlug.

Jaxon stöhnte leise. Seine Hand fuhr durch meine Haare und krallte sich darin fest. Mit einem Ruck zog er meinen Kopf nach hinten. Seine warmen Lippen legten sich auf die freie Stelle hinter meinem Ohr, um dort einen perfekten Kuss zu platzieren. Der nächste Kuss folgte. Ich stöhnte auf. Seine Haare kitzelten an meiner Wange, während er meinen Hals mit winzigen Küssen bedeckte. Er presste mich mit dem Rücken gegen die Maschine. Ich spürte die Kälte, die von dem Metall ausging. Unsere Lippen fanden sich erneut. Wir küssten uns wild, zügellos und voller Lust. Mein Verstand setzte aus, und meine Hormone übernahmen endgültig das Kommando.

Er ließ mich atemlos zurück. Unsere Blicke kreuzten sich und ich erkannte darin die gleichen Gefühle, die ich empfand. Es war magisch.

Er hob den Arm. Ich legte meine Hand auf die Innenfläche, und unsere Finger verflochten sich wie von selbst ineinander. In seinem Blick lag so viel Zärtlichkeit, dass mir der Atem stockte. Meine Augen füllten sich mit Tränen.

»Du weinst!«, sagte er bestürzt. »Es tut mir leid. Habe ich etwas falsch gemacht?«

Ich schüttelte den Kopf. »Ich weine vor Glück.«

Für einen Moment weiteten sich seine Augen – fassungslos. »Oh Gott, Molly. Wirklich?«

»Ja.« Ich lächelte unter Tränen. »Seit Parker gestorben ist, fühle ich mich so leer. Ich dachte schon, dass mit Parker meine Gefühle gestorben wären. Aber heute Abend fühle ich mich lebendig wie schon lange nicht mehr.«

Seine Augen sahen lächelnd auf mich herab. Die Selbstsicherheit war aus seinem Gesicht verschwunden. Stattdessen hatte sich eine Verletzlichkeit darübergelegt. »Ich bin nicht gut, wenn es um Gefühle geht. Du musst mir helfen. Ich möchte das mit uns nicht versauen.«

»Ich bin für dich da.«

Ich schloss die Augen und legte meinen Kopf behutsam gegen seinen Oberkörper. Am liebsten wäre ich in ihn hineingekrochen. Ich lauschte dem Pochen seines Herzens, bis es mit meinem in Einklang schlug.

19

Jaxon

Es war einfach unbeschreiblich. Hier stand ich mit Molly, der Frau, die ich mehr begehrte als ich in Worte fassen konnte, und hielt sie in meinen Armen. Ich spürte ihr Herz im Einklang mit meinem schlagen. Ihr Kuss war so süß und erregend gewesen, dass ich gedacht hatte, ich würde endgültig den Verstand verlieren. Es hatte mich meine ganze Willenskraft gekostet, nicht über sie herzufallen und sie auf der Stelle zu nehmen. Ihr Körper war eine einzige Versuchung, und ihr Kuss kam einem Versprechen gleich.

Nie hätte ich für möglich gehalten, dass ich zu solchen Gefühlen fähig war, wie ich sie gerade verspürte. Ihre Tränen hatten mich verwirrt, und es hatte einen Moment gedauert, bis ich verstanden hatte, warum sie weinte. Das alles war neu für mich. Noch nie hatte eine Frau in meinen Armen vor Glück geweint – schon gar nicht nach nur einem Kuss.

Als ich sie zusammen mit diesem Franzosen gesehen hatte, war mir übel geworden. Fast hatte ich befürchtet, zu spät gekommen zu sein. Hilly hatte mich beruhigt. Es war auch ihre Idee gewesen, sie zu dem Abend zu begleiten, nachdem ich ihr von meinem Gespräch mit Molly erzählt hatte. Mit ihrer Zuversicht hatte sie mich überzeugt. In mancher Hinsicht war mir die alte Frau unheimlich. Sie besaß einen sechsten Sinn, mit dem sie meine Gedanken lesen konnte. Ich hatte das Gefühl, für sie ein offenes Buch zu sein, und das, obwohl wir uns kaum kannten.

Ich beugte mich nach unten und küsste Molly auf den Haaransatz. Sie schauderte. »Ist dir kalt?«

»Nur ein bisschen«, gestand sie. Ihre Augen glänzten wie Kristalle im Mondlicht. Rein und klar.

»Warte.« Ich öffnete meine Jacke und schlang die Seiten um ihren zarten Körper. Sofort kuschelte sie ihren Kopf an meine Brust. Dabei stieß sie einen leisen Seufzer aus. »Besser?«

»Viel besser.« Sie sah mich zärtlich an. »Danke.«

Am liebsten hätte ich ewig so mit ihr gestanden, aber ich wusste, dass es Zeit wurde zu gehen. Wenn wir noch länger in der Kälte blieben, würden wir uns den Tod holen.

»Was meinst du, sollen wir zurückfahren?«, flüsterte ich ihr zu. Dabei knabberte ich an ihrem Ohrläppchen.

»Ich würde am liebsten die ganze Nacht hierbleiben«, murmelte sie. »Aber ich fürchte, dann bin ich erfroren.« Sie lachte ihr wunderbar helles Lachen.

»Geht mir genauso«, erwiderte ich heiser. Die Kälte war unter meine Jacke gekrochen, und eine Gänsehaut hatte sich auf meinen Armen gebildet. Im Hintergrund sah ich einen hellen Strahl. »Sieh nur.« Ich deutete zum Meer. »Eine Sternschnuppe. Du musst dir etwas wünschen.«

Molly schloss die Augen, dabei bewegten sich ihre Lippen. Als sie sie wieder aufschlug, war das Leuchten verglüht. »Bitte kneif mich.«

»Warum?«

»Damit ich weiß, dass ich nicht träume.«

Ich gab ihr einen Kuss. »Geht das auch?«

»Ja. Das ist noch viel, viel besser.« Sie lächelte. Ihre Lippen zitterten.

»Komm, bevor du mir noch erfrierst.« Ich nahm ihre Hand und half ihr aufs Motorrad. Ich zog meine Jacke aus und legte sie ihr über den Mantel.

»Nein, das kann ich unmöglich annehmen«, wehrte sie sich.

»Blödsinn. Du ziehst die Jacke an, und damit basta.«

»Aber du holst dir den Tod.« Ihr Blick ruhte liebevoll auf mir. Grund genug, auf die Jacke zu verzichten.

Ich schwang mich auf den Vordersitz. »Keine Widerrede.«

Als ich den Motor startete, schlang Molly wie selbstverständlich ihre Arme um mich. Nichts war mehr von ihrer Zurückhaltung zu spüren, die zu Beginn unseres Ausfluges da gewesen war.

Ich musste mich konzentrieren. Eine falsche Bewegung, und das Motorrad würde auf dem weichen Untergrund wegrutschen und uns im Zweifel unter sich begraben. Das Wasser war in der Zwischenzeit gestiegen und leckte gierig am Strand. Ich lenkte die Maschine so, dass wir nicht nass wurden. Als ich dem Ufer doch aus Versehen zu nahe kam, spritzte das Wasser hoch. Molly stieß einen spitzen Schrei aus, als die Tropfen auf uns niederregneten, gefolgt von einem lauten Lachen, was mich anspornte, es noch einmal zu tun.

Als wir den Holzsteg hinauffuhren, waren wir beide nass bis auf die Knochen. Mir war eiskalt, aber Mollys Lachen war den Spaß allemal wert gewesen. Ich konnte nur hoffen, dass sie in ihrer dünnen Hose nicht allzu sehr fror. Also gab ich Gas, um uns so schnell wie möglich zurück ins Warme zu bringen. Sie saß die ganze Zeit still hinter mir. Einziges Lebenszeichen war ihr Brustkorb, der sich regelmäßig hob und senkte. Obwohl ich meine Finger längst nicht mehr spürte, genoss ich jede Sekunde der Fahrt.

Als wir in Kitty Hawk einfuhren, waren die Lichter von *Cathy's Café* bereits erloschen. Ich verlangsamte das Tempo, als Mollys Haus in Sicht kam. Ihr Griff lockerte sich etwas. Ich fuhr bis vor die Haustür. Meine Glieder waren steifgefroren, als ich vom Motorrad stieg. Meine Oberschenkel waren taub, ganz zu schweigen von meinem Oberkörper, der sich anfühlte wie von einem eisigen Panzer umgeben. Mollys Lippen waren trotz der zusätzlichen Jacke blau. Ich selbst hatte das Gefühl, in einem Kühlschrank zu stehen.

Sie zog die Jacke aus.»Hier. Du musst ja halb erfroren sein.«

Ich winkte ab.»Ich bin nicht so empfindlich.«

»Du lügst. Deine Lippen sind ganz blau, und du zitterst.«

»Nur nach außen. Ansonsten ist mir warm.« Ich gab mich geschlagen und zog die Jacke über.

Molly lachte.»Du bist verrückt. Weißt du das?«

»Und du bist wunderschön«, erwiderte ich. Ich konnte mich gar nicht sattsehen an ihr. Molly war keine makellose Schönheit, wie die Models, die man tagtäglich in den Magazinen bewundern konnte. Der üppige Mund hätte bei jeder anderen Frau störend gewirkt, bei Molly war er verführerisch.

»Jaxon.« Sie schmiegte sich an mich.»Das war ein traumhaft schöner Abend. Ich bin froh, dass ich mit dir gekommen bin.«

Ich strich mit den Fingerspitzen über ihre Wange.»Und ich erst.«

»Das war genau das, was ich hören wollte.« Ohne zu zögern, beugte ich mich zu ihr und gab ihr einen Kuss.

Unsere Lippen verschmolzen miteinander. Ich schloss die Augen und gab mich dem süßen Gefühl hin. Ein Teil von mir konnte nicht glauben, dass ich Molly wirklich in meinen Armen hielt und sie küsste. Sie schlang ihre Arme um meinen Hals und presste ihren schlanken Körper gegen meinen, was meine Erregung nur noch anfachte. Wenn ich nicht gleich über sie herfallen wollte, musste ich aufhören. Behutsam zog ich mich zurück. Molly blinzelte irritiert, so als hätte sie mehr erwartet. »Danke für den wunderschönen Abend.« Ich führte ihre Hand zu meinen Lippen. »Schlaf gut, süße Molly.«

»Du auch.« Wenn sie lächelte, war es, als ob die Sonne aufging. Sie wandte sich zum Gehen. »Ach, Jaxon.« Sie sah mir direkt in die Augen. »Hast du Lust, morgen zu joggen? Ich brauche schließlich jemanden, der mich nach Hause trägt, wenn ich nicht mehr kann.« Sie lachte.

»Nichts lieber als das«, versicherte ich ihr grinsend.

»Neun Uhr?«

»Klingt gut.«

»Bis dann.« Sie warf mir einen Kuss zu.

Ich blieb stehen und sah ihr nach, bis sie die Haustür erreicht hatte. Ein winziger Teil in mir hoffte, dass sie sich noch einmal umdrehen würde. Gerade als ich dachte, sie wäre verschwunden, tauchte ihr blonder Haarschopf erneut im Türrahmen auf. »Jaxon?«

»Was?«

Unsere Blicke trafen sich.

»Würdest du mich noch einmal küssen?«

Mein Puls, der sich gerade etwas beruhigt hatte, schaltete einen Gang höher. »Ich wüsste nicht, was ich lieber täte.«

Mit wenigen Schritten war ich bei ihr und nahm sie in den Arm. Sie streckte mir ihr Gesicht entgegen. Ihre Augen waren in stiller Erwartung geschlossen. Unsere Lippen berührten sich. Ich fuhr ihr sacht mit der Zungenspitze über die zarte Haut. Sofort öffnete sie den Mund und gab den Weg für mich frei. Auch dieser Kuss war eine Sensation. Noch nie hatte ich es derart genossen, eine Frau zu küssen. Es war besser als der Sex, den ich bisher gehabt hatte. Ich genoss jede Sekunde. Dann löste ich mich von ihr. Molly seufzte schwermütig. Ein Geräusch, das mir vertraut war, als würde ich sie schon seit Jahren kennen. Dabei waren kaum ein paar Tage vergangen, seit ich sie das erste Mal gesehen hatte. Konnten es die Bilder und Briefe sein, die mir dieses Gefühl vermittelten, oder war es weit mehr als das?

»Gute Nacht.«

Diesmal ging ich, ohne mich noch einmal umzudrehen. Ich wusste, wenn ich sie noch mal küssen würde, gäbe es kein Zurück mehr.

***

Als ich bei Hilly ankam, war alles dunkel. Wahrscheinlich schlief sie längst. Ich warf einen kurzen Blick auf meine Armbanduhr. Sie hatte meinem Vater gehört. Es war das einzige Andenken, das ich von ihm hatte. Mum hatte sie mir zu meinem achtzehnten Geburtstag geschenkt. Das Gold vom Rahmen war abgewetzt und hatte einem schmutzigen Silberton Platz gemacht. Das Lederarmband war speckig und musste dringend gewechselt werden. Aber die Uhr ging zuverlässig immer fünf Minuten nach. Selbst wenn ich sie stellte, dauerte es keine Woche und sie war wieder in ihrem eigenen Rhythmus. Am Anfang hatte ich sie immer akribisch nachgestellt, aber irgendwann hatte ich es aufgegeben.

Es war bereits nach Mitternacht. Eigentlich hätte ich müde sein müssen, stattdessen fühlte ich mich lebendig wie schon lange nicht mehr. Ich öffnete die Tür vorsichtig, um Hilly nicht zu wecken. Auf Zehenspitzen schlich ich nach oben. Ich hatte gerade das Ende der Treppe erreicht, als plötzlich das Licht anging und Hilly vor mir stand. Sie hatte ihre langen Haare zu einem Zopf geflochten und trug einen Pyjama, der ihr viel zu groß war.

»So wie du aussiehst, war der Abend ein voller Erfolg.« Sie grinste breit. Ich nickte. Eigentlich hatte ich keine Lust, mich mit ihr über Molly zu unterhalten. Ich sehnte mich danach, alleine zu sein. »Euer Verschwinden hat für ziemliche Aufregung gesorgt«, fuhr sie fort. »Tom ist euch hinterhergelaufen, weil Molly ihre Tasche vergessen hat. Er hat gesehen, wie sie sich an dich geschmiegt hat und ihr zusammen mit dem Motorrad in die falsche Richtung weggefahren seid.«

Ich zuckte mit den Schultern. »Mir egal.«

»Das dachte ich mir. Du solltest nur wissen, dass du dir Feinde gemacht hast.« Sie sah mich ernst an.

»Das wäre nicht das erste Mal.«

»Hör zu, Jaxon. Mach jetzt keinen Fehler. Du gehörst zu den Guten, auch wenn du es nicht glauben willst und dir viel Mühe gibst, das zu verbergen. Ich glaube an dich. Trotzdem möchte ich dich warnen. Molly hat im vergangenen Jahr genug durchgemacht. Sie hat ein wenig Glück verdient. Vermassle es nicht, denn sonst hast du *mich* zum Feind, und das willst du nicht.«

Ich tippte mir gegen die Schläfe. »Yes, Ma'am.«

»Gut. Dann verstehen wir uns.« Mit diesen Worten drehte sie sich um und schlurfte zurück in ihr Schlafzimmer.

20

Molly

Nachdem Jaxon gefahren war, war ich noch immer völlig überdreht unter die Dusche gesprungen, um meine steifen Glieder aufzutauen. Ich mochte mir gar nicht ausmalen, wie Jaxon sich gefühlt haben musste – ohne Jacke, nur mit einem Sweatshirt bekleidet.

Mein Puls, der die ganze Zeit wie verrückt gerast hatte, beruhigte sich langsam. Genießerisch schloss ich die Augen und lehnte meinen Kopf gegen die Duschwand, während das heiße Wasser auf meine Haut prasselte. Noch nie hatte ich eine heiße Dusche als so angenehm empfunden. Der herrliche Kokosduft des Duschgels hüllte mich ein, und ich atmete mehrmals tief durch.

Ich konnte Jaxons Lippen noch immer auf meinem Mund spüren. Fühlte seine Finger, die meine Haut zärtlich streichelten und ein Flammenmeer hinterließen. Allein der Gedanke daran genügte, dass mir heiß wurde. Seine Küsse waren unglaublich gewesen und hatten meine ganze Welt auf den Kopf gestellt. Sie hatten ein Feuer in mir entfacht, das in jeder meiner Zellen brannte.

Bei dem Gedanken daran breitete sich in meinem Unterleib ein warmes Gefühl aus. Ich strich mit der Hand über meinen Bauch. Dabei stellte ich mir vor, es wäre Jaxons Hand. Langsam wanderte ich nach unten. Ganz langsam. Stück für Stück. Ich lehnte mich gegen die Wand der Dusche und spreizte die Beine. Ein leises Stöhnen entwich mir, als ich meinen Finger in die feuchte Öffnung gleiten ließ, um mir Erleichterung zu verschaffen. Während ich mich selbst befriedigte, stellte ich mir Jaxons Mund vor, der mich liebkoste. Ich spürte die winzigen Küsse entlang meines Halses. Fühlte die Bartstoppeln, die über die zarte Haut kratzten und meine Lust noch mehr entfachten. Meine Bewegungen wurden schneller. Ich stöhnte laut. Das Blut raste durch meine Adern wie flüssige Lava. Ich stellte mir vor, wie Jaxon mich mit seinen

Katzenaugen beobachtete. Sekunden später rollte die Lustwelle über mich hinweg und nahm mir die Luft zum Atmen. Meine Beine zitterten, und ich musste mich abstützen, um nicht zu fallen. Eine weitere Welle kam, und mein Unterleib zog sich rhythmisch zusammen. Ich gab mich ganz meiner Lust hin und rutschte langsam mit dem Rücken an der Wand hinunter, bis ich zum Sitzen kam.

Mein Atem ging heftig. Das Wasser prasselte auf meinen Kopf. Mein Herz schlug wie verrückt. Ich blieb einfach sitzen und wartete, bis die Nachwehen meines Orgasmus langsam verebbten. Dabei hatte ich die ganze Zeit nur ein Wort im Kopf – *Jaxon*.

***

Ich schleppte mich ins Schlafzimmer. Ich war völlig erschlagen. Dog, der meine Schritte gehört hatte, machte es sich am Fußende gemütlich. Ich würde nur noch kurz mein Handy checken und dann schlafen.

Mit einem Schlag war ich wach. Verdammt! Wo war meine Tasche? Das letzte Mal, dass ich sie gesehen hatte, war in *Cathy's Café* gewesen. Scheiße!

Ich ballte meine Hände zu Fäusten. Ich hatte die Tasche bei Cathy vergessen. Wie hatte ich nur so kopflos sein können! Aber seit Jaxon in mein Leben getreten war, hatte mein Verstand anscheinend beschlossen, einen Kurzurlaub einzulegen. Ich konnte nur hoffen, dass jemand die Tasche gefunden und bei Cathy abgegeben hatte. Mein Handy mit all meinen Kontakten war darin. Ich würde gleich morgen früh hinfahren.

Ich kuschelte mich unter die Bettdecke. Sofort wurde ich von den weichen Daunen eingeschlossen wie in einen Kokon. »Gute Nacht, Dog.«

Ich knipste das Licht aus und schloss die Augen. Keine Sekunde später tanzte Jaxons Gesicht durch meinen Kopf. Ich stöhnte laut auf. Wie sollte ich so jemals wieder Schlaf finden?

Ich dachte daran, wie wir am Strand gestanden hatten, an die Sternschnuppe, die über uns hinweggeflogen war. Ich hatte meine Augen geschlossen und mir gewünscht, dass der Moment niemals aufhören und Jaxon mich für immer in seinen Armen halten würde.

Fluchend warf ich mich auf die andere Seite und schaltete das Licht an. Ich würde keinen Schlaf finden, dann konnte ich auch gleich Lexie schreiben. Ich schlüpfte aus dem Bett und tapste auf nackten Füßen zum Schreibtisch, wo mein Laptop stand. Sekunden später erhellte das bläuliche Licht mein Schlafzimmer. Ich öffnete mein Postfach. Zu meiner Enttäuschung hatte Lexie mir nicht geschrieben. Es war schon der zweite Tag in Folge, an dem ich nichts von meiner kleinen Schwester hörte. Eigenartig.

Hi Schwesterlein,

ich hatte gehofft, Post von dir zu bekommen, aber wahrscheinlich hast du da unten mal wieder einen massiven Stromausfall oder eine andere Katastrophe, die dich vom Schreiben abhält.

Hier ist ebenfalls eine Menge passiert. Ja, ich weiß, das habe ich schon in meiner letzten Mail geschrieben, aber irgendwie reißen die Ereignisse nicht ab. Gleich vorweg: Ich bin völlig durcheinander, denn ich habe einen Mann geküsst. Genauer gesagt Jaxon. Aber eins nach dem anderen.

Ich berichtete ihr von den Ereignissen der letzten Tage.

Ich bin mir nicht sicher, ob Tom mir meine kleine Notlüge mit den Kopfschmerzen wirklich geglaubt hat. Aber ich kann dir sagen, der Kuss war es allemal wert. In meinem Kopf dreht sich noch immer alles, und sobald ich die Augen schließe, sehe ich Jaxon vor mir. Kann man einen Mann, den man erst so kurze Zeit kennt, derart begehren? Vielleicht hat er mich verhext. Ich stehe eigentlich gar nicht auf wilde Typen, sondern auf Männer wie Tom. Lieb, nett und charmant. Jaxon ist so anders. Er hat etwas Dunkles an sich. Manchmal habe ich das Gefühl, er kann meine Gedanken erraten.

Ich stellte mir vor, wie Lexie die Stirn runzelte und mich mit ihrem Lehrerinnen-Blick ansah.

Ich habe keine Ahnung, was er denkt. Aber ich weiß, dass ich die Welt um mich herum vergesse, wenn er mich mit seinen Katzenaugen (sie sind wirklich unglaublich!) ansieht. Ich denke, du könntest eine Operation am offenen Herzen an mir durchführen und ich würde es nicht merken, solange Jaxon mich dabei küsst. Ist das nicht verrückt?

Allein beim Gedanken an den Kuss schnellte mein Puls in die Höhe.

Vielleicht weiß ich ja morgen mehr, wenn wir zusammen joggen waren. Ich hoffe nur, ich habe mich nicht erkältet. Meine Nase kribbelt schon.

Ich drücke dich und hoffe, dass es dir gut geht.

Ich liebe dich!

Deine sehr verwirrte und glückliche Schwester Molly

Zufrieden schickte ich die Nachricht ab.

***

In meinem Kopf hatte über Nacht ein Bergwerk seine Tore geöffnet. Ein grauenvoller Kopfschmerz breitete sich in meinem Hinterkopf aus. Mein ganzer Körper fühlte sich an, als wäre ich über Nacht verprügelt worden. Was war nur los mit mir?

Dog sah mich mit großen Augen an, als ich mich, einem Zombie gleich, ins Badezimmer schleppte. Ich fror am ganzen Körper. Vielleicht würde eine heiße Dusche helfen. Ich stellte das Wasser an und schlüpfte unter den warmen Strahl. Zumindest war mir nicht mehr kalt, aber an joggen war nicht zu denken. Dafür war ich zu schwach. Das Beste würde sein, wenn ich mich warm anzog und für den Rest des Tages ruhig hielt. Schade. Ich hatte mich so auf das morgendliche Laufen mit Jaxon gefreut. Aber diesmal siegte meine Vernunft.

Nachdem ich ausgiebig geduscht hatte, zog ich mir eine bequeme Jogginghose an und dazu einen Hoodie. Meine Haare band ich zu einem lockeren Pferdeschwanz zusammen. So gewappnet ging ich nach unten. Vielleicht würde mir ein Kaffee helfen, wieder auf die Beine zu kommen. Mein Blick fiel auf die Uhr. Jaxon würde jeden Moment hier sein.

Dog beobachtete mich skeptisch, als wollte er mir sagen: ‚*Leg dich verdammt noch mal wieder ins Bett.*‘

Eine Schwindelattacke zwang mich dazu, mich hinzusetzen. Das letzte Mal, dass ich mich so gefühlt hatte, war Jahre her. Damals hatte ich mit einer schweren Grippe tagelang im Bett gelegen. Ich konnte nur hoffen, dass es diesmal nicht der Fall sein würde.

Es klingelte an der Haustür. Jaxon. Mein Herz machte einen freudigen Hüpfer.

»Ich komme«, krächzte ich wie ein heiserer Rabe.

Das Gehen fiel mir schwer, und mir war noch immer schwindelig. Unter Anstrengung schaffte ich es bis zur Tür. Dog wich nicht von meiner Seite. Mit einem Ruck öffnete ich. Ein eisiger Windzug fuhr durch den Flur. Sofort stellten sich die feinen Haare entlang meiner Unterarme auf und ich zitterte unkontrolliert.

»Molly!« Jaxon starrte mich entsetzt an. »Was ist denn mit dir los?« Er hatte seine Laufsachen angezogen und sah im Gegensatz zu mir aus wie das blühende Leben.

»Hi.« Ich rang mir ein Lächeln ab. Zumindest hoffte ich, dass es so aussehen würde. »Es tut mir leid, aber mich hat es erwischt. Ich kann auf keinen Fall joggen gehen.«

»Das sehe ich.« Mit einem Schritt war er bei mir und schlang seinen Arm um meine Taille, um mich zu stützen. »Du gehörst ins Bett.«

»Wir könnten doch zusammen Kaffee trinken. Dann geht es mir bestimmt gleich besser«, protestierte ich schwach.

»Ganz bestimmt nicht, so wie du aussiehst.« Mit einem Ruck hatte er mich hochgehoben.

»Hey, was hast du vor?« Ich klopfte ihm matt gegen die Brust. Ein eher halbherziger Versuch, ihn dazu zu bewegen, mich loszulassen, denn eigentlich gefiel es mir dort, wo ich war, ganz gut.

»Dich ins Bett bringen, wenn du es selbst schon nicht tust.« Die Tür fiel knallend ins Schloss. »Wo ist dein Schlafzimmer?«

Oh Gott. Mein Schlafzimmer! Ich hatte meine Klamotten gestern Abend einfach auf den Boden geworfen. Heute Morgen war ich zu schlapp gewesen, sie wegzuräumen.

Jaxon sah mich streng an. »Molly!«

»Zweite Tür. Oben.« Ich deutete auf die Treppe. »Aber es sieht ganz schrecklich dort aus.«

»Ist mir egal«, knurrte er. »Du musst ins Warme und dich ausruhen.«

Er trug mich die Treppe hoch. Ich kuschelte meinen Kopf in seine Halsbeuge. »Danke, dass du gekommen bist.«

»Nach gestern Nacht hätten mich keine zehn Pferde davon abgehalten, dich zu sehen«, sagte er mit zärtlichem Tonfall. Obwohl ich mich schrecklich fühlte, war ich genau in diesem Moment ziemlich glücklich. Jaxon hatte der Ausflug und unser Kuss genauso gefallen wie mir.

Ein neuer Schüttelanfall riss mich aus meinen Gedanken. Meine Zähne schlugen laut klappernd aufeinander.

»Du hast Fieber.« Er legte mich auf das Bett. Ich wollte mich aufrichten und mich zudecken, aber Jaxon drückte mich mit sanfter Gewalt zurück auf die Matratze. »Du machst gar nichts mehr.« Er zog die Decke unter mir hervor und breitete sie über mir aus. Trotzdem fror ich noch immer entsetzlich. Kein gutes Zeichen

Er legte die Hand auf meine Stirn. »Meine Güte, du glühst ja. Hast du ein Fieberthermometer?«

»Im Badezimmerschrank«, krächzte ich. Alles drehte sich in meinem Kopf. Ich schloss die Augen. Nur für einen Moment, bis der Schwindel vorüber war.

»Du rührst dich nicht von der Stelle, bis ich wiederkomme«, hörte ich Jaxons Stimme.

Langsam dämmerte ich weg.

»Molly?« Meine Lider waren bleischwer, und es kostete mich Mühe, die Augen zu öffnen. Jaxon stand über mir gebeugt. »Mund auf!«, kommandierte er. Ehe ich protestieren konnte, steckte er mir das Thermometer in den Mund. »Schön brav drinnen lassen.« Er strich mir mit der Hand vorsichtig über die Wange. Seine Finger waren angenehm kühl. »Das ist alles meine Schuld!« Er verzog das Gesicht zu einer Grimasse. »Ich hätte dich niemals mitnehmen sollen, bei der Kälte.«

»Hey«, nuschelte ich. »Ich hätte Nein sagen können, wenn ich nicht gewollt hätte. Es war jede Sekunde wert.«

»Ist das so?« Sein Gesicht schwebte nur wenige Zentimeter über meinem.

»Ja.«

Er gab mir einen Kuss auf die Stirn. Das Thermometer piepste leise. »Na dann wollen wir mal sehen.« Jaxon begutachtete mit zusammengezogenen Augen die Skala. »Du hast 38,8 Grad Fieber. Damit ist nicht zu spaßen!«

»So viel«, sagte ich piepsig.

»Ja, und ab jetzt machst du nichts mehr alleine«, er zog das Sweatshirt aus, das er sich übergeworfen hatte, »sondern bleibst liegen und lässt mich machen.«

»Aber mein Buch. Ich muss schreiben ...«, protestierte ich schwach.

»Dein Buch kann warten. Zuerst musst du gesund werden.« Er strich mir eine Strähne aus dem Gesicht. »Was hältst du davon, wenn ich dir einen Tee mache und du versuchst, solange etwas zu schlafen? Du siehst müde aus.«

»Ich sehe schrecklich aus.« Ich rutschte tiefer unter die Bettdecke, sodass mein Gesicht zur Hälfte verdeckt war.

»Hör auf damit.« Er schob die Decke sanft nach unten. »Du siehst wunderschön aus.« Sein Blick glitt liebevoll über mich hinweg.

»Du lügst.«

Er gab mir einen zärtlichen Kuss. »Niemals.«

»Nicht, du steckst dich noch an«, wehrte ich mich.

»Ich bin nie krank, und wenn ich *nie* sage, dann meine ich *nie*. Das letzte Mal, als ich krank im Bett lag, war ich ein kleiner Junge.«

Ich versuchte mir den kleinen Jaxon vorzustellen, mit seinen goldbraunen Augen und strubbeligen braunen Haaren. »Du hast bestimmt schrecklich süß ausgesehen als Kind.«

Er zuckte mit den Achseln. »Keine Ahnung.«

Es klingelte unten an der Tür. Ich richtete mich auf.

»Halt«, hielt mich Jaxon zurück. »Du bleibst schön liegen. Ich schaue nach, wer das ist.«

»Mmm.«

»Keine Widerrede.« Seine Augen funkelten mich angriffslustig an. Ich seufzte. »Gut.«

Jaxon stand auf. Es klingelte erneut. »Wie uncool.« Er ging mit langen Schritten zur Tür. »Und schön artig bleiben!«

»Versprochen.«

Polternd rannte er die Treppe hinunter.

»Jaxon!«, hörte ich Toms erstaunte Stimme.

Mist. Mist. Mist. Damit hatte ich nicht gerechnet. Ausgerechnet jetzt, wo ich im Bett lag und nichts machen konnte.

»Hi, Tom«, erwiderte Jaxon ruhig.

Ich konnte förmlich sehen, wie er lässig im Türrahmen gelehnt stand und Tom von oben bis unten mit seinen Raubtieraugen taxierte.

»Wo ist Molly?« Es klang gerade so, als hätte Tom Angst, dass Jaxon mich in Stücke zersägt im Keller versteckt haben könnte.

»Sie liegt oben im Bett«, entgegnete Jaxon knapp.

Mist. Tom würde automatisch denken, dass wir die Nacht miteinander verbracht hatten.

»Aha!«

»Sie hat Fieber«, erklärte er weiter.

»Daran bist du schuld. Hättest du sie nicht mit deinem dämlichen Motorrad mitgenommen, wäre das nicht passiert.« Tom schleuderte Jaxon die Worte förmlich entgegen.

Es wurde Zeit, dass ich eingriff. Das Letzte, was ich gebrauchen konnte, waren zwei Männer, die sich in meinem Hausflur prügelten. Entschlossen schlug ich die Decke zurück und quälte mich aus dem Bett. Mit nackten Füßen tapste ich nach unten. Meine Beine zitterten, und ich musste mich am Geländer festhalten.

»Molly!« Beide Männer sahen entsetzt zu mir.

»Ihr hört jetzt sofort auf. Alle beide«, befahl ich mit dem letzten bisschen Kraft, das ich noch hatte. Ich fühlte mich richtig elend und sehnte mich zurück in mein Bett.

Sofort verstummten die Streithähne. Tom hatte die Lippen fest aufeinandergepresst. Jaxon sah aus, als würde er ihm am liebsten eine reinhauen.

»Hi, Tom«, begrüßte ich ihn. »Entschuldige bitte, aber mir geht es nicht so gut. Jaxon und ich wollten heute Morgen joggen gehen, deshalb ist er hier.« Zumindest hatte ich die Situation aufgeklärt. Egal, wie ich zu Jaxon stand, Tom hatte es nicht verdient, dass man ihn schlecht behandelte. Er hatte sich mehr als fair mir gegenüber verhalten, selbst gestern Abend, als ich ihn stehen gelassen hatte.

»Ich habe mir schon Sorgen gemacht und wollte schauen, wie es dir geht. Außerdem wollte ich dir deine Tasche vorbeibringen.« Wie zum Beweis hob er sie hoch.

»Das ist lieb von dir.« Ich warf ihm ein gequältes Lächeln zu. »Bitte stell sie einfach auf den Tisch.« Ich deutete auf die kleine Ablage unter dem Spiegel im Flur.

»Kann ich irgendwas für dich tun?« Tom legte die Tasche auf den Tisch. Sein Blick ruhte besorgt auf mir. Ich musste richtig scheiße aussehen, so wie er mich ansah.

»Ich komme schon klar.« Der Boden unter meinen Füßen schwankte. Mit einem Satz war Jaxon bei mir und hielt mich fest.

»Du gehörst ins Bett.« Seine Stimme war mit einem Mal butterweich. Er stützte mich, sodass ich nicht hinfiel.

Tom stand unschlüssig vor mir. »Molly?«

»Entschuldige bitte, aber ich kann mich kaum noch auf den Beinen halten. Danke, dass du die Tasche vorbeigebracht hast«, verabschiedete ich mich mit dem letzten bisschen Kraft. Jaxons Körper strahlte eine angenehme Wärme aus, und ich widerstand nur mit Mühe der Versuchung, mich an ihn zu kuscheln.

Tom nickte. Seine Kiefermuskeln malmten unaufhörlich. Wahrscheinlich überlegte er, was zwischen mir und Jaxon lief. Eine unglückliche Situation, die ich gerne umgangen hätte. »Bitte ruf mich an, wenn du etwas brauchst.«

»Das mache ich«, versprach ich ruhig. Ich zwang mich zu einem Lächeln.

»Komm, ich bringe dich nach oben.« Jaxon würdigte Tom keines weiteren Blickes. Es war klar, dass die beiden Männer keine Freunde werden würden.

»Ich ruf dich an«, rief Tom mir hinterher.

»Alles klar.« Ich zitterte wie Espenlaub, und meine Beine drohten nachzugeben. Mühsam hangelte ich mich am Geländer entlang. Ich hörte die Tür klappen. Tom war gegangen.

»Das kann ich mir nicht mehr länger ansehen«, sagte Jaxon entschieden und hob mich hoch, um mich die letzten Stufen zu tragen. Dankbar schmiegte ich mich an ihn.

Ich wollte einfach nur noch ins Bett und schlafen. Als er mich auf die Matratze legte, war ich schon halb weggetreten. Das Letzte, was ich hörte, war Jaxons Stimme, die mir leise zuflüsterte: »Ich passe auf dich auf.«

Dann wurde es dunkel um mich herum.

21

Molly

Ich schlief unruhig. Mal fror ich entsetzlich, dann hatte ich wieder das Gefühl, mich in einem Backofen zu befinden. Albträume quälten mich. Parker tauchte mehrfach darin auf und rief nach mir. Immer wieder schreckte ich hoch, nicht wissend, wo ich war. Jedes Mal, wenn ich wach war, redete Jaxon besänftigend auf mich ein und ich sank zurück in den Schlaf. Er flößte mir bitteren Tee ein und strich mir mit einem kühlen Tuch über meine heiße Stirn. Ich erinnerte mich bruchstückhaft an eine Unterhaltung, die neben meinem Bett geführt wurde. Eine Frauenstimme und Jaxon. Alles war in einen Nebel gehüllt. Ich selbst fühlte mich, als würde ich in einem Glas Honig stecken, unfähig, mich zu bewegen.

Ich wusste nicht, wie lange ich mich in diesem Dämmerzustand befunden hatte, aber als ich diesmal die Augen öffnete, nahm ich meine Umgebung das erste Mal wieder bewusst wahr. Meine Kopfschmerzen waren weg, der Nebel, der mich umgeben hatte, verschwunden. Es war dämmrig im Zimmer. Jaxon saß neben mir auf dem Stuhl. Er schlief. Hatte er die ganze Zeit neben meinem Bett gesessen und über mich gewacht? Ich betrachtete sein schlafendes Gesicht. Dunkle Schatten lagen unter seinen Augen. Er hatte einen Dreitagebart, und das Shirt, das er trug, war völlig zerknittert.

Ich streckte die Hand aus und berührte seinen Arm. »Jaxon.«

Mit einem Ruck schlug er die Augen auf. »Molly.«

Ich lächelte. »Hi.«

»Du bist wieder wach.« Der tiefe Klang seiner Stimme jagte mir einen angenehmen Schauer über den Rücken. Sein prüfender Blick glitt über mein Gesicht. »Wie geht es dir?«

»Ich fühle mich noch ein bisschen erschlagen, aber ansonsten viel besser.« Ich richtete mich vorsichtig auf. »Wie spät ist es?«

»Du solltest lieber fragen, welcher Tag heute ist«, erwiderte er lächelnd.

Ich sah ihn entsetzt an.»Was?«

Er strich mir eine Strähne aus dem Gesicht.»Du hast zwei Tage durchgeschlafen.«

»Zwei Tage!« Ich schüttelte den Kopf.»Das kann nicht sein!«

»Doch. Als ich dich ins Bett gelegt habe, hast du gefiebert. Ich dachte erst, du bekommst eine Erkältung, aber dann stieg das Fieber. Ich hatte Angst, es könnte etwas Schlimmeres sein. Also habe ich Hilly angerufen, damit sie mir hilft.«

»Oh.« Ich sah ihn mit großen Augen an.

»Sie meinte, es wäre ein unspezifisches Fieber. Sie war die ganze Zeit bei mir und hat mir geholfen. Sie hat dir spezielle Tees gekocht, die das Fieber senken sollten, und dir Wadenwickel gemacht«, erklärte er.»Ich dachte schon, wir müssten dich ins Krankenhaus bringen, aber heute Morgen ist das Fieber plötzlich gesunken.« Er strich mir über das Gesicht.»Ich habe mir solche Sorgen um dich gemacht.«

»Das tut mir leid. Ich habe schon als Kind immer zu Fieberanfällen geneigt. Lexie bekam eine Erkältung, und ich Fieber. Lexie hatte Masern, und ich Fieber. Es ist verrückt. Niemand konnte bisher die Ursache finden.«

»Ich schätze, diesmal war ich der Grund.« Schuldgefühle spiegelten sich in seinen Augen.»Ich hätte dich nicht bei der Kälte mit dem Motorrad durch die Gegend fahren sollen. Das war eine Scheißidee!«

»Das war die beste Idee, die jemand seit Jahren hatte«, erklärte ich mit einem Lächeln.»Ich habe jede Sekunde genossen, und wenn das der Grund für mein Fieber war, dann war es auf jeden Fall die Sache wert.« Unsere Blicke trafen sich.»Bitte mach dir deshalb keine Vorwürfe mehr.«

»Okay. Aber beim nächsten Mal ziehst du dich wärmer an.« Er grinste.

Leises Winseln war zu hören.»Dog?« Ich sah mich um. Keine Sekunde später tauchte Dog neben meinem Bett auf. Große braune Hundeaugen sahen mich besorgt an.»Hey, Dog. Geht's dir gut?«

Ich streckte die Finger nach ihm aus. Sofort leckte Dog mit seiner rauen Zunge über meine Hand.

»Ich glaube, er hat sich mindestens genauso Sorgen gemacht wie ich. Ich musste ihn zwischendurch zwingen, etwas zu fressen«, berichtete Jaxon.

»Ich schätze, Parkers Tod hat nicht nur mich traumatisiert.« Ich streichelte das Fell zwischen seinen Ohren, was Dog mit begeistertem Schwanzwedeln quittierte.

Mein Blick fiel auf meine Jogginghose, die sorgfältig gefaltet über der Bettkante lag. Hektisch sah ich an mir herunter. Das T-Shirt, das ich trug, war definitiv nicht das, das ich angezogen hatte, um joggen zu gehen. Außerdem fehlte mein BH. So unauffällig wie möglich rutschte ich mit der Hand unter die Bettdecke und tastete über meine Beine. Zu meinem Entsetzen war ich bis auf die Unterhose nackt. Jemand musste mich ausgezogen haben. Eine brennende Hitze stieg mir in die Wangen.

Jaxon hatte meinen entsetzten Blick bemerkt. »Hilly hat deine Klamotten gewechselt.«

»Oh.« Erleichtert atmete ich aus.

»Wie fühlst du dich?« Seine Augen scannten mein Gesicht. »Hast du Hunger? Möchtest du etwas trinken? Kann ich etwas für dich tun?«

Ich fuhr mir mit der Zunge über den Mund. »Ich würde mich gerne frisch machen und Zähne putzen.«

»Ich dachte schon, du würdest nie auf diese Idee kommen«, erwiderte Jaxon mit ernster Miene.

»Oh Gott.« Sämtliches Blut wich aus meinem Gesicht. Ich hauchte gegen meine Handfläche. »Ist es so schlimm?« Seine Mundwinkel zuckten. »Du kleiner Mistkerl.« Obwohl ich mich noch immer ziemlich schwach fühlte, musste ich lachen.

»So gefällst du mir schon viel besser. Soll ich dir ein Bad einlassen?« Ich verrollte die Augen. »Das wäre himmlisch!«

»Gut, aber ich schlage vor, dass du vorher noch eine Kleinigkeit isst, um deinen Kreislauf in Schwung zu bringen.«

»Alles klar. Ganz wie Sie wünschen, Doctor Davis.«

»Ah, wie ich sehe, hast du deinen Humor zurück.« Er zwinkerte mir zu. »Ein gutes Zeichen.«

»Das habe ich alles Ihrer guten Pflege zu verdanken.«

»Wenn das so ist, dann hätte ich gerne einen Kuss als Belohnung.«

»Erst, wenn ich mich gewaschen und mir die Zähne geputzt habe.«

»Ich nehme Sie beim Wort. Also ab in die Küche. Hilly hat eine Suppe für dich vorbereitet.«

»Ist sie hier?« Ich richtete mich auf und schielte über seine Schulter.

»Als das Fieber gesunken ist, hat sie sich auf den Heimweg gemacht. Sie ist nicht mehr die Jüngste und war ziemlich müde«, erklärte Jaxon.

»Ich muss mich unbedingt bei ihr bedanken.«

»Das kannst du später noch tun. Jetzt gehen wir erst mal nach unten und machen dir die Suppe warm, damit du wieder zu Kräften kommst.«

»Einverstanden, Doctor Davis.« Ich kicherte. Ich fühlte mich deutlich besser und hatte tatsächlich etwas Hunger.

***

»Das war die leckerste Hühnersuppe meines Lebens.« Ich legte den Löffel weg. »Hilly ist meine neue Heldin. Ich weiß gar nicht, wie ich ihr danken soll für alles, was sie für mich gemacht hat.«

»Ich glaube, sie hat es wirklich gerne getan. Zumindest machte sie nicht den Anschein, als würde sie es widerwillig tun. Ich glaube, sie mag dich sehr«, versicherte Jaxon mir. Er reichte mir den Tee. »Nimm noch einen Schluck. Hilly hat gesagt, du musst dich schonen.«

»Das mache ich doch.« Ich lächelte Jaxon glücklich an. »Außerdem habe ich den besten Pfleger, den sich eine Frau wünschen kann.«

»Das freut mich zu hören. Wobei ich etwas beleidigt bin, dass du mich vom Arzt zum Pfleger degradiert hast.« Er stand auf.

»Was hast du vor?«

»Dein Bad einlassen.«

»Das klingt gut. Ein Bad …« Ich seufzte. »Du kannst dir gar nicht vorstellen, wie sehr ich mich darauf freue.« Ich kam mir schrecklich verschwitzt und ungewaschen vor, obwohl Jaxon mir mehrfach versichert hatte, dass das nicht der Fall war.

»Das kannst du auch. Ich habe nämlich eine kleine Überraschung für dich.« Er lächelte geheimnisvoll.

Ich klatschte freudig in die Hände wie ein kleines Mädchen. »Ich liebe Überraschungen.«

»Prima. Aber du musst dich noch einen kleinen Moment gedulden.« Er gab mir einen Kuss auf die Stirn. »Ich bin gleich wieder bei dir.«

»Ich laufe nicht weg«, witzelte ich.

»Das will ich hoffen.«

Jaxon eilte davon. Ich stand auf und ging zum Fenster. Der Mond war bereits aufgegangen und hing wie eine Sichel am Horizont. Der Himmel war wolkenlos, und das Meer schimmerte tintenblau im schwachen Licht der Sterne. Es sah wunderschön und fast unwirklich aus.

Ich musste an Lexie denken. Sie würde sich bestimmt Sorgen machen, weil ich mich nicht gemeldet hatte. Ich würde ihr heute noch eine Mail schreiben und erzählen, was passiert war.

»Das Bad ist fertig, Mylady.« Jaxon stand im Türrahmen und sah lächelnd zu mir rüber.

»Oh, das ging aber schnell.« Ich ging zu ihm. »Und wo ist die Überraschung?«

»Du bist ganz schön ungeduldig«, stellte er fest.

»Nur eine der vielen Eigenschaften, die du an mir noch nicht kennst«, erwiderte ich grinsend.

»Dann bin ich gespannt, was da noch alles kommt.« Er schlang seinen Arm um meine Taille und führte mich nach oben.

***

»Da wären wir.« Er öffnete die Tür zum Badezimmer. Ein herrlich blumiger Duft, gepaart mit einer angenehmen Wärme, schlug mir entgegen. Ich trat ein. Das Licht war schummrig, und es dauerte einen Moment, bis sich meine Augen daran gewöhnt hatten. Neugierig schaute ich mich um. Jaxon hatte unzählige Teelichter im Raum verteilt. Im Hintergrund lief leise Musik. Normalerweise hatte ich kein Radio im Bad. Jaxon musste von irgendwoher Musik gezaubert haben.

Mein Blick wanderte zu der alten Emaille-Badewanne mit den goldenen Löwenfüßen, die noch aus der Zeit meiner Großmutter stammte. Die Wasseroberfläche war von einem seidigen Schaumteppich bedeckt. Mehrere Handtücher lagen sorgfältig gefaltet über dem kleinen Hocker gleich daneben.

»Oh wie schön«, hauchte ich.

»Ich dachte mir, dein erstes Bad nach so langer Zeit sollte etwas Besonderes sein.«

»Das sagt Lexie immer zu mir.« Ich war gerührt von so viel Fürsorge.

»Dann haben deine Schwester und ich schon mal etwas gemeinsam.« Jaxon streckte die Hand in das Wasser, um die Temperatur zu überprüfen. »Perfekt«, lautete sein abschließendes Urteil. »Du solltest dich beeilen, damit das Wasser nicht kalt wird.«

Ich blieb unschlüssig stehen. Wir hatten ausgemacht, dass er in meiner Nähe bleiben würde, falls mein Kreislauf schlappmachte. Allein der Gedanke, dass er mich nackt sehen könnte, ließ mich rot werden. »Würdest du dich bitte umdrehen?«

Für einen Moment sah er mich verwundert an, dann kehrte er mir wortlos den Rücken zu. Langsam zog ich meine Sachen aus und legte sie auf den Boden. Jaxon rührte sich die ganze Zeit keinen Millimeter vom Fleck. Ich tapste auf nackten Füßen über den flauschigen Vorleger und ließ mich bis zum Hals ins warme Wasser gleiten. Cremiger Schaum bedeckte meinen Körper.

»Das ist absolut göttlich.« Ich atmete tief ein und schloss die Augen. Für einen Moment blieb ich einfach liegen und genoss das Gefühl, wie sich meine Muskulatur langsam entspannte.

»Darf ich mich wieder umdrehen?«

Ich rutschte noch ein Stückchen tiefer in die Wanne. »Ja.«

Er drehte sich zu mir. Sein Blick glitt über mich hinweg, jedoch ohne dabei anzüglich zu sein. Es war mehr ein Checken der Lage.

Ich streckte den Arm nach ihm aus. »Komm, setz dich zu mir.«

Ich sehnte mich nach seiner Nähe. In Jaxons Gegenwart fühlte ich mich sicher. Die Kerzen flackerten, als er neben mir auf den Hocker Platz nahm. Seine Finger strichen über meinen nackten Arm und sendeten kleine Stromstöße über meine Haut.

»Entspann dich«, flüsterte er rau.

Ich lehnte mich zurück und schloss die Augen. Es gab nur uns beide. Mit sanftem Druck massierte er meine verspannten Schultern. Ich stieß einen wohligen Seufzer aus. »Bitte hör nicht auf.«

Jaxon lachte heiser. »Auf keinen Fall.«

Seine Finger glitten zu meinem Hals und weiter entlang der Kinnlinie. Er strich eine Strähne hinter mein Ohr. Sein heißer Atem traf auf meine Wange. Ich schlug die Augen auf. Sein Gesicht schwebte über mir. Ein Flattern breitete sich in meinem Bauch aus. Ich hob den Kopf, und unsere Lippen berührten sich. Warm und weich. Seine Zungenspitze drang in meinen Mund. Bittend und fordernd zugleich. Nur allzu gerne gewährte ich ihm Einlass. Während des Fiebers hatte ich davon geträumt, ihn zu küssen. Ich schlang meine Arme um seinen Hals und zog ihn dichter zu mir. Wasser schwappte über, aber das war mir egal. Seine Zunge tauchte tief in mich ein, und ich schnappte nach Luft. Ich liebte seinen Geschmack, genau wie seinen Duft. Mein Lustzentrum erwachte. Langsam lösten wir uns voneinander.

»Hey, wir sollten es ruhig angehen«, sagte er schließlich. »Du bist heute das erste Mal wieder auf den Beinen.«

»Aber es fühlt sich so gut an«, hauchte ich, immer noch benommen von seinem wunderbaren Kuss. Der Schein der Kerzen spiegelte sich in Jaxons Augen. Er küsste mich erneut. Zärtlich und voller Gefühl. Ich legte meinen Kopf zurück. »Wenn es so ist, dann will ich immer krank sein.«

»Das könnte dir so passen.« Er grinste.

Es war ein verschmitztes Bad-Boy-Lächeln, und mein ganzer Körper spannte sich an. Er hatte sich den Schwamm geschnappt und tauchte ihn ins Wasser. Langsam fuhr er damit über meinen Arm, hoch zu meinen Schultern, von dort zum Rücken. Mit kreisenden Bewegungen massierte er die Haut, bis sie prickelte. Zwischendurch bedeckte er mein Gesicht mit zärtlichen Küsschen. Ich blieb die ganze Zeit still liegen und genoss seine Berührungen. Mein Körper erwachte zu neuem Leben.

»Jetzt siehst du aus wie im Schlaf«, murmelte er. Ich konnte nur hoffen, dass ich keinen Unsinn geredet oder gar gesabbert hatte. »Du lächelst im Schlaf. Wusstest du das?«, fuhr er leise fort. Ich schüttelte den Kopf. »Du hast ein paarmal meinen Namen gemurmelt.«

»Ich habe von dir geträumt.« Unsere Blicke trafen sich. Ich versank im goldenen See seiner Augen. Ich richtete mich auf. Meine Brüste tauchten aus dem Schaum auf und reckten sich erwartungsvoll.

»Und was hast du geträumt?« Er unterbrach den Blickkontakt und sah von meinem Gesicht nach unten zu meinen Brüsten. Seine Augen weiteten sich begehrlich.

»Wir haben uns im Traum geliebt.« Ich streichelte seine Wange. Wasser tropfte von meinen Händen auf sein Shirt.

Wir küssten uns erneut. Ich schlang meine Arme um seinen Hals und zog ihn mit sanfter Gewalt zu mir in die Wanne. Wasser schwappte zu allen Seiten über. Jaxon lag schwer auf mir. Ich spürte den rauen Stoff seiner Jeans auf meinen Oberschenkeln.

»Oh Molly.« Er knabberte an meiner Unterlippe und neckte mich. Seine Hand umfasste meine Brust und knetete sie. Ich stöhnte, als er meine Nippel zwischen seine Finger nahm. Ich fuhr mit der Hand durch seine kräftigen Haare. Seine Zunge leckte über meinen Hals. Ich bog mich ihm entgegen. »Molly«, keuchte er. »Ich weiß nicht, wie lange ich dir noch widerstehen kann.« In seinen Augen brannte ein Feuer.

»Dann hör auf, dagegen anzukämpfen.«

Ich wollte ihn. Ich schob meine Hand unter sein Shirt. Ich wollte seine nackte Haut spüren. Er stieß frustriert die Luft aus. Mit einer geschickten Handbewegung hatte er das nasse Shirt über den Kopf gezogen. Beim Anblick seines nackten Oberkörpers schnappte ich nach Luft. Seine Muskeln verliefen wie gemalt. Seine Haut glänzte goldbraun im Schein der Kerzen. Er sah einfach unglaublich sexy aus.

Ich bedeckte seinen Oberkörper mit Küssen. Meine Finger bohrten sich in seinen Rücken. Seine Zunge fuhr über meinen Hals nach unten bis zu meinen Brüsten. Vorsichtig knabberte er an meiner Brustwarze, die sich ihm entgegenreckte, als hätte sie nur darauf gewartet. Ich stieß einen tiefen Seufzer aus und legte meinen Kopf in den Nacken. Sein Mund umschloss meine Brustwarze und saugte daran. Erst vorsichtig, dann immer fordernder. Mein Unterleib zog sich zusammen. Mein Atem ging stoßweise. Seine Hand wanderte über meinen Bauch nach unten. Er zögerte. Unsere Blicke fanden sich. Sein nasses Haar klebte ihm am Kopf. Selbst in seinen Wimpern hingen winzige Wassertropfen, die im Kerzenlicht wie Kristalle schimmerten.

Entschlossen nahm ich seine Hand und führte sie zu meiner feuchten Öffnung, ohne den Blickkontakt zwischen uns zu lösen. Als sein Finger in mich tauchte, durchlief mich ein wohliger Schauer. Ich stöhnte, den Blick noch immer auf ihn gerichtet. Ich konnte meine Lust in seinen Augen sehen. Mein Herz trommelte gegen meine Brust. Alles um uns herum verschwamm.

Seine Finger glitten aus mir heraus, um gleich darauf meine Lustperle zu verwöhnen. Noch immer waren unsere Blicke ineinander verhakt. Seine Finger massierten mich genau an den richtigen Stellen. Er wusste, was er tat. Ich keuchte laut auf, als sich die erste Lustwelle ankündigte. Er beschleunigte sein Tempo und schickte mich geradewegs in meinem Orgasmus. Meine Muskeln zogen sich rhythmisch zusammen. Ich stieß einen heiseren Schrei aus, als ich kam. Eine Gänsehaut überzog meinen Körper. Ich krallte meine Finger in seine nackte Haut. Wenn es einen Himmel gab, dann befand ich mich genau in diesem Moment dort. Noch immer hielt ich den Augenkontakt. Ich verlor mich darin, während mein Orgasmus über mich hinwegrollte. Jaxon und ich wurden eins.

Erst als es vorbei war, sackte ich in mich zusammen und schloss die Augen. Ich lehnte meinen Kopf gegen seine nackte Brust und lauschte dem gleichmäßigen Schlagen seines Herzens. Seine Hand streichelte mein Gesicht, sein Mund flüsterte mir die süßesten Dinge zu. Ich war wie im Rausch.

Als ich die Lider wieder aufschlug, waren seine Augen noch immer da und sahen mich an.

»Danke«, flüsterte er.

»Wofür?«

»Für dieses Geschenk.«

Ich nickte stumm. Noch nie hatte ich einem Mann in die Augen gesehen, während ich meinen Orgasmus hatte.

22

Jaxon

Ich lag neben Molly und lauschte ihrem gleichmäßigen Atem. Die Bilder der letzten Stunden ließen mich nicht schlafen. Immer und immer wieder spulte ich in meinem Kopf die Szene ab, wie Molly ihren Orgasmus in der Badewanne hatte. Ich hatte noch nie etwas Derartiges erlebt. Die Lust, die ich in ihren Augen gesehen hatte, hatte mich umgehauen. Ihr Gesichtsausdruck dabei hatte sich in meine Festplatte gebrannt und würde für immer dort bleiben. Ich hatte schon mit vielen Frauen geschlafen, aber das war nur seelenloser Sex gewesen, der einen fahlen Nachgeschmack hinterlassen hatte. Diese kleine Episode vorhin hatte mehr Gefühle in mir wachgerufen als alles zuvor.

Während der letzten Tage war ich nicht von ihrer Seite gewichen. Die Sorge um Molly hatte mich fast um den Verstand gebracht. Ich wusste nicht, was ich getan hätte, wenn ihr etwas passiert wäre. Ich machte mir große Vorwürfe wegen unseres Ausflugs. Es war alleine meine Schuld, dass sie krank war. Das durfte auf keinen Fall noch mal passieren. Ich war gekommen, um Molly aus ihrem Tief zu helfen.

Sie hatte die ganze Zeit Fieberfantasien gehabt. Parkers Name war gefallen, ebenso meiner. Ich hatte mich die ganze Zeit gefragt, was sie wohl träumte, als sie von mir gesprochen hatte. Nun wusste ich es. Am meisten überrascht hatten mich jedoch meine eigenen Gefühle. Noch nie in meinem Leben hatte ich mich einem Menschen derart verbunden gefühlt. Jede ihrer Bewegungen und Gesten schien mir vertraut. Ich hatte das Gefühl, sie schon ewig zu kennen, und zugleich entdeckte ich immer wieder neue Seiten an ihr. Seiten, die sie noch liebenswerter machten, als sie ohnehin schon war. Die ganze Zeit, als ich mir die Bilder auf ihrem Laptop angesehen hatte, hatte ich mir gewünscht, sie würde mich mit der gleichen liebevollen Art anschauen wie Parker damals. Aber die Blicke, die sie mir geschenkt hatte, waren noch so viel mehr. Liebe, Glück, Zuneigung und bedingungsloses Vertrauen sprachen aus ihren Augen. Niemals hätte ich damit gerechnet.

Als Molly in der Badewanne das Kommando übernommen und mich zu der Stelle geleitet hatte, von der ich nicht einmal zu träumen gewagt hatte, hatte ich mich dem Himmel nah gefühlt. Mollys nackter Körper und ihre Küsse hatten mich fast um den Verstand gebracht. So süß und leidenschaftlich zugleich.

Ich sah zur Seite. Das Mondlicht fiel durch die halb geschlossenen Vorhänge genau auf Mollys Gesicht. Ihr Mund war leicht geöffnet, als würde sie lächeln. Ihre Augen bewegten sich hinter den geschlossenen Lidern. Ich fragte mich, was sie wohl träumte.

Nur mit Mühe widerstand ich der Versuchung, sie zu küssen. Ich wollte sie nicht wecken. Nach den letzten Tagen war es wichtig, dass sie schlief. Ich dachte daran, wie es weitergehen sollte. Bisher hatte ich das Thema erfolgreich umschifft, sodass Molly keinen Verdacht geschöpft hatte. Aber es würde die Zeit kommen, wo ich Farbe bekennen musste. Ein paarmal war ich kurz davor gewesen, ihr die Wahrheit zu sagen, aber dann hatte ich kalte Füße bekommen. Ich wollte Molly nicht mehr verlieren, jetzt, wo ich sie gefunden hatte.

Hilly war die Einzige, die ahnte, dass mein Besuch in Kitty Hawk nicht so selbstlos war, wie ich es dargestellt hatte. Ich hatte tatsächlich überlegt, ob ich sie ganz einweihen sollte, aber am Ende hatte ich den Gedanken sehr schnell wieder verworfen. Ich hatte mein Leben lang meine eigenen Entscheidungen getroffen und würde es auch weiterhin tun.

Molly seufzte leise im Schlaf. Ich strich ihr beruhigend über das Gesicht.

»Ich bin bei dir«, flüsterte ich.

Sofort kuschelte sie sich an mich wie ein Kind, das Schutz suchte. In diesem Moment wurde mir bewusst, was ich längst geahnt hatte: Ich hatte mich verliebt. Ganz furchtbar verliebt. Es wurde ernst – zum ersten Mal in meinem Leben.

23

Molly

Liebe Lexie,

entschuldige, dass ich mich so lange nicht gemeldet habe, aber ich war krank. Ja, du liest richtig. Nach meinem Ausflug mit Jaxon hat es mich voll erwischt. Ich hatte mein übliches Fieber. Zum Glück war Jaxon da, der sich um mich gekümmert hat wie eine Mutter.

Ich dachte an den Sex in der Badewanne und strich den letzten Satz.

Zum Glück war Jaxon da, der sich zusammen mit Hilly um mich gekümmert hat. Er hat mich verrückt gemacht, bis ich gekommen bin. Ich kann es selbst noch nicht glauben, aber es war unbeschreiblich schön.

Ich schilderte ihr den Abend, allerdings ohne ins Detail zu gehen. Lexie und ich standen uns zwar nahe, aber mein Liebesleben gehörte immer noch mir selbst.

Ich habe so etwas noch nie erlebt. Nicht einmal mit Parker. Zwischen Jaxon und mir herrscht eine Vertrautheit, die normalerweise erst nach Jahren entsteht. Es ist unglaublich. Manchmal sehen wir uns einfach nur an, und ich habe das Gefühl, dass er meine Gedanken lesen kann. Es ist so schön, jemanden an der Seite zu haben, mit dem man sich blind versteht. Fast so wie bei uns beiden ... wenn man mal vom Sex absieht. Haha.

Ich hielt inne. Für einen Moment ließ ich die Szenen der letzten Nacht Revue passieren. Allein bei dem Gedanken an die Dinge, die wir miteinander erlebt hatten, wurde ich rot.

Ich habe keine Ahnung, wie es weitergehen soll, aber darüber möchte ich mir im Moment auch keine Gedanken machen. Ich will einfach nur genießen. Elizabeth City ist schließlich nicht aus der Welt, und ich bin mir sicher, dass wir eine Lösung finden werden.

Apropos ,aus der Welt': Wie geht es dir? Hast du große Neuigkeiten? Ich werde dich jedenfalls auf dem Laufenden halten.

Bitte grüß Asante unbekannterweise von mir.
Ich liebe dich!
Deine sehr glückliche Molly

Ich drückte auf ‚Senden'. Ich blieb vor dem Laptop sitzen, in der Hoffnung, dass Lexie schnell antwortete. Jaxon war zum Einkaufen ins Dorf gefahren. Meine Lebensmittelvorräte neigten sich dem Ende zu, und ich wollte nicht immer auf Hillys Hilfe zurückgreifen. Sie hatte schon mehr als nötig getan und sich so klammheimlich in mein Herz geschlichen. Ich würde einen Weg finden, um mich bei ihr zu bedanken. Es *pingte* leise. Gespannt öffnete ich die Mail und schmunzelte in mich hinein. Lexie hatte auf eine Anrede verzichtet, ein sicheres Zeichen dafür, dass sie aufgeregt war.

Wow, das sind ja mal Neuigkeiten! Ich habe meinen Augen gar nicht getraut, als ich deine Zeilen gelesen habe. Da ist man gerade mal ein paar tausend Kilometer weg von zu Hause, und schon verliebst du dich! Molly, ich freue mich so für dich! Ich kann dir gar nicht sagen, wie doll! Ich hatte schon Angst, du könntest in Kitty Hawk versauern. Wenn man mal ehrlich ist, ist das Angebot an attraktiven Männern doch deutlich eingeschränkt.

Hattest du nicht erzählt, dass du Jaxon in Elizabeth City das erste Mal getroffen hast? Was für ein Zufall. Ich kann es immer noch nicht glauben. Granny hat doch immer gesagt: ‚Jeder ist seines Glückes Schmied, und alles, was du tun musst, ist, ein guter Schmied zu werden.' Aber in deinem Fall klingt es, als hätte das Schicksal seine Finger im Spiel gehabt.

Hier ist nicht viel passiert. Mücken und Hitze sind die beiden Dinge, die mich am meisten beschäftigen, wenn man mal von den Kindern und Dr Farcelati absieht. Er hat mich zum Dinner eingeladen. Ich weiß nicht so recht, ob ich wirklich hingehen soll. Auf der anderen Seite: Was habe ich zu verlieren? Es ist zumindest eine willkommene Abwechslung in diesem Drecksloch.

Ich zog die Augenbraue hoch. Die negative Färbung ihrer Schilderung hatte deutlich zugenommen. War Malawi doch nicht das gelobte Land, wie sie zunächst angenommen hatte? Bis jetzt war ich davon ausgegangen, dass es sich um die typische Eingewöhnungsschwierig-keiten handelte, aber mittlerweile klang es wie eine echte Krise.

Hast du mit Mum und Dad gesprochen? Ich vermisse die beiden schrecklich. Vor allem für Mums Apple Pie würde ich morden.

Ich drücke dich.

Deine Lexie

***

»Was hältst du davon, wenn wir einen kleinen Spaziergang am Meer machen?«, schlug ich vor. Jaxon und ich saßen am Küchentisch und tranken Kaffee. Meine Genesung hatte deutliche Fortschritte gemacht, und ich fühlte mich fast wieder wie neu.

»Ich glaube, wir sollten damit lieber noch ein bisschen warten.«

»Ach komm schon, nur ein kleiner Spaziergang. Ein bisschen frische Luft kann nicht schaden.«

Er zögerte. »Ich weiß nicht. Du hast seit zwei Tagen kein Fieber mehr. Ich möchte nicht, dass du dich gleich wieder übernimmst und womöglich einen Rückfall erleidest.«

»Nur ein paar Schritte. Bitte.« Ich flatterte mit den Lidern.

Jaxon seufzte. »Einverstanden, aber unter einer Bedingung.«

»Die wäre?«

»Du ziehst dir deine wärmsten Klamotten an, und wenn ich sage, dass es genug ist, gehen wir zurück.«

»Ich dachte eigentlich, dass wir mit dem Motorrad fahren.« Ich musste mich zusammenreißen, nicht laut loszulachen, als ich sein ent-setztes Gesicht sah. Ich prustete laut los. »Das war nur ein Scherz.«

Jaxon funkelte mich wütend an. »Ich glaube, jemand muss dir mal den Hintern versohlen.«

»Untersteh dich!«

Mit einem Satz war er bei mir. Quietschend sprang ich auf und wollte weglaufen. Er packte mich und hielt mich zurück.

»Jaxon, das kannst du nicht machen!«, rief ich panisch.

»Das werden wir ja sehen.« Mit einer geschickten Bewegung hatte er mich um die eigene Achse gedreht und so platziert, dass ich kopfüber auf seinen Oberschenkeln zum Liegen kam.

»Jaxon!«

Mit einem Ruck schob er meine Jeans ein Stück nach unten.

»Was ist denn hier los?«

Überrascht sahen wir beide hoch. Hilly stand im Raum. Ihr Blick wanderte von Jaxon zu mir und wieder zurück.

»Das ist nicht so, wie es aussieht«, stotterte Jaxon. Eine flammende Röte lief über sein Gesicht.

Es war das erste Mal, dass ich ihn rot werden sah.

»Wir haben nur Spaß gemacht«, kam ich ihm zu Hilfe, darum bemüht, meinen nackten Hintern zu bedecken.

»Ich habe geklopft«, sagte Hilly. »Nachdem niemand aufgemacht hat, wollte ich einfach die Lebensmittel in die Wärme bringen.« Hilly stellte einen Korb auf den Tisch. »Ich war einkaufen und habe ein paar Kleinigkeiten besorgt, um deine Abwehr zu stärken. Hier.« Sie reichte mir den Hausschlüssel. »Den brauche ich wohl nicht mehr.«

»Hilly, das wäre nicht nötig gewesen.« Ich ging auf die ältere Frau zu und schloss sie in die Arme. »Du hast schon so viel für mich getan.«

»Ach, aber das ist doch selbstverständlich. Wenn jemand in Not ist, dann helfen wir. Dafür sind Nachbarn da.« Sie wandte sich an Jaxon. »Hast du Molly den Tee gegeben?«

Jaxon grinste schief. »Yes, Ma'am.«

»Gut. Das dürfte einer der Gründe sein, warum das Fieber so schnell gefallen ist.«

»Was ist das für ein Tee?« Ich selbst besaß nur Kamillentee.

»Das ist meine Spezialmischung bei Infekten. Purpursonnenhutkraut ist der Hauptwirkstoff.«

Diese Frau war wirklich erstaunlich. Ich fragte mich, was sie noch alles für Geheimnisse hatte, von denen wir alle nichts wussten. »Jaxon hat mir erzählt, dass du bei den Indianern gelebt hast. Das ist ziemlich besonders. Ich kenne niemanden, der das von sich behaupten kann. Ich dachte immer, du hast in Florida gewohnt, bevor du nach Kitty Hawk gekommen bist.«

»Ich bin schon ziemlich alt und viel gereist. Da erlebt man einiges. Kann ich dir auch empfehlen.«

»Ich wollte auch immer reisen, aber dann ist mir das Leben dazwischengekommen«, sagte ich fast entschuldigend.

»Da bist du nicht die Einzige. Ich habe auf meinen Reisen viele Menschen getroffen, denen es ähnlich ging. Aber du bist jung und hast das Leben vor dir. Was hält dich davon ab, es zu tun?«

»Keine Ahnung«, murmelte ich leise. Jaxon nahm meine Hand.

»Was haltet ihr von einer Tasse Kaffee und einem Stück von meinem leckeren Apple Pie? Dabei erzählt ihr mir, was hier so los ist!« Sie zwinkerte mir zu.

»Das klingt super«, erwiderte ich. Der Spaziergang konnte warten.

»Gut. Jaxon, mach dich nützlich, hol das Geschirr aus dem Schrank und mach den Kaffee«, wies Hilly ihn an. »Du, Molly, bleibst einfach sitzen und unterhältst uns.«

»Wie ich merke, kennt ihr euch bestens in meiner Küche aus«, sagte ich lachend.

»Wir haben schließlich genug Zeit hier verbracht.« Hilly holte den Kuchen aus dem Korb und stellte ihn in die Mitte des Tisches.

»Wow. Wenn der Pie so schmeckt, wie er aussieht, hast du einen neuen Fan«, bemerkte ich.

»Das hoffe ich. Ich fand es immer schade, dass wir so wenig miteinander zu tun haben. Deine Schwester und du seid mir immer sehr sympathisch gewesen. Nicht ganz so vertrocknet wie die meisten hier.« Hilly schürzte verächtlich die Lippen. »Einigen würde mal ein bisschen frischer Wind um die Nase guttun.«

»Wind habt ihr hier wirklich genug«, bemerkte Jaxon trocken. Er hatte den Kaffee zubereitet und schenkte unsere Becher voll.

»Sehr witzig, Jaxon.« Hilly teilte den Kuchen in gleiche Stücke auf. Ich reichte ihr meinen Teller. »Wie bist du eigentlich damals nach Kitty Hawk gekommen?«

»Das ist eine lange Geschichte.«

»Ich habe Zeit. Du auch, Jaxon?«

»Na klar. Würde mich auch interessieren.« Er setzte sich neben mich.

»Wie so häufig im Leben war es die Liebe, die mich hierhergeführt hat«, fing Hilly an zu erzählen. »Wir haben uns im Urlaub kennengelernt.«

»Das ist ja fast wie bei Jaxon und mir«, warf ich dazwischen. Er sagte nichts, sondern saß nur stumm da.

»Benjamin … Nun ja, er war von seiner Frau getrennt, und ich war Single …«

»Benjamin? Meinst du etwa Benjamin Miller?« Sofort hatte ich das Bild des großen, schlanken Mannes vor Augen. Mr Miller hatte am anderen Ende von Kitty Hawk gelebt. Er war ein stiller Mann mit einem freundlichen Gesicht gewesen, der vor ein paar Jahren an einem Herzinfarkt verstorben war. Mrs Miller war kurze Zeit nach seinem Tod weggezogen, das Haus war verkauft worden.

»Ja genau.« Hillys Augen blickten traurig drein. »Wir hatten eine herrliche Zeit miteinander. Als ich ihm kurzentschlossen nach Kitty Hawk gefolgt bin, musste ich feststellen, dass mir Ben nicht die ganze Wahrheit über sich gesagt hat.« Ihr Blick ruhte auf Jaxon, was ich eigenartig fand. Er konnte schließlich nichts dafür, dass ihr Freund sie belogen hatte. »Er war noch immer verheiratet, auch wenn die Ehe nicht sonderlich glücklich war.«

»Dann bist du trotzdem bei ihm geblieben?«, rief ich erstaunt.

Hilly zuckte mit den Achseln. »Ben war die Liebe meines Lebens. Ich bin immer meinem Herzen gefolgt, und so bin ich geblieben und habe mich damit zufriedengegeben, wenigstens einen Teil von ihm zu besitzen.«

»Aber das hätte doch einen Skandal geben müssen.« Weder Lexie noch ich hatten jemals etwas von dieser wilden Affäre gehört.

»Nein. Wir waren äußerst diskret.« Hilly spielte gedankenverloren mit ihrem Löffel. »Nach seinem Tod habe ich es einfach nicht übers Herz gebracht zu gehen. Ich muss sagen, mittlerweile gefällt es mir hier ganz gut. Was allerdings nicht bedeutet, dass ich für immer bleiben werde. Vielleicht packe ich irgendwann meine Sachen und ziehe weiter. Vermutlich nach Mexiko. Aber für den Moment bleibe ich noch hier.«

»Was für eine Geschichte!« Ich pfiff anerkennend. »Du müsstest ein Buch darüber schreiben.«

»Das Schreiben überlasse ich lieber dir«, antwortete Hilly lächelnd. »Ich habe übrigens deinen letzten Roman gelesen. Hat mir sehr gut gefallen. Du hast eine Gabe, den Menschen eine Geschichte in deinen Worten zu erzählen.« Sie stockte. »Ich denke nur, dass du bis jetzt noch nicht die richtige Geschichte gefunden hast.«

Ich schluckte angesichts der herben Kritik. »Wie meinst du das?«

»Ich glaube, dass deine Bücher nicht aus dem Herzen kommen. Was ich gelesen habe, war gutes Handwerk, aber nichts Besonderes. Dein Erfolg wird kommen, wenn du dein Herz in deinen Büchern sprechen lässt.« Sie legte ihre Hand auf meinen Arm. »Nimm es nicht als Kritik, sondern als gutgemeinten Rat einer alten Frau.«

Ich nickte nachdenklich. »Aber wie finde ich heraus, was meine Geschichte ist?«

»Sie wird zu dir kommen. Du musst sie nur erkennen«, versicherte Hilly mir.

Mein Blick wanderte zu Jaxon, der die ganze Zeit sehr still gewesen war. »Alles okay mit dir?«

»Ja, solange du bei mir bist.« Seine Stimme war kaum mehr als ein Flüstern.

Unsere Blicke kreuzten sich. Liebe sprach aus seinen Augen, und ein Glücksgefühl strömte durch meinen Körper. Jaxon und ich würden unsere eigene Geschichte schreiben. So viel war sicher.

24

Jaxon

»Ist das nicht wunderschön?« Molly deutete auf den Abendhimmel. Wir gingen Arm in Arm am Ufer entlang. Das Meer lag ruhig wie ein See vor uns, und das Rot der untergehenden Sonne spiegelte sich darin. Der Sand knirschte unter unseren Schritten. Es war Ebbe, und das Wasser hatte sich weit zurückgezogen. Eine Linie mit Algen und Muschelresten verlief parallel und zeigte, bis wohin die Wellen am Ufer geleckt hatten. Dog trottete in einiger Entfernung vor uns, auf der Suche nach interessanten Entdeckungen.

»Ja, fast so schön wie du.« Ich gab ihr einen Kuss. Ihre blauen Augen leuchteten wie zwei Kristalle im Sonnenlicht. Die Blässe der letzten Tage war aus ihrem Gesicht verschwunden, und eine zarte Röte hatte sich stattdessen auf ihre Wangen gelegt.

Molly lachte. »Du alter Charmeur!«

»Ich sage dir nur, wie es ist.« Ich sah ihr tief in die Augen. »Für mich bist du die schönste Frau, die ich jemals gesehen habe.«

Ich musste an den Moment denken, als ich ihr Bild das erste Mal auf dem Laptop gesehen hatte. Sie hatte auf mich wie ein Wesen von einer anderen Welt gewirkt – faszinierend und betörend. Auch jetzt strahlte ihr Gesicht eine natürliche Schönheit aus.

»Gab es vor mir viele Frauen?« Sie musterte mich intensiv, als würde sie versuchen, die Wahrheit in meinem Gesicht zu erkennen.

»Ich war kein Kind von Traurigkeit«, brummte ich. Für den Bruchteil einer Sekunde verschwand ihr leichtes Lächeln, und Enttäuschung spiegelte sich in ihren Augen. »Das war reiner Sex. Nichts Ernstes, falls du das denkst«, versicherte ich ihr. Eine Welle der Angst überkam mich. Angst, sie zu verlieren. Den einzigen Menschen, der mir jemals etwas bedeutet hatte. »Hätte ich gewusst, dass ich dich kennenlernen würde, hätte ich gewartet.«

Mollys Augen weiteten sich. »Meinst du das wirklich?«

»Ja. Das mit uns«, ich nahm ihre Hände und zog sie an mich heran. »ist etwas Besonderes. Du und ich, wir sind füreinander bestimmt.«

Molly schwieg. Hatte sie Bedenken? Fühlte sie anders als ich? Dachte sie an Parker?

»Das finde ich auch«, sagte sie schließlich zu meiner Erleichterung. »Aber genau das macht mir Angst.« Sie schmiegte ihre Wange an meine Hand.

»Warum?«

Sie schluckte nervös. »Als ich mich in Parker verliebt habe, dachte ich auch, wir würden ein Leben lang zusammenbleiben.« Sie holte tief Luft. Es schmerzte mich, aus ihrem Mund zu hören, dass sie einen anderen Mann geliebt hatte. »Ich hatte mein ganzes Leben mit ihm geplant – und dann ist er gestorben. Einfach so.« Sie stockte. Tränen füllten ihre Augen. »Ich habe Angst davor, dass ich dich verlieren könnte, so wie ich Parker verloren habe.«

»Psss …« Ich verschloss ihren Mund mit einem Kuss. »Ich bin nicht Parker, und ich werde dich nicht verlassen.«

»Versprichst du es?« Sie sah mich mit tränennassen Augen an.

Ich küsste ihre Finger. »Ich verspreche es.«

»Zu lieben bedeutet, angreifbar für Schicksalsschläge zu sein«, flüsterte sie. Ich sah ihr fest in die Augen. Sie sah so unendlich verletzlich aus. »Das ist mir erst jetzt klar geworden.«

Mein Herz setzte einen Schlag aus. Die Welt um mich herum stand still. »Du liebst mich?«

»Ja. Ich liebe dich.« Ein Lächeln erleuchtete ihr Gesicht. Eine einzelne Träne kullerte dabei ihre Wange herunter. Ich wünschte mir im Stillen, ich könnte diesen Moment für die Ewigkeit festhalten. »Ich liebe dich von ganzem Herzen.«

»Ich liebe dich auch. » Ich küsste ihr die Tränen weg. »Vom ersten Augenblick an, als ich dich gesehen habe, wusste ich, dass wir zusammengehören.«

Im Hintergrund verschwand die Sonne hinter dem Horizont. Das Meer schien zu glühen.

»Oh Jaxon. Ich hätte es nicht für möglich gehalten, nach dem, was ich im letzten Jahr durchgemacht habe. Ich dachte, ich würde nie wieder einen Mann finden, der zu mir passt. Und dann kamst du.« Sie küsste mich leidenschaftlich. Ihr warmer, zarter Körper schmiegte sich an mich.

Ich schlang meine Arme um sie und hielt sie fest. »Ich lass dich nie wieder los.«

***

Den ganzen Weg zurück zum Haus hatte ich darüber nachgedacht, wie ich alles am besten regeln konnte. Liam hatte mir geschrieben und mich daran erinnert, dass ein Job und ein Leben in Elizabeth City auf mich warteten. Ich hatte noch vier Tage Urlaub, was aber keine Rolle spielte. Ich würde nicht wieder zu meinem alten Job zurückkehren. Jetzt wo ich wusste, dass Molly mich liebte, würde ich alles daransetzen, mir ein neues Leben in ihrer Nähe aufzubauen. Freelancer wurden immer gesucht, und als Computerexperte konnte ich von überall arbeiten, solange ich Internet hatte.

Ich warf ein Holzscheit in den Kamin. Molly hatte die Beine angezogen, saß wie eine Meerjungfrau auf dem Sofa und nippte an ihrem Tee. Ich hatte mir ein Glas Wein genehmigt. Dog, der nicht von Mollys Seite wich, hatte es sich auf seiner Decke gemütlich gemacht.

»Wie bist du eigentlich zu Dog gekommen?«, fragte ich und ließ mich neben ihr aufs Sofa fallen.

»Parker hat ihn gefunden. Jemand hat ihn als Welpen ausgesetzt«, erklärte sie mit traurigem Gesichtsausdruck.

»Dann hat er Glück gehabt mit euch beiden.« Ich blickte lächelnd zu dem Hund, der wie auf Kommando mit den Ohren wackelte. Manchmal hatte ich das Gefühl, Dog wäre ein Mensch in Hundegestalt. Zumindest verhielt er sich oft so.

»Und ich mit Dog. Ich weiß nicht, wie ich die Zeit nach Parkers Tod ohne ihn und Lexie überstanden hätte.«

»Das mit dir und Lexie ist etwas ganz Besonderes. Wie ist deine Schwester so?«

Molly nahm einen Schluck Tee. »Wie soll ich dir Lexie am besten beschreiben? Sie ist lustig, launisch, wild und von einer inneren Unruhe getrieben.«

»Das klingt ziemlich anstrengend.«

»Ich schätze, das ist sie auch für Außenstehende. Aber gleichzeitig ist sie auch der liebste Mensch, den ich kenne.« Sie warf mir ein Lächeln zu. »Wenn man mal von dir absieht.«

»Vielen Dank.« Ich nahm ihren Fuß und begann ihn zu massieren.

»Mm, hör bloß nicht auf.« Molly verdrehte genießerisch die Augen. »Wusstest du, dass Lexie schuld daran ist, dass wir uns kennengelernt haben?«

Ich stockte. »Wie meinst du das?«

»Die Adresse von den *Experten* habe ich von ihr. Lexie hat vor ihrer Abreise einen Computer dort gekauft. Hätte sie das nicht getan, wäre ich in einen anderen Laden gegangen, und wir wären uns nie auf dem Parkplatz begegnet. Was hast du eigentlich dort gesucht?«

Mein Gewissen meldete sich zu Wort. Ich musste ihr die Wahrheit sagen. Ich hatte mich bereits tief in ein Netz aus Täuschungen und Lügen verstrickt. Irgendwann würde dieses Netz Löcher bekommen, und ich war mir sicher, dass es dann zu spät sein würde, mich zu erklären. Wie sollte Molly einen Mann lieben, der sie belogen hatte? Der sie im Glauben ließ, dass sie sich durch Zufall kennengelernt hatten? Eine eiserne Faust schloss sich um mein Herz. *Los, sag es ihr,* forderte meine innere Stimme.

»Nicht aufhören zu massieren, bitte«, rief Molly fröhlich.

Wie sollte ich ihr sagen, dass ich wie ein Stalker in ihrem Computer geschnüffelt und mich dabei in sie verliebt hatte? Was würde Molly denken, wenn sie erfuhr, dass der Mann, den sie liebte, nicht ehrlich zu ihr gewesen war? Noch war es nicht zu spät.

Molly stupste mich mit dem Fuß an. »Alles okay mit dir?«

»Ja, warum?«, murmelte ich geistesabwesend.

Sie richtete sich auf und sah mich besorgt an. »Du bist ganz blass.«

»Molly, ich ...« Sie sah mich erwartungsvoll an. Der Blick aus ihren blauen Augen ruhte liebevoll auf mir. Sie sah in ihrem übergroßen Hemd wie ein Engel aus, der durch Zufall vom Himmel gefallen und auf dem Sofa gelandet war. *Verdammte Scheiße.* Ich brachte es nicht übers Herz, ihr wehzutun. »Ich liebe dich.«

»Und ich dich.« Sie gab mir einen Kuss. »Du bist doch immer so gut im Gedankenraten. Was denke ich jetzt?«

»Mm. Dass du mich küssen möchtest.«

»Fast. Denk noch mal nach.« Sie zog mich zu sich. Ihr Mund schmeckte süß. Vergessen waren meine Bedenken. Stattdessen ließ ich mich auf ihr kleines Spiel ein. Ich strich mit der Zungenspitze über ihre Unterlippe und neckte sie. Ich schob ihre Haare nach hinten und wanderte mit dem Mund zu ihrem Ohr. Sie stöhnte leise, als ich an ihrem Ohrläppchen knabberte. Ihre Muskeln entspannten sich, und sie wurde zu Wachs in meinen Händen. Ich bedeckte ihren Hals mit Küssen und zog eine feuchte Spur mit meiner Zunge nach unten. Ihr schlanker Körper bog sich mir entgegen. Sie warf ihren Kopf in den Nacken, den Mund leicht geöffnet, was mich ermutigte, weiterzumachen. Ich fuhr mit der Hand unter ihren Pullover. Ihre Haut war glatt und warm. Unsere Lippen fanden sich erneut. Meine Zunge drang in sie ein und kostete von ihrem Geschmack. Ich war scharf wie noch nie. Alles, woran ich denken konnte, war ihr wunderbarer Körper. Ich schob ihren Pullover hoch und zog ihn ihr über den Kopf. Mit einer geübten Handbewegung hatte ich sie von ihrem BH befreit. Ihre Brüste reckten sich mir entgegen, als würden sie nur darauf warten, von mir liebkost zu werden. Genüsslich nahm ich die feste Knospe zwischen meine Finger und massierte sie, was Molly mit einem tiefen Stöhnen quittierte.

»Gefällt dir das?«, fragte ich.

»Ja«, seufzte sie. »Bitte hör nicht auf.«

Ihre Augen leuchteten lustvoll auf. Nur zu gerne tat ich ihr den Gefallen. Ich umschloss ihre Brustwarze mit dem Mund und saugte daran. Ihre Hand fuhr durch meine Haare und krallte sich darin fest. Durch ihr Stöhnen ermutigt, wanderte ich langsam mit meinem Mund nach unten. Ihre Bauchdecke bebte, als ich meine Zunge in ihren Bauchnabel steckte. Ich war kurz davor, den Verstand zu verlieren. Mein Schwanz war so prall, dass er schmerzte. Es gab nur einen Weg, mich von meinen Qualen zu erlösen.

Molly hatte sich aufgerichtet und fummelte an meinem Shirt. Mit einem Ruck hatte sie es mir über den Kopf gezogen und ließ es achtlos auf den Boden fallen. Ihre Wangen waren gerötet, ihre Augen glänzten. Ihre Haare lagen wirr um ihren Kopf. Sie sah atemberaubend sexy aus.

Aus dem Augenwinkel bemerkte ich einen Schatten, der sich davonbewegte. Dog, der anscheinend genug hatte, trottete aus dem Zimmer.

Molly, die es ebenfalls bemerkt hatte, lächelte. »Guter Hund«, murmelte sie. »Der weiß wenigstens, was sich gehört.«

Ich grinste. Für einen Moment verharrten wir regungslos, die Blicke fest verhakt. Ich sah, wie sich ihr Oberkörper heftig hob und senkte. Ich fuhr ihr mit den Fingerspitzen über die Wange, den schlanken Hals hinunter bis zu ihrem Dekolleté. Ich zog einen Kreis um ihre Brüste. Sofort richteten sich die Brustwarzen wie kleine Zinnsoldaten auf. Ein Gänsehautschauer zog über ihre Arme. Wir küssten uns leidenschaftlich.

»Du bist perfekt«, flüsterte ich. »Alles an dir ist perfekt.« Ich konnte keinen klaren Gedanken mehr fassen.

Ihr Atem ging schwer. »Ich will dich.«

»Bist du sicher?«

Ich wollte keinen Fehler machen. Ich wollte, dass sie es nicht bereute.

»So sicher wie noch nie in meinem Leben«, sagte sie und versiegelte meinen Mund mit einem Kuss.

Wie lange hatte ich diesen Moment herbeigesehnt? Nächtelang hatte ich davon geträumt, ihren perfekten Körper zu lieben. Ich half ihr hoch. Meine Hand zitterte, als ich den Reißverschluss ihrer Jeans öffnete und sie ihr langsam von der Hüfte schob. Ich wollte jeden Augenblick dieses Abends genießen und für immer in meinem Gedächtnis behalten.

Molly machte sich an meiner Hose zu schaffen. Sekunden später waren wir beide nackt. Sie machte Anstalten, sich wieder aufs Sofa zu legen, aber ich hielt sie zurück. »Ich möchte dich ansehen.«

Sie nickte stumm. Wir standen uns gegenüber. Meine Augen gingen auf Erkundungsreise. Ich bewunderte ihre festen Brüste, die schmale Taille und die langen Beine. Sie war perfekt. Ihre helle Haut schimmerte wie Alabaster im Licht. Ihre blonden Haare fielen über ihre Brüste, sodass lediglich die Brustwarzen frech dazwischen hervorlugten. Ihre Augen waren in der Zwischenzeit auch nicht untätig gewesen. Jetzt klebten sie auf meinem Schwanz.

»Beeindruckend«, murmelte sie. Eine mädchenhafte Röte bildete sich auf ihren Wangen.

»Nur für dich.«

Ich streichelte über ihren Körper. Sie blieb ganz still stehen. Lediglich ihr Brustkorb hob und senkte sich heftig. Ich küsste ihre Brüste, nahm die festen Knospen zwischen meine Zähne und knabberte vorsichtig daran. Ein leises Seufzen signalisierte mir, dass ihr gefiel, was ich tat.

»Jetzt bin ich dran«, forderte sie. Ihre Stimme zitterte leicht.

Ich grinste. Nun waren es ihre Hände, die auf Erkundungstour gingen. Ihre Hand umschloss fest meinen Schwanz. Ich stöhnte laut auf, während sich meine Lust ins Unermessliche steigerte. Es kostete mich meine ganze Willenskraft, mich zurückzuhalten und der süßen Qual standzuhalten.

Unsere Lippen fanden sich erneut. Unsere Hände glitten fiebrig über den Körper des anderen. Sie rieb sich an mir. Das war das Zeichen. Ich wollte sie spüren und konnte nicht mehr länger warten. Mit einem Ruck hob ich sie hoch, ohne den Kuss zu unterbrechen. Mit einem lauten Stöhnen hieß sie meinen Schwanz in sich willkommen. Unsere Lippen trennten sich.

Sie schlang ihre Beine um meine Hüfte, um mich noch tiefer in sich aufzunehmen. Mit langsamen, kraftvollen Stößen nahm ich von ihr Besitz. Endlich waren wir vereint.

Sie warf den Kopf in den Nacken und bog mir ihren Oberkörper entgegen, während sich unsere Körper im Gleichklang bewegten. Als ich kam, löste sich die Welt um mich herum in ihre Bestandteile auf. Alles, was blieb, war Molly.

25

Molly

»Das war unglaublich.«. Wir lagen nackt nebeneinander. Jaxon hatte eine Decke über uns ausgebreitet. Mein Ohr lag auf seiner Brust, und ich hörte sein Herz schlagen, dessen Rhythmus mir vertraut war wie mein eigener.

Der Sex war absolut umwerfend und zugleich anders als mit meinen vorherigen Liebhabern gewesen. Nicht, dass ich auf einen großen Erfahrungsschatz zurückgreifen konnte. Abgesehen von Parker waren da noch zwei andere Männer gewesen.

Normalerweise war das erste Mal ein Herantasten und Erkunden des anderen. Bei Jaxon war es, als hätten unsere Körper intuitiv gewusst, was sie tun mussten. Wir waren zusammen geflogen. Meine Körpermitte pulsierte noch immer. Nichts mehr um uns herum hatte existiert. Wir waren zu einer Einheit verschmolzen. Alles war so neu und auf eigenartige Weise doch so vertraut. Seine Berührungen hatten längst vergessene Gefühle in mir geweckt. Es war, als ob jemand eine Decke von mir genommen hätte. Als wir zusammen gekommen waren, hatten sich nicht nur unsere Körper miteinander vereint – auch unsere Seelen hatten sich berührt.

»Ich habe so etwas noch nie mit einer Frau erlebt.« Jaxon drehte sich zur Seite. Das Licht fiel auf seine Tätowierung am Oberarm. Die Bewegung des Adlers war so naturgetreu nachempfunden worden, dass man den Eindruck bekommen konnte, er würde tatsächlich fliegen. Unsere Blicke trafen sich. Er nahm eine Haarsträhne von mir zwischen seine Finger und ließ sie an seiner Nase vorbeigleiten. »Hat dir schon mal jemand gesagt, dass du wie eine Sommerwiese nach einem heftigen Regen riechst? Blumig und frisch zugleich.«

Ich lachte glücklich. »Du bist ja ein richtiger Poet.«

Er schüttelte den Kopf. »Eigentlich nicht. Nur bei dir.«

Ich kuschelte mich an ihn. Unwillkürlich drängte sich mir die Frage auf, wie es mit uns weitergehen sollte. Sein Lebensmittelpunkt war in Elizabeth City, ich lebte in Kitty Hawk. Das waren zwar nur knapp hundert Kilometer, aber doch hundert Kilometer mehr, als uns im Augenblick trennten. Auf der anderen Seite könnten wir uns so unter der Woche auf unsere Jobs konzentrieren und die Zeit am Wochenende zu zweit nutzen. Zumindest in der ersten Zeit. Lexie musste natürlich einverstanden sein, dass Jaxon an den Wochenenden bei uns wohnte.

Wieder einmal wurde mir bewusst, wie wenig ich über den Mann wusste, mit dem ich gerade den aufregendsten Sex meines Lebens gehabt hatte. Hatte er studiert oder eine Lehre gemacht? Wo arbeitete er, und wer waren seine Freunde? Es gab so vieles, was ich noch über ihn lernen musste. Mochte er lieber Brot oder Toast? War er katholisch oder gehörte er einer anderen Religion an?»Jaxon?«

Schläfrig strich er mir mit der Hand über den Rücken.»Ja?«

»Wie lange kannst du noch bleiben?«

Er hielt inne. Sekundenlang sagte er nichts.»Vier Tage.«

Mein Puls, der sich gerade beruhigt hatte, schnellte nach oben.»Nur noch vier Tage.«

»Ich bin ja nicht aus der Welt.« Er gab mir einen Kuss auf die Augenlider und schlang seine Arme um meinen Körper, als hätte er Angst, mich zu verlieren.»Ich muss ein paar Dinge regeln, dann bin ich ganz schnell zurück. Vorausgesetzt, du willst mich noch haben.«

»Blödmann.« Sie gab mir einen Stups.»Ich würde am liebsten mitkommen, aber dann bekomme ich das Buch nie fertig. Ich bin eh schon hoffnungslos in Verzug. Ich habe erst gestern mit meiner Agentin gesprochen und um weiteren Aufschub gebeten.« Ich zögerte kurz, bevor ich die Frage stellte, die mir schon den ganzen Abend auf der Zunge lag.»Wie soll es mit uns weitergehen?«

»Ich habe die letzten Tage an nichts anderes gedacht. Weißt du, was ich mir überlegt habe?« Er richtete sich auf.»Was hältst du davon, wenn wir zusammen auf Reisen gehen, sobald deine Schwester wieder zurück ist? Dann brauchst du kein schlechtes Gewissen wegen des Hauses und Dog zu haben. Nur du und ich.«

Ich war fassungslos. Niemals hätte ich mit einem solchen Vorschlag gerechnet. Ich hatte tatsächlich schon darüber nachgedacht, wie es wohl wäre, mit dem Motorrad durch Europa zu reisen, aber ich hatte nicht mal zu hoffen gewagt, dass aus dieser Fantasie Realität werden könnte.

»Du meinst … durch Europa?«

Jaxon lachte. »Zum Beispiel.«

Ich schlang meine Arme um ihn. »Das würdest du tun?«

»Natürlich. Aber nur mit dir. Nur du und ich zusammen unterwegs. Wir können all die Orte besuchen, von denen du geträumt hast.« Ich hatte ihm von meinen Wünschen erzählt, die ich als junges Mädchen gehegt hatte. »Wir nehmen deinen Laptop mit – du kannst von überall schreiben.«

»Eine Art Reisetagebuch«, rief ich, begeistert von der Idee. Plötzlich musste ich an Lexie denken. »Aber was ist mit meiner Schwester?«

»Was soll mit ihr sein?« Jaxon zuckte mit den Achseln. »Sie hat sich all die Jahre die Freiheit genommen, zu tun, wonach ihr der Sinn stand. Jetzt bist du mal an der Reihe. Du hast lange genug zurückgestanden und ihr den Rücken freigehalten. Wenn sie dich so liebt, wie sie immer sagt, wird sie sich für dich freuen.« Er streichelte mein Gesicht. »Denk nur an all die schönen Dinge, die wir zusammen erleben werden. Paris, Rom, Mailand. Der Buckingham Palace, die Queen. Die Küste von Amalfi. Es gibt so viele schöne Orte, die wir zusammen entdecken können. Alles, was du tun musst, ist, Ja zu sagen.«

»Du willst auch nach England?«

»Wenn schon, dann machen wir das ganze Programm. Um meinen Job brauchst du dir keine Gedanken zu machen. Ich kann wie du von fast überall arbeiten.« Er küsste meine Schulter. »Nur du und ich.«

Ich schmiegte mich an seine Brust. »Das klingt absolut traumhaft.«

»Dann lautet deine Antwort …?«

»Ja!«, hauchte ich, immer noch überwältigt von der Idee.

Jaxon griff nach seinem Weinglas. »Möchtest du auch einen Schluck?«

»Gerne.« Mein Herz lief vor Glück über. Alles, was ich jemals zu träumen gewagt hatte, schien in diesem Augenblick wahr zu werden.

Jaxon trank selbst einen Schluck Wein.

»Hey, und ich?«, protestierte ich lachend.

Anstatt zu antworten, beugte er sich zu mir und legte seinen Mund auf meinen. Als ich meine Lippen öffnete, strömte der warme Rotwein hinein, gefolgt von Jaxons Zunge. Noch nie hatte mich ein Mann so geküsst. Ich schmolz dahin in seinen Armen.

»Hast du Lust auf mehr?«, fragte er mich augenzwinkernd.

»Du meinst Wein oder Küsse?«

»Du kannst es dir aussuchen.«

»Am liebsten beides.«

»Mit Vergnügen.«

26

Molly

»Hallo, Mum«, begrüßte ich meine Mutter am Telefon. Es war später Nachmittag. Jaxon war zu Hilly gefahren. Er wollte die Miete bezahlen und mit ihr sprechen. Er hatte irgendwas von einer wichtigen Angelegenheit gemurmelt.

»Molly, wie schön!« Mum klang überrascht. »Ist etwas passiert?«

»Nein, natürlich nicht. Ich wollte einfach deine Stimme hören.«

»Ist wirklich alles okay? Dein Dad und ich haben uns schon Sorgen gemacht, weil du dich in den letzten Wochen so selten gemeldet hast.«

»Das tut mir leid. Ich war so mit mir selbst beschäftigt, dass ich euch vernachlässigt habe.«

»Engelchen, das ist doch gar kein Problem.« Ich konnte förmlich sehen, wie sie den Kopf schüttelte und mich dabei mit ihren blauen Augen liebevoll ansah. »Und nun erzähl mal, wie geht es dir?«

»Ich habe jemanden kennengelernt«, platzte ich heraus.

»Was?!« Mum schnappte hörbar nach Luft.

Ich gluckste. »Du hast richtig gehört! Sein Name ist Jaxon Davis.«

»Jack, komm sofort ans Telefon!«, schrie Mum so laut, dass Dog, der zu meinen Füßen lag, verstört nach oben schaute. »Molly hat einen Mann kennengelernt!« Ich hörte im Hintergrund die tiefe Stimme meines Vaters.

»Mum, das ist noch ganz frisch. Bitte mach nicht so einen Aufstand.«

»Oh Gott, Molly, du weißt gar nicht, wie froh dein Dad und ich sind«, schluchzte sie. »Wir hatten schon Angst, dass du depressiv bist.« Mum hatte schon immer einen Hang zur Übertreibung gehabt. Wobei sie in diesem Fall nicht ganz danebenlag. Eine Zeit lang hatte ich wirklich das Gefühl gehabt, in ein dunkles Loch gezogen zu werden. »Seit Parkers Tod hast du dich völlig zurückgezogen. Lexie war die Einzige, die noch an dich herangekommen ist.«

»Mum, ich bin nicht depressiv. Ich war geschockt und wusste nicht, wie ich mit der Situation umgehen sollte. Außerdem laufen in Kitty Hawk nicht an jeder Ecke attraktive Männer herum, die auch noch Single sind. Es ist nicht so leicht, wie du vielleicht denkst, jemanden kennenzulernen, der noch dazu zu mir passt.«

»Aber jetzt hast du es ja geschafft. Wie lange kennt ihr euch? Du musst mir alles über ihn erzählen. Wie alt ist er? Wo kommt er her?«

Ich erzählte Mum, wie Jaxon und ich uns kennengelernt hatten und wie er mich während meines Fiebers gepflegt hatte. Den Teil mit dem Motorradausflug ließ ich aus, da ich wusste, dass Mum ausflippen würde.

»Und wann stellst du uns den jungen Mann vor?«

»Dafür ist es noch viel zu früh. Gebt mir etwas Zeit«, bat ich.

»Einverstanden. Oh mein Gott! Ich kann es immer noch nicht fassen.« Mum schniefte laut.

»Hallo, Engelchen, hier ist Dad«, meldete sich seine Brummelstimme zu Wort. »Deine Mutter ist emotional gerade ein bisschen überfordert, deshalb übernehme ich.«

»Hi, Dad. Schön, dich zu hören. Wie geht es dir?«

»Das Gleiche wollte ich dich fragen.«

»Ich bin seit Langem das erste Mal wieder richtig glücklich«, erwiderte ich mit einem Lächeln auf den Lippen.

»Wenn du glücklich bist, dann bin ich es auch.« Bedingungslose Liebe sprach aus der Stimme meines Vaters. »Zumindest eine Sorge weniger.«

Ich stutzte bei seinem letzten Satz. »Wieso, was gibt es noch?«

»Deine Mutter und ich haben den Eindruck, dass Lexie kurz davor ist aufzugeben. Wieder einmal!« Dad seufzte. »Wir hatten die Hoffnung, dass sie endlich eine Aufgabe gefunden hat, die sie ausfüllt und ihr Spaß macht. Du weißt, wie sehr deine Mutter und ich gehofft haben, dass sie endlich zur Ruhe kommt, auch wenn wir nicht sonderlich begeistert waren, dass sie ausgerechnet nach Afrika wollte. Aber nun hat sie uns geschrieben, und zwischen den Zeilen war deutlich herauszulesen, dass sie unglücklich ist.«

Nachdenklich spielte ich mit einer Haarsträhne. »Stimmt, das deckt sich mit meinem Eindruck.«

»Ich habe mir so sehr gewünscht, dass Lexie bei den Vereinten Nationen den Job gefunden hat, der sie ausfüllt«, fuhr Dad fort. »Anscheinend habe ich damit falschgelegen.«

Lexie war immer rastlos gewesen. Wie oft hatte sie mir erzählt, dass sie Angst hatte, in Kitty Hawk zu versauern, ohne etwas erlebt zu haben? Wir beide hatten von großen Abenteuern geträumt, aber letztendlich hatte das Schicksal anders entschieden und mir ein friedliches Leben an der Seite von Parker beschert. Jetzt jedoch überkam mich wieder die Sehnsucht, auf Reisen zu gehen, aber da waren das Haus und Dog. Beides konnte ich nicht zurücklassen.

»Vielleicht hat sie nur eine Krise. Du kennst doch Lexie und ihre Gefühlsausbrüche, wenn es nicht so läuft, wie sie es sich vorgestellt hat«, beruhigte ich meinen Vater.

»Hoffentlich hast du recht. Es würde ihr guttun, wenn sie wenigstens ein Projekt, das sie anfängt, auch mal zum Ende bringt. Was macht dieser Jaxon eigentlich beruflich?«, wechselte Dad plötzlich das Thema. Wahrscheinlich hatte meine Mutter ihm Zeichen gegeben. Sie war der neugierigste Mensch, den ich kannte – wenn man mal von Sandy Meyers absah.

Ich dachte an seine schwarzen Motorradklamotten, daran, dass er nur mit einer Tasche und seiner Harley nach Kitty Hawk gekommen war. »Keine Ahnung. Ehrlich gesagt interessiert es mich nicht, was er macht.«

»Das sollte es aber. Du willst doch mal Kinder, da brauchst du einen Mann an deiner Seite, der für sich sorgen kann.«

»Dad, du klingst wie aus dem letzten Jahrhundert. Ich brauche keinen Versorger. Ich habe einen Beruf, ich komme allein klar.«

»Apropos. Was macht dein neues Buch? Bist du fertig? Du hattest doch einen Abgabetermin.«

Ich war so mit mir und Jaxon beschäftigt gewesen, dass ich in den vergangenen Tagen keinen vernünftigen Satz zu Papier gebracht hatte. »Ich bin immer noch im Rückstand. Aber ich arbeite daran, und wenn ich mich ein bisschen ranhalte, kann ich es auch noch schaffen.«

»Kommst du finanziell klar?«

»Ja, bitte mach dir deshalb keine Sorgen. Ich habe noch ein bisschen was von meinem Vorschuss übrig«, versicherte ich ihm.

»Gut. Aber du weißt, wir sind immer für dich da, wenn du Hilfe brauchst. Egal, welcher Art.« Mein Vater war der Geschäftsführer eines großen Versicherungskonzerns gewesen und hatte sein Leben lang gut verdient.

»Danke, Dad, aber ich bin neunundzwanzig. Ich möchte mir kein Geld von meinen Eltern mehr leihen. Ich schaffe das auch alleine.«

»Natürlich. Ich wollte es dich nur wissen lassen. Willst du deine Mutter noch mal sprechen?«

»Ja, gerne. Ich liebe dich.«

»Ich dich auch.« Er reichte den Hörer weiter.

»Schätzchen, was denkst du wegen Lexie?«, fing meine Mutter an.

Ich hörte nur noch mit halbem Ohr zu. In Gedanken war ich bei Jaxon. War es zu früh gewesen, meinen Eltern von ihm zu berichten? Auch wenn ich das Gefühl hatte, ihn schon ewig zu kennen, so waren es nur ein paar Tage gewesen. Was, wenn ich mich getäuscht hatte und Jaxon nur auf ein Abenteuer aus war? Wir hatten zwar darüber gesprochen, wie unsere gemeinsame Zukunft aussehen sollte, aber wirklich Pläne hatten wir noch nicht. Es würde sich alles ergeben, so wie unser Kennenlernen.

»Falls du etwas von Lexie hörst, versuch doch, sie davon zu überzeugen, dass sie bleibt. Es ist ja nicht mehr lange, und dann hätte sie das Projekt wenigstens abgeschlossen«, bat Mum.

»Ich rede mit ihr«, ich seufzte, »aber du kennst Lexie. Wenn sie sich etwas vorgenommen hat, dann lässt sie sich nicht davon abbringen.«

»Leider. Aber ich bin froh, dass es dir gut geht«, fand sie den Bogen zurück zu Jaxon. »Das muss ja ein ganz besonderer junger Mann sein, dass du dich in ihn verliebt hast.«

»Ja, das ist er.« Ich lächelte glücklich in mich hinein.

»Ich freue mich schon darauf, ihn kennenzulernen«, versicherte Mum. »Aber jetzt muss ich leider los, noch ein paar Sachen für heute Abend einkaufen und vorbereiten. Unsere Nachbarn kommen zu Besuch. Wir wollen eine Runde Karten spielen.«

»Das klingt nach einem netten Abend. Ich wünsche euch auf jeden Fall viel Spaß. Ich melde mich, wenn ich etwas von Lexie höre.«

»Wunderbar, und grüß bitte diesen Jaxon unbekannterweise von mir«, fügte sie mit zuckersüßer Stimme hinzu.

»Mache ich. Bye, Mum.« Mit einem zufriedenen Lächeln legte ich das Handy auf den Tisch. »Das lief doch ziemlich gut«, sagte ich zu Dog, der mich mit großen Augen ansah. Er bellte leise.

Es klapperte an der Tür. Jaxon kam mit seiner Tasche über der Schulter hereinspaziert. »Hallo, mein Sonnenschein.« Er bückte sich und gab mir einen Kuss. »Was strahlst du so?«

»Ich habe mit meinen Eltern telefoniert«, erklärte ich ihm.

»Und deshalb freust du dich so?«

»Ja, weil es das angenehmste Gespräch seit Langem war. Sie wollen dich unbedingt kennenlernen.« Sein Mundwinkel zuckte. »Ich habe ihnen gesagt, dass es noch viel zu früh dafür ist«, beruhigte ich ihn.

Jaxon stellte die Tasche auf dem Boden ab. »Ich bin nicht gut in solchen Dingen.«

»Was für Dinge?«, fragte ich.

»Familie und so.«

Ich runzelte die Stirn. »Und so?«

»Ich hatte nie eine wirkliche Familie. Es waren immer nur meine Mum und ich. Ich bin ein Einzelgänger.« Die Anspannung war ihm deutlich anzusehen. »Ich hatte noch keine Beziehung, die länger als ein paar Wochen gedauert hat.«

»Und was ist mit dir und mir? Ist das auch nur so eine kurze Sache?« Ich hielt die Luft an.

»Hey, ich habe noch nie einer Frau gesagt, dass ich sie liebe.« Mit einem Schritt war er bei mir. »Du bist etwas ganz Besonderes für mich.« Sanft umfasste er meine Wange und streichelte mit dem Daumen meine Unterlippe entlang.

»Und du für mich.« Ich schmiegte mich an ihn. »Du bist nicht mehr alleine. Du hast jetzt mich.«

»Das ist mehr, als ich jemals erwartet habe.«

Er legte seine Lippen auf meine. Weiche, warme Rundungen, die sich an mich schmiegten und so herrlich nach Jaxon schmeckten. Seine Hand wanderte in meine Haare. Ich atmete seinen Duft ein. So musste der Himmel riechen.

»Was hältst du davon, wenn wir nach oben gehen, damit ich dir das Schlafzimmer mal richtig zeigen kann?« Ich schlang meine Arme um seinen Hals.

»Das klingt nach einer prima Idee.« Seine Mundwinkel kräuselten sich. Er nahm seine Tasche in die Hand.

»Die kannst du ruhig hierlassen«, sagte ich. »Für das, was ich vorhabe, brauchst du deine Klamotten nicht.«

»Ms Wilson, wollen Sie etwa andeuten, dass Sie mich verführen wollen?«, antwortete er wie eine Figur aus einem Jane-Austen-Roman.

Ich musste lachen. »Genau das war der Plan, Mr Davis.«

»Ein ganz wundervoller Plan, Ms Wilson.«

Lachend liefen wir die Treppe hoch.

***

Es war mitten in der Nacht. Im Haus war es still. Jaxon schlief fest. Wir hatten uns bis zur körperlichen Erschöpfung geliebt. Es gab so viel zu entdecken, und ich konnte gar nicht genug von seinen Zärtlichkeiten bekommen. Eigentlich war ich auch müde, aber der Gedanke an Lexie hielt mich wach. Wenn es stimmte, was mein Vater gesagt hatte, brauchte sie mich jetzt.

In Zeitlupe schlüpfte ich aus dem Bett, um Jaxon nicht zu wecken. Auf bloßen Füßen tapste ich nach unten und schaltete das Licht im Wohnzimmer an. Verschlafen sah Dog hoch, der es sich auf seinem Kissen nahe dem Kamin gemütlich gemacht hatte. Ich legte ein paar Scheite nach, damit das Feuer nicht ausging.

»Na, mein Süßer«, flüsterte ich. Dog wackelte freudig mit den Ohren. »Geht es dir gut?« Er leckte mir über die Hand. »Lexie hat Kummer«, erzählte ich ihm. »Ich muss mal checken, wie es ihr geht.«

Ich schnappte mir die Decke und kuschelte mich zusammen mit meinem Laptop aufs Sofa. Dog nutzte die Gelegenheit und legte sich zu meinen Füßen ab. *Fast wie früher*, dachte ich lächelnd. Nach Parkers Tod hatte ich oft nicht schlafen können und mich runtergesetzt, um im Schein der Flammen ein Buch zu lesen. Dog hatte mir stets Gesellschaft geleistet.

Seit ich Jaxon begegnet war, hatte sich mein Leben zu hundert Prozent geändert. Ich war frei und unbeschwert. Noch nie hatte ich mich in der Nähe eines Menschen so geborgen gefühlt. Noch nicht einmal bei Parker. Es schien, als ob Jaxon instinktiv wusste, was ich dachte. Jede meiner Vorlieben erriet er mit spielerischer Sicherheit. Gestern hatte er mir eine Packung *Reese's*-Peanutbutter-Schokolade mitgebracht. Meine absolute Lieblingssüßigkeit. Als ich ihn gefragt hatte, woher er das wusste, hatte er wie immer nur mit den Schultern gezuckt und gesagt, er hätte es erraten.

Ich fuhr den Laptop hoch. Tatsächlich hatte Lexie mir geschrieben. Die letzten Monate hatten mich Lexies E-Mails am Leben gehalten. Ihre Worte waren für mich fast wie die Bibel gewesen. Wenn sie etwas von mir verlangt hatte, hatte ich es getan. So hatte sie mich Stück für Stück zurück ins Leben geführt und letztendlich auch zu Jaxon.

Hallo Sis,

ich habe schreckliches Heimweh. Die Hitze, der Sand, das Essen und sogar die Leute gehen mir mächtig auf den Zeiger. Ich sehne mich nach unserem verträumten Kitty Hawk und dem schlechten Wetter. Kannst du dir das vorstellen? Ich sehne mich nach einem ordentlichen Regenguss und dem kühlen Wind, der an der Küste immer herrscht. Wenn es hier regnet, ist die Luft zum Schneiden schwer und warm. Dann kommen die Moskitos und fressen dich auf. Auch wenn es mir schwerfällt, die Kinder alleinzulassen, ist mein Heimweh größer. Ich habe bereits einen Flug gebucht. Ich werde am Sonntag in Kitty Hawk sein.

Ich schnappte nach Luft. Das bedeutete, dass Lexie in zwei Tagen landen würde. In meinem Kopf wirbelten die Gedanken. Das war genau der Tag, an dem Jaxon nach Elizabeth City fahren würde. Eine glückliche Fügung, auch wenn es mir in der Seele wehtat, dass er abreiste. Ich hätte ihn zu gerne meiner Schwester vorgestellt, aber so hatten wir das Haus für uns. Ich konnte mich um sie kümmern und musste nicht auf Jaxon Rücksicht nehmen. Sie würde ihn früh genug treffen.

Bis dahin muss ich einiges regeln und mich um meine Nachfolge kümmern. Ohne einen Projektleiter läuft hier leider gar nichts. Die Einheimischen haben noch nicht gelernt, sich selbst zu organisieren.

Du kannst dir gar nicht vorstellen, wie sehr ich mich auf dich freue. Außerdem bin ich rasend gespannt, alles über deinen neuen Lover zu hören. Wissen Mum und Dad eigentlich darüber Bescheid? Ich habe gestern mit ihnen gemailt, und da haben sie nichts erwähnt, deshalb habe ich es auch nicht angesprochen.

Es gibt so viel zu erzählen. Am besten, du kaufst schon mal ‚ne Flasche Wein, mit der wir es uns gemütlich machen können.
Ich liebe dich.
Deine Lexie

Wow. Ich starrte auf den Bildschirm. Mum und Dad hatten also recht gehabt. Lexie hatte das Projekt abgebrochen und kam nach Hause. Eigentlich hatte ich den Eindruck gehabt, dass sie trotz einiger Widrigkeiten ganz gut zurechtkam. Dass es so schlimm war, hatte ich nicht geahnt.

»Lexie kommt zurück«, flüsterte ich. Dog sah mich mit großen Augen an. »Ja, du hast richtig gehört. Sie kommt zurück.«

Ich überlegte einen Moment, was ich antworten sollte.

Hallo Lex,
du warst ja schon immer für Überraschungen gut, aber damit habe ich nicht gerechnet. Es tut mir leid, dass der Aufenthalt dort nicht so ist, wie du es dir gewünscht hast. Dabei war es doch immer dein großer Traum, als Entwicklungshelferin zu arbeiten. Bist du dir ganz sicher, dass du zurückkommen möchtest? Hier sind die Temperaturen knapp über dem Gefrierpunkt, und noch dazu regnet es. Es ist richtig ungemütlich.

Ich dachte an Jaxon, der oben eingekuschelt im Bett lag.

Ich habe heute mit Mum und Dad gesprochen und ihnen von Jaxon erzählt. Die beiden waren völlig aus dem Häuschen. Wegen Jaxon, und auch wegen dir. Ich weiß nicht, was du ihnen im Detail erzählt hast, aber Dad macht sich ganz schön Sorgen um dich.
Ich freue mich jedenfalls auf dich. Es gibt so viel zu erzählen, und dann musst du ja auch noch Jaxon kennenlernen. Bitte schreib mir, wann genau du landest, damit ich dich vom Flughafen abholen kann.
Ich liebe dich.
Deine Molly

27

Jaxon

Ich rubbelte meine Haare mit dem Handtuch trocken. Von unten waren leise Klappergeräusche zu hören. Ein sicheres Zeichen, dass Molly dabei war, das Frühstück vorzubereiten.

Ich hatte die ganze Nacht wachgelegen und mir ihr schlafendes Gesicht im Mondlicht angesehen. Dutzende Male war ich kurz davor gewesen, sie zu wecken, um ihr die Wahrheit zu sagen, aber jedes Mal hatte mich der Mut verlassen. Ich war ein jämmerlicher Feigling. Die Angst, Molly zu verlieren, wenn ich ihr die Wahrheit sagte, war einfach zu groß. Ich redete mir ein, dass es manchmal besser war, die Klappe zu halten und Dinge für sich zu behalten. Wir waren glücklich. Molly hatte gesagt, dass sie mich liebte. Welchen Vorteil hatte es, wenn ich ihr reinen Wein einschenkte? Sie wäre nur unglücklich und würde an meiner Liebe zweifeln. Sie war noch immer voller Verlustangst, und mein Geständnis würde ihr den Boden unter den Füßen wegziehen. Wenn der Preis für unser Glück war, dass ich mit meiner Lüge leben musste, dann war ich gerne bereit, ihn zu zahlen. Dafür hatte ich es geschafft, Molly wieder zurück ins Leben zu holen. Ich liebte sie von ganzem Herzen und würde ihr das Leben ermöglichen, das sie sich immer gewünscht hatte. Zusammen würden wir reisen und die Welt sehen. Das Einzige, was zählte, war ihr Glück.

Schritte tapsten über den Flur. Sekunden später flog die Tür auf.

»Guten Morgen«, begrüßte Molly mich. Ihr Blick glitt begehrlich über meinen Oberkörper hinweg und blieb an meiner Leistengegend hängen. »Wie ich sehe, hast du ohne mich geduscht.«

Sie hatte nur ein T-Shirt übergeworfen. Unter dem dünnen Stoff zeichneten sich ihre wohlgeformten Brüste ab.

»Ich dachte, du wolltest frühstücken, deshalb habe ich mich beeilt«, sagte ich mit rauer Stimme.

»Das möchte ich auch.« Grinsend trat sie einen Schritt auf mich zu. Unsere Zehenspitzen berührten sich fast. Mit einem Ruck hatte sie mir das Handtuch von der Hüfte gezogen. »Mein Frühstück ist bereits angerichtet.«

»Hast du noch immer nicht genug von mir?«

»Niemals.«

Das Handtuch fiel zu Boden – und mit ihm all meine Bedenken.

28

Molly

Wir gingen Arm in Arm am Strand entlang. Es war eiskalt. Der Wind fegte über die Dünen und wirbelte den Sand auf. Dunkle Wolken mit schwarzen Bäuchen zogen über den Horizont. Das Meer war aufgewühlt. Weiße Schaumkronen tanzten auf den Wellenkämmen. Ich hatte mich in eine dicke Daunenjacke eingemummelt und mir einen Schal um den Hals gewickelt. Jaxon, der gegen die Kälte resistent zu sein schien, trug lediglich einen dicken Pullover unter seiner geliebten Lederjacke. Meine Jeans fühlten sich kalt und klamm auf der Haut an. Ich war froh, dass ich Stiefel anhatte, die meine Füße warmhielten. Dog trottete neben uns her und wurde nicht müde, bellend vor den herannahenden Wellen wegzulaufen.

Ich blicke zu Jaxon auf. »Ich werde dich schrecklich vermissen.«

»Am Wochenende bin ich spätestens wieder da«, versicherte er mir. »Außerdem hast du genug zu tun, wenn deine Schwester kommt.«

»Das stimmt!« Ich lachte. »Lexie ist ein echter Wirbelwind, der keine zwei Minuten ruhig sitzen kann. Ich habe schon ein bisschen Angst davor, was sie alles anstellen wird. Aber ich freue mich auch. Es gibt so viel zu erzählen.«

»Ja. Ich bin mir sicher, du wirst mich gar nicht vermissen.«

Ich gab ihm einen kräftigen Stoß in die Seite. »Spinnst du? So etwas darfst du nicht sagen.«

»Entschuldige, das war nur ein Witz.«

»Darüber macht man keine Witze«, brummte ich.

Er blieb stehen und nahm meine Hand. »Ich werde dich vermissen.«

Mein Herz machte einen freudigen Hüpfer. »Das ist doch verrückt«, sagte ich nachdenklich. »Ich habe das Gefühl, dich schon ewig zu kennen. Wir sind uns in vielen Dingen so ähnlich, und dann wieder so verschieden.« Seine Karamellaugen fixierten mich. Eine Windböe wirbelte meine Haare durcheinander. Ich wischte mir die Strähnen aus dem Gesicht. »Das Schicksal wollte, dass wir uns kennenlernen.«

»Ich glaube nicht an das Schicksal«, erwiderte er mit rauer Stimme. »Das Schicksal ist ein Arschloch. Es hat mir den falschen Vater und meiner Mum die falschen Männer beschert.«

»An was glaubst du dann?«, fragte ich, betroffen über die Härte in seinem Gesicht.

»An mich. Das Einzige, worauf ich mich immer verlassen konnte, war ich selbst.«

»Und was ist mit mir?« Ich zitterte am ganzen Körper. Ich hatte Angst, meine Stimme könnte versagen.

»Wenn es so etwas wie Schicksal gibt, dann hat es mich zu dir geführt. Aber das mit uns beiden«, er machte eine kurze Pause, »ist mehr als nur Schicksal.«

Ich schüttelte den Kopf. »Wie meinst du das?«

»Etwas, das so wichtig ist, würde ich nicht dem Schicksal überlassen.« Seine Augen flackerten unruhig.

Ich wunderte mich über die Antwort. Was hatte er damit gemeint, er würde es nicht dem Schicksal überlassen?

»Aber wie …?« Ich wurde durch lautes Bellen unterbrochen. Zwei Männer kamen auf uns zugelaufen. Ich kniff die Augen zusammen, um sie besser erkennen zu können. »Das sind Tom und Brandon.«

Ich hatte seit dem Kinoabend nicht mehr an den Franzosen gedacht. Jaxons Körper versteifte sich bei jedem Meter, den die beiden Männer näher kamen, mehr.

»Hi, Molly. Hi, Jaxon«, begrüßte Brandon uns außer Atem.

Er und Tom hatten warme Joggingklamotten an. Beide trugen Mützen und Handschuhe, um sich gegen die Kälte zu schützen. Ihre Gesichter waren rot vor Anstrengung und Kälte. Tom musterte mich finster. Es war offensichtlich, dass er nicht begeistert war, mich und Jaxon zusammen zu sehen. Ich wusste, dass ich ihn verletzte, was mir sehr leidtat. Ich mochte Tom und hatte ihn nicht derart vor den Kopf zu stoßen wollen.

»Hallo, Brandon«, grüßte ich lächelnd zurück. »Hallo, Tom.«

»Molly.« Tom wirkte sichtlich verschnupft, was ich ihm nicht verdenken konnte. »Jaxon.« Die beiden Männer tauschten kurze Blicke.

»Was macht ihr denn bei diesem Wetter in Sportklamotten?«, fuhr ich im Plauderton fort. Ich hatte beschlossen, dass es das Beste sein würde, so zu tun, als ob alles normal wäre.

»Brandon hat beschlossen, dass er den Winter über trainieren möchte, um im Sommer fit zu sein«, erwiderte Tom.

»Stimmt. Ich habe in den letzten Wochen ein bisschen Speck angelegt, den ich loswerden möchte.« Brandon tätschelte seinen Bauch.

»Und ich dachte, nur wir Mädels hätten ein Problem mit unserer Figur«, witzelte ich. Ich spürte Toms Blicke auf Jaxon und mir ruhen.

»Hat das Geschäft mit James geklappt?«, fragte ich.

»Ja, wir haben den Kaufvertrag gestern unterzeichnet. Du sprichst mit den neuen Besitzern von *Rent a dream*.«

»*Rent a dream*«, wiederholte ich langsam. »Cooler Name.«

»Das war Toms Idee. Ich bin eher der Mann fürs Grobe.« Brandon grinste. »Aber sag mal, wie geht es dir? Muss dich ja ganz schön erwischt haben.«

»Ja, ziemlich. Jaxon und Hilly haben sich um mich gekümmert.«

Tom funkelte Jaxon feindselig an. »Das sehe ich.«

Jeder Muskel an Jaxon versteifte sich wie bei einer Raubkatze, die sich zum Angriff bereitmachte. Ich verstärkte meinen Griff und signalisierte ihm, ruhig zu bleiben. Das Letzte, was ich an Jaxons Abschiedstag wollte, war ein Streit oder gar mehr.

»Tom.« Brandon tätschelte ihm die Schulter. »Lass gut sein.«

»Hast du schon gehört, dass Lexie kommt?«, versuchte ich, das Gespräch auf ein angenehmeres Thema zu lenken.

Brandon sah mich verblüfft an. »Lexie? Wann?!«

»Wenn alles gut läuft, hole ich sie morgen vom Flughafen ab.«

»Nicht dein Ernst! Ich dachte, sie bleibt noch ein paar Monate in Malawi.«

Ich spürte, wie sich Jaxon neben mir wieder etwas entspannte. »Das dachte ich auch. Aber du kennst doch Lexie.«

»Nicht so gut, wie ich gerne würde.«

Ich gab ihm einen freundschaftlichen Stoß. »Dann hast du ja bald die Gelegenheit dazu.«

»Hey, Brandon, mir wird langsam kalt.« Tom trabte auf der Stelle und rieb sich demonstrativ die Hände.

»Ja, alles klar«, gab Brandon nach. »Bitte grüß Lexie von mir.«

»Werde ich machen«, versprach ich. Mein Blick wanderte zu Tom. Einem Impuls folgend streckte ich ihm die Hand entgegen. »Es tut mir leid wegen neulich.«

Seine Augenbraue zuckte. »Schon gut. Ich freue mich für euch beide.« Er reichte Jaxon die Hand. »Freunde?« Jaxon zögerte, dann schlug er ein. »Du hast verdammtes Glück, Kumpel.«

»Ich weiß.« Ein Lächeln umspielte Jaxons Mund. »Herzlichen Glückwunsch zu eurem Geschäft.« Das war ein Friedensangebot.

»Danke. Ich hoffe, ihr kommt mal vorbei und besucht uns«, sagte Tom.

Ich atmete erleichtert durch. »Unbedingt! Aber nur, wenn wir einen Ausflug zusammen machen. Wir könnten ja Lexie mitnehmen.«

»Das klingt nach einer guten Idee.« Tom klopfte Brandon auf die Schulter. »Los, Alter, sonst bin ich erfroren.«

Brandon lächelte spitzbübisch. »Der Franzose ist eben doch ein Weichei. Aber ich mag ihn.«

Ich giggelte erleichtert über den Ausgang unseres kleinen Zusammentreffens.

»Mistkerl. Mit dir mache ich noch mal Geschäfte.« Tom setzte sich wieder in Gang. »Bis bald.«

»Bis bald.« Ich hakte mich bei Jaxon unter.

»Zumindest ist er ein fairer Verlierer«, murmelte Jaxon.

»Das finde ich auch«, stimmte ich zu. »Ich würde mich freuen, wenn du und er Freunde werden würdet. Brandon ist mein Freund, und wenn du nach Kitty Hawk ziehst, werden sich unsere Wege bestimmt öfter kreuzen.«

Jaxon seufzte. »Das ist etwas, was ich an dem Leben in der Kleinstadt *nicht* mag. Jeder weiß alles von jedem.«

»Wieso, hast du etwas zu verbergen?«, witzelte ich.

Sein Mund zuckte. Er zögerte – für meinen Geschmack etwas zu lange. Ich sah verwundert zu ihm hoch. »Jaxon?«

Der Blick, den er mir zuwarf, ließ mich aufhorchen.

»Nichts«, murmelte er. »Mir ist kalt. Wollen wir nach Hause gehen? Ich würde den letzten Abend mit dir lieber in der Wärme verbringen.«

»Ja klar.«

Ich fragte mich im Stillen, was mit ihm los war. Sein seltsames Verhalten konnte nicht nur am bevorstehenden Abschied liegen.

***

»Pass gut auf dich auf.« Er küsste mich zärtlich zum Abschied.

Ich sog ein letztes Mal seinen Geruch in mich auf. Mein Blick blieb an seinem Mund hängen, der so wunderbar küssen konnte. Wie würde ich seine Küsse vermissen! Wir hatten uns die ganze Nacht heftig geliebt. Ich fühlte mich noch immer leicht wund zwischen den Beinen. Ein angenehmes Gefühl, das mich daran erinnern würde, dass Jaxon wirklich hier gewesen war.

»Das mache ich«, versprach ich. »Und ruf mich bitte an, wenn du angekommen bist, damit ich mir keine Sorgen machen muss.« Tränen hatten sich in meine Augen geschlichen. Es war zwar nur ein Abschied auf Zeit – eine Stunde Entfernung war nicht viel –, aber es fühlte sich an, als ob ein Meer zwischen uns liegen würde.

»Versprochen.« Er küsste meine Augen. »Nicht weinen. Ich ertrage es nicht, dich weinen zu sehen.«

»Ich höre ja schon auf. Aber nur, wenn du mich noch mal küsst.« Ich schlang meine Arme um seinen Hals und zog ihn ganz eng an mich. Der Gedanke, dass ich heute Nacht ohne Jaxons warmen Körper an meiner Seite einschlafen musste, quälte mich. »Ich vermisse dich schon jetzt«, flüsterte ich ihm atemlos zu.

»Ich dich auch. Jedes kleine Atömchen an dir.« Er küsste mich. Ein letztes Mal schloss ich die Augen, um das Gefühl seiner warmen Lippen auf meinem Mund zu genießen. Seine Arme umschlossen mich fest, als hätte er genauso Angst wie ich, dass es das letzte Mal sein könnte, was natürlich albern war. »Ich bin ja nicht aus der Welt, und du kannst mich jederzeit anrufen. Wer weiß, wenn alles klappt, hast du mich schneller wieder, als dir vielleicht lieb ist. Denk nur daran, was wir alles noch vor uns haben.« Er schenkte mir ein liebevolles Lächeln.

»Ich kann es kaum abwarten.« Ich küsste ihn.

Unsere Blicke kreuzten sich. Jaxon legte seine Hand auf meine Wange. »Ich liebe dich.« Jedes Mal, wenn ich diese Worte hörte, blieb mir fast das Herz stehen. »Ich liebe dich, Molly«, wiederholte er mit fester Stimme. Er atmete schwer. »Und ich freue mich auf das Leben mit dir.«

»Ich liebe dich auch.« Mein Herz pochte gegen meine Brust. Wir küssten uns ein letztes Mal.

Mit einem Ruck löste er sich und stieg auf das Motorrad. »Bis bald.« Er zog den Helm über den Kopf. Sein Blick wanderte über mein Gesicht, als müsste er sich alles genau einprägen. Mit einem kräftigen Ruck schob er die Maschine vom Ständer. Der Motor heulte auf, als er die Zündung startete. Ein letzter Blickkontakt, dann rauschte er davon.

Ich blieb mit klopfendem Herzen stehen, bis die schwarze Gestalt am Horizont verschwunden war.

29

Jaxon

Ich schaffte die Strecke in einer neuen Rekordgeschwindigkeit von knapp fünfundvierzig Minuten. Mit jedem Kilometer, den ich mich von Molly entfernte, wurde meine Sehnsucht nach ihr größer. Als ich endlich in Elizabeth City ankam, wäre ich am liebsten umgedreht, zurück zu ihr. Aber das musste warten, bis ich alles geklärt hatte.

Ich hatte vor meiner Abreise noch einmal mit Hilly gesprochen. Sie hatte mir angeboten, dass ich bei ihr wohnen konnte, bis Molly und ich wussten, wie es weitergehen sollte. Jetzt im Winter mit dem Motorrad durch Europa zu reisen, war sinnlos. Wir würden uns wohl oder übel bis zum Frühjahr gedulden müssen. Die Rückkehr von Mollys Schwester hatte die Situation erschwert. Molly war zwar zuversichtlich, dass ich mit ihnen im Haus wohnen könnte, aber wir wollten Lexie zumindest fragen. Es würde mich auch nicht stören, die erste Zeit bei Hilly unterzukriechen. Die ältere Frau hatte sich in den Tagen, die ich in Kitty Hawk verbracht hatte, zu meiner mütterlichen Mentorin entwickelt. Ich hatte die starke Vermutung, dass sie Hellseherinnen-Fähigkeiten besaß und ahnte, dass ich die Begegnung mit Molly manipuliert hatte. Ein paarmal hatte sie Andeutungen gemacht, die mich aufhören ließen.

»Wenn du wirklich eine Beziehung mit Molly möchtest, solltest du ehrlich zu ihr sein«, hatte sie mir zum Abschied gesagt. »Sie hat es verdient, den *echten* Jaxon kennen und lieben zu lernen.« Als ich gefragt hatte, wie sie das meinte, hatte Hilly milde gelächelt. »Das weißt du selbst am besten.«

Die ganze Rückfahrt hatte ich an ihre Worte denken müssen und war zu dem Ergebnis gekommen, dass Hilly recht hatte. Wenn ich wirklich eine Chance bei Molly haben wollte, musste ich mit offenen Karten spielen, aber bisher hatte ich einfach nicht die richtigen Worte und den Zeitpunkt gefunden. Allein bei dem Gedanken wurde mir schlecht. Die

Angst, Molly zu verlieren, saß tief. Bei unserem letzten Spaziergang am Strand war ich kurz davor gewesen, ihr reinen Wein einzuschenken, aber dann waren Tom und Brandon gekommen. Ich würde warten, bis sich die nächste Gelegenheit bot. Aber als Erstes musste ich meinen Job bei den *Experten* kündigen. Außerdem musste ich meine Wohnung räumen. Die paar Sachen, die ich besaß, waren schnell zusammengepackt. Ich würde meinen Aufenthalt nutzen und mit ein paar Leuten reden, die mir noch Geld für kleine technische Dienste schuldeten. Das Pflegeheim für Mum konnte ich damit bezahlen und war diese Sorge los. Es sollte Mum gut gehen, wenn ich mit Molly in Europa unterwegs war. Wenn das alles erledigt war, würde ich als freier Mann zu Molly zurückkehren.

***

Als ich den Laden betrat, war alles beim Alten. Die gleichen Pappnasen, die an den Spielkonsolen standen und mit stumpfem Gesichtsausdruck die Knöpfe bewegten. Die gleichen Kollegen und der gleiche abgestandene Geruch, der zwischen den Regalen hing. Irgendwie hatte ich erwartet, dass sich hier etwas verändert hätte, doch dann realisierte ich, dass *ich* mich verändert hatte.

»Hi, Jaxon!« Liam stand wie gewöhnlich hinter dem Kundendienst-Tresen. Seine Augen strahlten, als er mich entdeckte.

»Hi, Alter. Wie geht's?«

»Oh Mann, Jax, ich kann dir gar nicht sagen, wie froh ich bin, dich zu sehen. Ohne dich war es die Hölle hier. Suzie ist komplett überlastet, und die Muppets spielen sich auf, als ob ihnen der Laden gehören würde. Wird Zeit, dass du mal wieder den Hammer schwingst.«

»Das tut mir leid zu hören, allerdings muss ich dich enttäuschen: Ich habe soeben gekündigt«, ließ ich die Bombe platzen.

»Was?« Liam sah mich an, als hätte er einen Geist gesehen.

»Ja, ich habe mich dazu entschlossen, ein neues Leben anzufangen.«

»Oh Mann, das sind mal Neuigkeiten. Das muss ich erst mal verarbeiten.«

»Kann ich verstehen. Sag mal, wo finde ich Suzie? Ich möchte ihr die Neuigkeit gerne persönlich überbringen.«

Liam machte eine Kopfbewegung in Richtung Cafeteria. »Macht gerade Pause.«

»Alles klar.« Ich tippte mir mit dem Zeigefinger gegen die Schläfe. »Man sieht sich.«

Liam nickte stumm.

Ich eilte durch den Flur und öffnete die Tür zur Cafeteria. Suzie hatte auf einem der Stühle Platz genommen und blätterte lustlos in einer Frauenzeitschrift.

»Hey, schöne Frau. So alleine?« Ich grinste schief.

»Jax!« Sie sprang auf und rannte in meine Arme. »Wie schön, dass du wieder da bist.« Sie gab mir einen Kuss auf die Wange. »Ich dachte schon, du kommst gar nicht mehr zurück.« Sie musterte mich von oben bis unten. »Du siehst gut aus.«

»Es geht mir auch gut. Deshalb bin ich hier. Ich muss dir etwas sagen. Ich habe gekündigt.«

Suzie trat einen Schritt zurück. Zwischen ihren Augenbrauen hatte sich eine tiefe Falte gebildet. »Was?! Du machst gerade einen deiner schlechten Witze, oder?«

»Nein, Suzie, ich meine es ernst. Meine Zeit hier ist vorbei. Ich mache mich selbstständig. Ich habe genug davon, in miesen Werkstätten abzuhängen und dafür schlecht bezahlt zu werden.«

»Aber das ist nicht der eigentliche Grund«, folgerte sie scharfsinnig.

Ich schüttelte den Kopf. »Nein, ist es nicht.«

»Du hast jemanden kennengelernt.« Es war eine Feststellung, Suzie war schon immer ein helles Köpfchen gewesen.

»Ja.«

»Im Urlaub?«

Ich nickte. »Ich habe mich verliebt, zum ersten Mal in meinem Leben. Sie ist die Frau, mit der ich den Rest meines Lebens verbringen möchte.«

»Es ist die Blondine, stimmt's?«

Ich zögerte. Mein Herz raste, und ich hatte Angst, die Wahrheit auszusprechen. »Ja.«

»Verdammt, Jax! Das geht nicht.« Sie fixierte mich mit eisernem Blick. »Hast du es ihr erzählt?«

»Das werde ich«, sagte ich mit fester Stimme.

»Du musst ihr die Wahrheit sagen, hörst du? Du *musst* einfach. Alles andere wäre nicht fair.« Suzie presste die Lippen fest aufeinander. »Ich würde mich freuen, wenn wir in Kontakt bleiben. Vielleicht arbeiten wir ja mal zusammen.« Mein Versuch, vom Thema abzulenken, war erbärmlich, aber ich wollte nicht hören, was Suzie zu sagen hatte. »Ja, vielleicht.« Sie sah mich eindringlich an. »Ich mag dich, Jax, aber im Moment finde ich dich ziemlich scheiße.«

»Suzie, ich –«

Sie brachte mich mit einer knappen Handbewegung zum Schweigen. »Pass auf dich auf, Jax.« Ich nickte. Ihre Augen schimmerten. »Und jetzt geh, bevor ich noch einen Heulkrampf kriege.«

»Du bist eine tolle Frau. Danke für alles.«

»Jaja. Jetzt hau schon ab.« Sie ließ sich wieder auf den Stuhl fallen und starrte auf die Zeitschrift.

Ich ging, ohne mich noch einmal umzusehen. Mit Suzie hatte ich die letzte Brücke abgebrochen, die mich noch hier hielt.

30

Molly

»Ich kann gar nicht glauben, dass ich wieder zu Hause bin.« Mit einem glücklichen Lachen warf sich Lexie auf ihr Bett. »Oh mein Gott, ist das herrlich!« Sie breitete die Arme aus und schloss die Augen. Trotz der Bräune auf dem Gesicht wirkte sie müde. Tiefe Schatten hatten sich unter ihre Augen gelegt, und auf ihrer Stirn hatten sich Falten eingegraben, die vor der Reise noch nicht dagewesen waren. »Die ganze Zeit in meiner Hütte habe ich mich genau nach diesem Moment gesehnt. Ich gehe nie wieder aus Kitty Hawk weg. So viel ist sicher.«

Ich setzte mich neben sie auf die Matratze. »Du musst mir unbedingt erzählen, wie es war. Ich will alles wissen.«

Lexie gähnte. »Dafür bin ich zu müde!«

Ich hatte meine kleine Schwester vom Flughafen abgeholt. Die Begrüßung war überschwänglich ausgefallen, und wir hatten wie Schlosshunde geheult. Während der Fahrt hatte Lexies Mund keine Sekunde stillgestanden, bis sie kurz vor Kitty Hawk eingeschlafen war. Zuhause angekommen, hatte ich ihr Gepäck nach oben gebracht, während sie es sich in der Küche gemütlich gemacht und einen Tee getrunken hatte. Anschließend hatte sie ausgiebig geduscht, um sich, wie sie sagte, den Staub von Afrika vom Leib zu waschen.

»Außerdem habe ich dir doch alles geschrieben.« Sie schlug die Augen auf. Ihre Haare glänzten feucht vom Duschen. »Mich interessiert viel mehr, wie es dir geht!« Sie musterte mich intensiv.

»Es geht mir prima.« Ich legte mich ebenfalls hin. »Ich bin so glücklich wie noch nie.«

»Heilige Scheiße! Dieser Jaxon muss der reinste Wunderheiler sein. Hast du nicht mal ein Foto von ihm?«

Ich zog mein Handy aus der Tasche. Es war ein Schnappschuss, den ich bei einem unserer Spaziergänge aufgenommen hatte. Die Haare wehten Jaxon ins Gesicht, und er sah in seinen schwarzen Klamotten wie ein moderner Pirat aus.

»Cooler Typ! Ein echter Biker.« Lexie lachte laut auf. »Wer hätte gedacht, dass sich meine vernünftige Schwester mal in einen Bad Boy verlieben würde? Das ist doch eigentlich meine Aufgabe.«

»Stimmt, aber Jaxon ist gar nicht der Bad Boy, nach dem er aussieht.«

»Wie ist er denn dann?«

»Zärtlich, verständnisvoll. Er hört zu, wenn du ihm etwas erzählst, und er führt sich nicht auf wie ein Macho, obwohl er ein echter Kerl ist.« Ich lächelte verträumt.

»Was macht er eigentlich beruflich?«

»Habe ich dir das nicht geschrieben?«

Lexie drehte sich auf die Seite und sah mich an. »Nö.«

»Er hat eine Andeutung gemacht, dass er sich mit Computern gut auskennt. Klang so, als hätte er beruflich damit zu tun.«

»Nerd oder Hacker?«

»Nerd jedenfalls nicht, aber auch nicht Hacker. Er hat irgendwas davon erzählt, dass er freiberuflich arbeitet.«

»Aha. Und er will wirklich nach Kitty Hawk ziehen?«

»Ja.« Ich konnte es kaum abwarten ihn wiederzusehen. »Er ist der tollste Mann der Welt. Er ist heiß und«, ich senkte meine Stimme, »absolut megatoll im Bett.«

»Los, erzähl, ich will jedes Detail wissen.«

»Vom Sex mit Jaxon? Du spinnst.« Ich tippte mir mit dem Finger gegen die Stirn. »Ich werde einen Teufel tun und mit meiner kleinen«, ich betonte das Wort,» Schwester Details aus meinem Sexleben teilen.«

»Schade!« Lexie seufzte und drehte sich wieder auf den Rücken. »Das war das einzig Gute in Malawi. Der Sex dort war im wahrsten Sinne des Wortes heiß!«

»Du hattest Sex?« Ich drehte mich auf den Bauch und musterte Lexie streng. »Du hast mir geschrieben, dass da niemand wäre außer dieser schreckliche, nach Knoblauch stinkende Arzt!«

»So schlimm war der Knoblauchgeruch dann doch nicht … Außerdem hatte es den Vorteil, dass ich neben ihm schlafen konnte, ohne von Mücken aufgefressen zu werden.« Sie grinste mich schief an.

»Du bist wirklich unglaublich«, schimpfte ich.

»Nein, ehrlich gesagt war ich einsam und hatte schrecklich Sehnsucht nach jemandem, der mich in den Arm nimmt und für mich da ist.« Sie sah mich an. Ihre Augen schwammen in Tränen. »Ich war noch nie so alleine wie die letzten Monate in Afrika. Ich verstehe erst jetzt wirklich, wie du dich nach Parkers Tod gefühlt haben musst. Ich hoffe, ich war nicht zu hart zu dir.«

»Oh Lexie.« Ich nahm meine kleine Schwester in den Arm. »Es war genau richtig, was du getan hast. Du hast mir geholfen, nicht völlig in einem Loch zu verschwinden. Ich habe mich jeden Tag auf eine Mail von dir gefreut. Du warst meine Motivation, morgens aufzustehen.«

Sie schüttelte den Kopf. »Ich hatte keine Ahnung, dass es so schlimm war. Ich dachte immer, die Zeit würde die Wunden heilen, die Parkers Tod aufgerissen hatte.«

»Hat sie auch, aber eben nur sehr langsam. Jaxon hat den entscheidenden Wendepunkt gebracht. Er hat mir gezeigt, dass das Leben lebenswert ist und ich ein Anrecht darauf habe, glücklich zu sein.« Ich erzählte ihr noch einmal ausführlich, wie wir uns kennengelernt hatten.

»Dann war ich deine Schicksalsfee«, sagte Lexie fröhlich, als ich fertig war.

»Das habe ich auch gesagt.«

»Eine ganz schön abgefahrene Geschichte mit euch. Das ist der Stoff für dein nächstes Buch.« Sie gähnte wieder.

»Also deine Mandeln sind jedenfalls intakt«, bemerkte ich trocken.

»Danke, Mummy.« Sie gab mir einen unsanften Stoß. »Ich bin jedenfalls ziemlich gespannt darauf, deinen mysteriösen Jaxon kennenzulernen. Aber ich glaube, jetzt muss ich erst einmal ‚ne Runde schlafen. Ich bin so müde wie noch nie in meinem Leben.«

»Was ist eigentlich mit dem Italiener?«

»Du meinst Doc Farcelati?«

»Jep.« Ich richtete mich auf und sortierte meine Haare.

»Keine Ahnung. Er wollte in ein paar Wochen zu einem weiteren Projekt nach Äthiopien aufbrechen. Das mit uns war nur ein Arrangement für die Zeit dort. Nichts Ernstes.«

»Bevor ich es vergesse: Ich soll dir liebe Grüße von *Brandon* ausrichten. Er und der Franzose haben Parkers Geschäft gekauft.«

Lexies Augen leuchteten auf.»Dann bleibt Brandon wirklich in Kitty Hawk?«

»Aber so was von. Die beiden sind wild am Planen.«

»Ich bin ziemlich gespannt darauf, ihn wiederzusehen. Ich mochte Brandon immer.«

»Er ist immer noch so nett wie früher. Der Ruhm ist ihm nicht zu Kopf gestiegen. Brandon freut sich jedenfalls auf dich.«

»Ich mich auch auf ihn.« Sie schlug die Beine übereinander und spielte mit einer blonden Haarlocke.»Ich habe all die Jahre seine Karriere verfolgt.«

»Wirklich?«

»Warum nicht? Nicht jeder hat einen Footballstar als besten Freund.« Lexie gähnte erneut. Es klingelte an der Haustür.»Nanu. Erwartest du jemanden?«

»Nicht, dass ich wüsste.« Ich sprang aus dem Bett und lief zum Fenster.

Eine hochgewachsene Gestalt mit hellbraunen Haaren stand mit einem riesigen Blumenstrauß vor der Tür.

»Wer ist es?«, rief Lexie vom Bett.

Ich winkte sie zu mir.»Komm her und sieh selbst.«

Mit wenigen Schritten war sie bei mir.

»Ist das …?« Mit großen Augen sah sie mich an.

»Brandon Capshaw. Wenn man vom Teufel spricht.«

Ich öffnete das Fenster. Lexie lehnte sich hinaus.»Hey, Capshaw, was machst du denn hier? Hast du dich verlaufen?«

Brandon drehte sich in Zeitlupe zu uns, als könnte er nicht glauben, dass er Lexies Stimme gehört hatte. Er strahlte, als er sie im Fenster entdeckte.»Hey, Lex, wieder zurück?«

»Sieht ganz danach aus, Capshaw. Du auch?«

»Allerdings. Bin jetzt stolzer Besitzer von *Rent a dream*.«

»Habe ich schon gehört. Glückwunsch. Wie es aussiehst, machst du mal was Vernünftigeres, als einen Ball von rechts nach links zu tragen.«

»Das Balltragen hat mir zumindest ,ne Menge Kohle eingebracht«, erwiderte Brandon mit einem breiten Grinsen auf dem Gesicht.

»Trägst du seit Neustem Blumen spazieren?« Lexie deutete auf den Strauß in seiner Hand.

Eine rote Welle zog über sein Gesicht. »Sind für dich. Dachte mir, du würdest dich über einen Willkommensgruß freuen.«

»Womit du gar nicht so verkehrt liegst.« Die Müdigkeit war aus Lexies Gesicht verschwunden. »Lust auf einen Kaffee?«

Brandon strahlte. »Ich habe gehofft, dass du das sagen würdest.«

»Wir kommen«, flötete sie und schloss das Fenster.

»Ich dachte, du wolltest schlafen?«, fragte ich, wohlwissend, was sie sagen würde.

»Scheiß auf den Schlaf, wenn ein Mann wie Brandon Capshaw vor deiner Haustür steht – noch dazu mit Blumen.« Sie baute sich vor mir auf. »Wie sehe ich aus?«

Mein Blick glitt über den schlanken Körper meiner Schwester und ihr ebenmäßiges Gesicht, das von ihren blonden Locken umrandet wurde. Sie sah aus wie eines dieser Models, die für Unterwäsche Werbung machten.

»Fantastisch wie immer«, sagte ich ohne Neid.

Sie drückte mir einen Kuss auf den Mund. »Danke.«

Polternd lief sie die Treppe nach unten. Dog kam angetrottet und rieb sich an meinem Bein. »Wie es aussieht, gibt es bald eine neue Lovestory in Kitty Hawk.« Dog wedelte freudig mit dem Schwanz. »Wusste ich doch, dass es dir gefällt. Du hast eben ein Herz für die Liebe.« Ich beugte mich hinab und gab ihm einen Kuss auf das weiche Fell. »Und für dich finden wir auch noch eine passende Hunde-Lady.«

31

Molly

Fünf Tage später

»Wie sehe ich aus?« Ich tippelte nervös vor Lexie auf und ab. Sie hüpfte vom Bett. »Wenn du stillhältst, kann ich es dir sagen.« Ich wollte für Jaxon hübsch sein, deshalb hatte ich mir heute besonders Mühe gegeben. Lexie hatte mich tatkräftig unterstützt, was zur Folge hatte, dass der gesamte Inhalt meines Kleiderschranks vor mir auf dem Boden lag. Frost hatte über Nacht eingesetzt und eine eisige Schicht über die Dünen gehaucht. Deshalb hatte ich mich für eine Jeans und einen Norwegerpullover entschieden.

»Jaxon wird sich auf der Stelle noch mal in dich verlieben«, versicherte Lexie mir.

»Hoffentlich!« Ich war schrecklich nervös. Obwohl es nur ein paar Tage gewesen waren, die wir getrennt verbracht hatten, hatte sich die Angst in mein Herz geschlichen, dass er mich nicht mehr lieben könnte.

»Ich bin so gespannt, wie er dir gefällt! Hoffentlich findest du ihn nett.« Ich knetete nervös meine Finger. »Ich würde es nicht ertragen, wenn du ihn nicht leiden könntest.«

»Hey.« Lexie schlang die Arme um mich. »So aufgeregt kenne ich dich ja gar nicht.«

»Ich war ja auch noch nie so verliebt«, antwortete ich lachend. »… Wo wir gerade beim Thema ‚verliebt sein‘ sind: Wie geht es Brandon?«

Seit Lexie zurück war, war Brandon ein täglicher Gast bei uns im Haus. Bereits morgens kam er vorbei, um Lexie für einen Spaziergang oder Bootsausflug abzuholen. Abends aßen wir fast immer zusammen. Gestern war sogar Tom dabei gewesen. Es war ein lustiger Abend gewesen, und wir hatten alle viel gelacht, als Lexie ihre Anekdoten aus Afrika zum Besten gegeben hatte. Tom war mir gegenüber völlig normal gewesen. Ich mochte den Franzosen nach wie vor und schätzte mich glücklich, ihn als Freund an meiner Seite zu haben.

»Dem geht es prima. Er will für mich kochen!« Lexie kicherte.

»Brandon? Aber der kann doch gar nicht kochen.«

»Eben, deswegen freue ich mich ja so. Das wird ein Spaß.« Sie rieb sich vergnügt die Hände.

»Du Schlange.«

»So bin ich eben.« Sie ging zur Tür. »Ich bin spätestens zum Kaffee wieder da.«

»Und du willst wirklich nicht bleiben?«

Lexie hatte beschlossen, zum Friseur zu gehen, um mir und Jaxon ein wenig Zeit alleine zu geben. »Nein. Ich brauche dringend einen neuen Haarschnitt.« Sie verzog das Gesicht. »Wahrscheinlich krabbeln noch immer Käfer unter der Wolle auf meinem Kopf herum.«

Ich hielt mir die Ohren zu. »Igitt, hör auf!«

»Warum? Ich meine das ernst. Ich habe auf *YouTube* Videos gesehen, wo Spinnen unter der Haut von Schlafenden Eier gelegt haben, die nach ein paar Wochen geschlüpft sind. Sehr zum Entsetzen der Betroffenen.«

Ich schüttelte mich. »Dann bis später, und bitte ohne Spinnen oder andere ekligen Viecher.«

»Ja, bis später.« Lexie lief die Treppe hinunter. Kurz darauf hörte ich die Tür klappern.

Nachdenklich sah ich aus dem Fenster, wie der alte Dodge die Ausfahrt rausfuhr. »Und was machen wir beiden Hübschen jetzt?« Ich schaute zu Dog, der neben mir stand und mich erwartungsvoll ansah. »Was hältst du davon, wenn wir in die Küche gehen und eine Kleinigkeit trinken?«

Ich schnalzte mit der Zunge. Gemeinsam tapsten Dog und ich nach unten. Wir hatten gerade den Flur erreicht, als aus der Ferne das leise Brummen eines Motorrads zu hören war.

»Das ist er!« In Windeseile rannte ich zur Tür. Kalte Luft schlug mir entgegen. Jaxon stand keine zehn Schritte entfernt über das Motorrad gebeugt und löste die Tasche aus der Verankerung. Mein Herz hämmerte bei seinem Anblick wie verrückt gegen meine Brust. Eine Welle an Gefühlen flutete meinen Körper – Liebe, Freude, Lust und Glück. Alles war mit einem Schlag da und erinnerte mich daran, dass ich lebte.

»Jaxon!«

Er sah noch besser aus, als ich ihn in Erinnerung hatte. Seine Karamellaugen stachen hinter seinen dunklen Wimpern hervor. Sein Gesicht war von der Fahrt bei eisigen Temperaturen gerötet. Er hatte die Haare geschnitten, was seine markanten Gesichtszüge unterstrich. »Molly.« Ein Leuchten lag auf seinem Gesicht. »Endlich.« Seine Arme umschlossen mich fest. Eisige Kälte ging von ihm aus, aber das war mir egal. Glücklich schmiegte ich mich an das kühle Leder seiner Jacke. Ich wusste nicht, wer den ersten Schritt gemacht hatte, aber plötzlich berührten sich unsere Lippen. Als seine Zunge meinen Mund teilte, wurde ich in den Himmel katapultiert. Ich schmeckte, roch und fühlte nur noch Jaxon. Ein Glücksgefühl durchströmte meinen Körper. Seine Fingerkuppen streiften meinen Hals. Kleine Schauer jagten über meinen Rücken.

Jaxon zu küssen war wie Bungeespringen, nur ohne Seil. Genau der Moment, wenn die Schwerkraft aussetzte und man im luftleeren Raum hing und der Abgrund beängstigend nahe kam. Adrenalin schoss wie heiße Lava durch meine Adern. Es war unglaublich. Atemberaubend schön.

»Wie ich das vermisst habe«, sagte er mit heiserer Stimme. Er blickte liebevoll auf mich herab.

»Nur die Küsse?« Ich schob schmollend die Unterlippe vor.

»Nein, nicht nur die Küsse. Dich.« Er fuhr mit den Fingern die Kurve meines Halses nach. »Alles an dir.«

Dog kam bellend auf uns zugelaufen.

»Ich schätze, da hat dich noch jemand vermisst«, sagte ich lachend.

Jaxon löste seinen Griff und ging in die Knie, um Dog zu begrüßen. »Na mein Großer, hattest du Sehnsucht nach mir?«

Er klopfte Dog auf die Flanke, was dieser mit begeistertem Bellen quittierte.

»Ist ja gut«, versuchte ich, meinen Hund zu beruhigen. Jaxon schulterte die große Seitentasche mit seinen Habseligkeiten. »Hat alles gut geklappt?«, fragte ich ihn.

»Bestens. Ich konnte alles erledigen, was ich mir vorgenommen habe. Ich bin ein freier Mann.«

»Das warst du doch vorher auch.«

»Nicht so frei wie jetzt.« Wir traten ein. »Ich habe meinen Job gekündigt und alles geregelt, was es noch zu regeln gab. Den Großteil meiner Sachen habe ich bereits bei Hilly vorbeigebracht. Ich soll dich grüßen.« Mit lautem Poltern ließ er die Tasche fallen. Er nahm meine Hand. »Wo ist deine Schwester?«

»Die ist beim Friseur. Ich glaube, sie wollte uns ein bisschen Raum geben.« Ich grinste. »Wir haben uns nachher zum Kaffee verabredet.«

»Aha.« Er öffnete seine Lederjacke. Knopf für Knopf. In aller Seelenruhe. Achtlos ließ er sie zu Boden fallen. Sein Blick klebte auf meinem Gesicht. »Du siehst in echt noch schöner aus als in meinen Träumen.« Er strich mir mit den Fingerkuppen über die Wange. Ich stöhnte leise.

»Du hast von mir geträumt?«, hauchte ich. Mein ganzer Körper kribbelte.

»Nicht nur einmal.«

Wir küssten uns erneut. Diesmal war es kein zartes Herantasten wie der erste Kuss. Unsere Zungen spielten miteinander, darum bemüht, den Geschmack des anderen aufzunehmen. Seine Hand wanderte unter den Saum meines Pullovers und schob ihn nach oben.

»Du raubst mir den Verstand«, knurrte er. Mit einem Ruck flog mein Pullover zu Boden. Nur noch in BH und Jeans stand ich vor ihm.

»Und du mir meine Klamotten«, erwiderte ich kichernd. »Oh Gott, ich habe dich so vermisst.« Mein Blick glitt über seinen perfekten Oberkörper zu der Beule, die sich unter seiner Jeans gebildet hatte. Mir wurde ganz heiß bei dem Anblick.

Jaxon schlang seine Arme um mich und hob mich hoch. »Dann wollen wir mal die kurze Zeit nutzen, die uns bleibt, bis deine Schwester kommt.«

Ich lachte. »Nichts lieber als das.«

Mit schnellen Schritten ging er die Treppe hoch. Dog, der ein erstaunliches Gespür für die Bedürfnisse seiner menschlichen Mitbewohner hatte, trottete in Richtung Wohnzimmer.

Ich hatte meine Arme um Jaxons Hals gelegt und meinen Kopf gegen seine Brust geschmiegt. Ich hörte sein Herz mit kraftvollen Schlägen unter meinem Ohr.

Bumm. Bumm. Bumm.

Endlich war er wieder da, und diesmal würde uns nichts mehr trennen. Anstatt ins Schlafzimmer zu gehen, steuerte Jaxon das Badezimmer an. »Was hast du vor?«

»Ich bin schon den ganzen Morgen unterwegs und völlig durchgefroren. Ich dachte mir, eine Dusche könnte nicht schaden.« Er grinste schief, seine Augen funkelten. Sanft setzte er mich auf den Boden ab.

»Eine gute Idee.« Ich öffnete den Reißverschluss seiner Jeans, um seinen prächtigen Schwanz aus seinem Gefängnis zu befreien.

»Dachte ich es mir doch.« Jaxons Stimme war kaum mehr als ein heiseres Krächzen.

Mit der rechten Hand stellte er die Dusche an, während er mich mit der linken umklammert hielt. Unsere Hände glitten fiebrig über unsere Körper. Sekunden später standen wir völlig nackt voreinander. Im Hintergrund rauschte das Wasser. Jaxon nahm meine Hand und führte mich in die enge Duschkabine. Weißer Dampf stieg auf und hüllte uns ein. Die Tropfen prasselten auf meine Haut. Wasser lief in Schlieren über seinen Oberkörper. Mit dem Blick fuhr ich die sanften Linien seiner Muskeln ab. Ich konnte noch immer nicht fassen, dass er wirklich gekommen war und vor mir stand – noch dazu nackt. In seinen langen Wimpern hingen winzige Wassertröpfchen. Die braunen Augen schimmerten wie flüssiger Bernstein. Sein Mund war leicht geöffnet. Ich küsste ihn. Er schmeckte herrlich.

Jaxon vergrub sein Gesicht an meinem Hals und atmete tief durch. »Wie ich deinen Duft vermisst habe. Ich liebe dich, Molly.«

Ein Glücksgefühl durchströmte meinen Körper. »Ich liebe dich auch.«

Dann versank die Welt um mich herum.

***

Ich stellte den Kuchen auf den Tisch. »Lexie muss jeden Moment kommen.«

»Ich wusste gar nicht, welche hausfraulichen Qualitäten du hast«, witzelte Jaxon. Er hatte auf dem Stuhl Platz genommen und beobachtete mich mit Argusaugen. Seine Haare waren noch feucht und glänzten im Licht. Die Röte war aus seinem Gesicht verschwunden.

»Gewöhn dich lieber nicht daran. Wenn ich einen guten Kuchen essen möchte, gehe ich normalerweise zu Cathy.« Ich schmunzelte. »Aber für dich habe ich mein Bestes geben.«

»Halloohoooo!« Lexies Stimme hallte durch den Flur.

»Wir sind in der Küche«, rief ich zurück.

Lexie kam durch die Küchentür gestürmt. Ihre Haare waren deutlich kürzer, wodurch die Locken mehr zur Geltung kamen. Mit einem Ruck blieb sie stehen und musterte Jaxon. »Du bist also der Mann, der meine Schwester glücklich macht.«

Das war typisch Lexie. Immer geradeheraus.

»Das hoffe ich.« Jaxons Mundwinkel zuckten. »Wobei deine Schwester mich mindestens genauso glücklich macht wie ich sie.« Er stand auf. Er war gut einen Kopf größer als Lexie.

»Das war die richtige Antwort. Der Kandidat hat hundert Punkte. Herzlich willkommen in der Familie.« Sie gab dem verdutzten Jaxon einen Kuss auf die Wange.

»Cool. Dann kann ich endlich entspannen.« Er schenkte ihr sein charmantestes Lächeln.

»Wieso entspannen?«, fragte ich.

»Das liegt doch wohl auf der Hand«, entgegnete Jaxon mit einem breiten Grinsen auf dem Gesicht. »Ihr seid die berühmt-berüchtigten Wilson-Schwestern. Ihr seid wie Pech und Schwefel. Wenn ich bei Lexie durchgefallen wäre …«

»… hätte ich dich trotzdem geliebt.« Ich legte den Arm um seine Taille.

»Das hoffe ich, aber es wäre deutlich schwerer für mich geworden.«

»Hey, das bedeutet nicht, dass du einen Freischein bekommst«, meldete sich Lexie zu Wort. »Du musst dich trotzdem bewähren.«

Jaxon seufzte gespielt. »Das habe ich befürchtet.«

Lexie kicherte, und mein Herz machte einen freudigen Hüpfer. Jaxon und Lexie verstanden sich – das war mehr, als ich zu hoffen gewagt hatte. Meine Schwester konnte durchaus kritisch sein, wenn es um meine Freunde ging. Parker war der erste Mann gewesen, der in ihren Augen Gnade gefunden hatte.

»Was sagt ihr zu meiner Frisur?« Sie drehte sich einmal um die eigene Achse.

»Cool. Du siehst aus wie dieses bekannte Model. Cara ...« Jaxon schnipste mit den Fingern in der Luft. »Ach, ich habe den Nachnamen vergessen.«

Lexie sah ihn ungläubig an. »Cara Delevingne?«

»Ja, ich glaube so heißt sie«, bestätigte er.

»Oh!« Eine zarte Röte bildete sich auf ihren Wangen. Das war eines der wenigen Male, dass ich Lexie verlegen sah.

Ich wedelte mit der Kanne in der Luft. »Kaffee?«

»Gerne. Am besten legst du ihn mir gleich intravenös. Ich bin immer noch ein bisschen durcheinander wegen des Zeitunterschieds.« Obwohl sie mit mir sprach, schielte sie immer wieder zu Jaxon. »Bei mir ist es gefühlt Frühstück.«

Ich schenkte uns ein und stellte die vollen Becher auf den Tisch.

»Wie viele Stunden Zeitunterschied sind es denn?«

»Sieben Stunden.« Lexie warf einen Blick auf die Uhr. »In Malawi würde ich schon schlafen.«

Ich setzte mich ans Kopfende, damit ich beide im Blick hatte. »Kuchen?«

Jaxon lächelte mich liebevoll an. »Gerne.«

»Ich auch.« Lexie wippte mit den Füßen. »Du kommst mir irgendwie bekannt vor.«

»Das wundert mich nicht – ich bin schließlich deine Schwester«, scherzte ich.

»Nicht du. Jaxon!« Ihre Augen fixierten meinen Freund.

»Wirklich? Das glaube ich kaum«, murmelte er und hob den Becher direkt vor sein Gesicht. Man hätte meinen können, dass er sich dahinter zu verstecken versuchte.

»Doch, bestimmt. Ich bin nicht sonderlich gut mit Namen, aber Gesichter kann ich mir merken«, fuhr Lexie unbeirrt fort.

»Vielleicht sieht Jaxon jemandem ähnlich, den du kennst.«

Sie schüttelte den Kopf. »Niemals. Nein. Ich bin mir sicher, dass wir uns schon getroffen haben. Fällt mir bestimmt noch ein, wo.« Sie trank einen Schluck Kaffee. »Aber erzählt doch mal von eurer geplanten Reise. Molly meinte, dass ihr mit dem Motorrad nach Europa wollt.«

»So ist der Plan.« Jaxon nickte. »Sobald das Wetter wieder besser wird, geht es los.«

»Und was willst du solange machen?«

»Du meinst, wegen meines Jobs?«

»Ja genau.«

Er legte den Kopf leicht schräg. »Ich hatte vor, mir eine Internetseite anzulegen und freiberuflich zu arbeiten. Es gibt genug Firmen oder kleine Unternehmen, die sich keine feste IT-Abteilung leisten können und auf Hilfe von außen angewiesen sind.«

»Interessant.« Lexie hielt plötzlich inne. Sie sah aus, als hätte sie gerade eine Erleuchtung gehabt. »Jetzt weiß ich, woher wir uns kennen! Du hast bei den *Experten* gearbeitet. Wusste ich es doch!« Sie strahlte. »Stimmt's?«

Jaxon sagte kein Wort, starrte meine Schwester nur düster an.

Er hatte bei den *Experten* gearbeitet? Weshalb hatte er mir nichts davon erzählt?

Seine Worte kamen mir in den Sinn, dass er nichts dem Zufall überließ. Mir wurde schlecht. War unsere Begegnung auf dem Parkplatz doch nicht so zufällig gewesen, wie ich gedacht hatte? Mir blieb der letzte Bissen im Hals stecken, und ich hustete.

»Molly, alles okay?« Lexie stürzte nach vorne und klopfte mir auf den Rücken.

Tränen brannten in meinen Augen. In meinem Kopf drehte sich alles. Wenn unser Kennenlernen kein Zufall gewesen war, was war noch alles durch Jaxon eingefädelt worden? Ich sah zu ihm. Unsere Blicke kreuzten sich, und meine schlimmsten Befürchtungen wurden wahr.

»Molly, ich muss dir etwas sagen«, drang seine Stimme zu mir durch.

Angst krallte sich um mein Herz, und ich hatte das Gefühl, keine Luft mehr zu bekommen.

Lexies Blick wanderte von mir zu Jaxon und wieder zurück. »Kann mich mal einer aufklären, was hier los ist?«

»Lexie, ich denke, es ist besser, du gehst jetzt.« Meine Stimme war kaum mehr als ein heiseres Flüstern.

»Ist alles okay?« Sie legte ihre Hand auf meinen Unterarm. »Du bist ganz blass.«

»Lexie, ich meine es ernst. Ich möchte, dass du jetzt gehst. Jaxon und ich haben etwas zu besprechen.«

***

»Du hast mich belogen und mich im Glauben gelassen, dass wir uns zufällig getroffen haben.« Ich sah ihm fest in die Augen. Mein Körper war gespannt wie ein Flitzebogen, und ich hatte meine Hände zu Fäusten geballt. Jaxons Oberkörper war vornübergebeugt. Er raufte sich die Haare. »Du verstehst das nicht.«

»Dann erklär es mir.« Alles um mich herum schien sich zu drehen. »Als dein Laptop hochgefahren ist und ich dein Bild gesehen habe, war ich völlig fasziniert von dir. Diese Traurigkeit in deinem Blick hat mich sofort gefangen genommen. Ich wollte wissen, was der Grund dafür ist.«

»Und da dachtest du dir, du schnüffelst mal ,ne Runde in meinen privaten Daten.«

»Ich wollte nicht schnüffeln. Am Anfang wollte ich nur meine Neugierde befriedigen. Ich dachte, du würdest es eh nicht merken. Dann war ich wie besessen von der Idee, dir zu helfen.« Er sah mich mit traurigen Augen an. »Ich wollte dir nie schaden, das musst du mir glauben.«

»Aber das ist doch absurd! Du kannst nicht wirklich gedacht haben, dass du einfach in mein Leben treten und den guten Engel spielen kannst.« Ich sah ihm in die Augen, in der Hoffnung, darin die Wahrheit zu erkennen. Wie hatte ich nur so naiv sein können, Jaxon zu glauben?

Sein Adamsapfel hüpfte nervös auf und ab. »So etwas in der Art ...«

»Und die Nummer mit dem Auto auf dem Parkplatz?« In mir herrschte das totale Gefühlschaos. Ich war wütend und zutiefst enttäuscht zugleich.

»Ich wollte nur einen Blick auf dich werfen. Ich wollte wissen, ob du im wahren Leben genauso bist wie auf den Fotos«, sagte er kleinlaut. »Ich kann aber nichts dafür, dass dein Wagen nicht angesprungen ist.«

»Und das soll ich dir so einfach glauben?« Ich trommelte mit den Fingern auf der Tischplatte.

»Ich schwöre es dir«, beteuerte er.

»Siehst du, und darin liegt das Problem. Ich kann dir einfach nicht mehr glauben.« Ich senkte den Kopf. Mein Vertrauen in Jaxon war mit einem Schlag zerstört worden.

»Du musst mir glauben.« Er ergriff meine Hand. ich ließ ihn gewähren, unfähig, mich zu bewegen. »Ich liebe dich.«

»Du kannst mich nicht wirklich lieben, sonst hättest du mich nicht belogen«, erwiderte ich bitter. »Selbst wenn du die Wahrheit sagst, was das Auto betrifft, so hast du trotzdem alles andere manipuliert.«

»Molly, ich liebe dich, wie ich noch nie einen Menschen zuvor geliebt habe. Ich wollte es dir erzählen. Tausend Mal wollte ich es dir sagen ...«

»Und warum hast du es nicht?« Mir war schlecht. Alles um mich herum wankte. Mir war der Boden unter den Füßen weggezogen worden, und ich befand mich in Treibsand, der mich langsam nach unten zog.

»Ich hatte Angst, dich zu verlieren.« Seine Stimme war kaum mehr als ein Flüstern. »Ich wollte es dir heute Abend sagen. Ich habe die ganze Fahrt hierher an nichts anderes gedacht.« Seine Augen glänzten feucht. »Bitte, Molly, glaub mir. Ich weiß, es war falsch von mir, aber meine Motivation war gut. Ich wollte dir nur helfen, und als du vor mir gestanden hast, da«, er stockte, und sein Blick suchte meinen, »... da habe ich mich in dich verliebt.« Ich schluckte gegen den Kloß an, der sich in meinem Hals gebildet hatte. »Ich wollte es dir die ganze Zeit sagen, aber dann ...« Er ließ den Blick sinken. »Ich bin so ein schrecklicher Feigling.«

Es tat mir weh, ihn leiden zu sehen. Aber noch mehr schmerzte es mich, dass ich mein Vertrauen in ihn verloren hatte. Jaxon hatte mich von der ersten Minute an belogen. Er hatte sich über Lügen in mein Herz geschlichen. Ich schwieg. Ich wollte ihm so gerne glauben. Am liebsten hätte ich alles auf der Stelle vergessen und wäre ihm in die Arme gefallen. Aber ich konnte nicht. Alles, was ich sehen konnte, war sein Betrug an mir. All die Lügen, die er mir erzählt hatte. All die Situationen, von denen ich angenommen hatte, sie wären Zufälle gewesen. Wie hatte ich nur so blind sein und nicht sehen können, was direkt vor meinen Augen war?

»Ich kann nicht«, sagte ich. Ein Meer von Tränen kämpfte sich meinen Hals hoch. Ich schluckte schwer dagegen an.

»Bitte gib uns eine Chance. Lass mich dir beweisen, dass ich es wert bin, von dir geliebt zu werden. Ich mache es wieder gut.«

»Das Schlimme daran ist, dass du es nicht wiedergutmachen *kannst*.« Eine einzelne Träne kullerte über meine Wange und fiel auf den Boden, wo sie zerplatzte wie die Luftblase der Liebe, die Jaxon geschaffen hatte. »Ich liebe dich, Jaxon.« Meine Unterlippe zitterte. »Aber ich kann dir für das, was du getan hast, nicht verzeihen.«

Er sah mich flehentlich an. »Molly ...«

»Nein.« Ich schüttelte den Kopf. Meine Hände krallen sich in die Tischplatte. »Ich möchte, dass du gehst und nicht mehr zurückkommst.«

»Molly, bitte!«

»Ich meine es ernst. Geh und lass mir das letzte bisschen Würde, das ich noch besitze.« Ich schluckte gegen die Tränen an.

Jaxon nickte stumm, die Lippen fest aufeinandergepresst. »Ich liebe dich, Molly Wilson. Jetzt und für immer. Du bist die Liebe meines Lebens.«

Ich antwortete nicht. Mir fehlten die Kraft und die Worte.

Das Letzte, was ich von ihm hörte, waren seine Schritte, die über den Flur hallten. Kurze Zeit später dröhnte sein Motorrad, das sich langsam entfernte.

32

Molly

Langsam gingen wir Arm in Arm über den Strand. Dünne Wolken hingen am Himmel wie zerrissene Schleier. Die Sonne war als glutroter Ball über dem Wasser zu sehen. Nur noch wenige Minuten und sie würde den Horizont küssen, um dahinter zu versinken.
»Und du bist sicher, dass er weg ist?«, fragte Lexie.
Ich nickte stumm. Die Tränen der letzten Tage waren versiegt. Geblieben war eine endlose Leere. Nachdem Jaxon gegangen war, war ich in ein dunkles Loch gestürzt. Lexie hatte mich weinend in der Küche vorgefunden und ins Bett gebracht wie ein kleines Kind. Wir hatten die ganze Nacht geredet. Nach und nach waren mir all die kleinen Begebenheiten eingefallen, von denen ich angenommen hatte, es würde sich um Zufälle handeln. So vieles, was Jaxon über mich gewusst hatte, hatte er aus meinen Mails erfahren und für seine Zwecke genutzt.

Immer und immer wieder war ich unsere Gespräche im Geiste durchgegangen, hatte jedes seiner Worte analysiert. Am Ende war ich genauso schlau wie vorher. Aber da war noch etwas – eine Sache, die er nicht hatte vortäuschen können. Nämlich sich selbst. Ich mochte die Art, wie er lachte. Ich liebte den Klang seiner Stimme. Ich liebte seinen ureigenen Duft. Seine Augen, die mich gefangen hielten und in meine Träume verfolgten. Ich dachte daran, wie wir uns geliebt hatten. Er hatte mich in Zärtlichkeit eingehüllt wie in eine arme Decke. Er hatte zu keinem Zeitpunkt seine Bedürfnisse in den Vordergrund gestellt, sondern immer darauf gewartet, dass ich den ersten Zug machte. Ich war es gewesen, die ihn verführt hatte.

Alleine bei dem Gedanken an die Nächte mit Jaxon flatterten die Schmetterlinge in meinem Bauch. Noch nie hatte ich derart intensive Orgasmen erlebt. Er hatte eine leidenschaftliche Seite in mir zum Vorschein gebracht, die ich bis zu diesem Zeitpunkt nicht gekannt hatte. Er hatte ein Feuer in mir entfacht. Er hatte mich dazu gebracht, wieder an die Träume zu glauben, die ich schon längst aufgegeben hatte. Er hatte die Freude zurück in mein Leben gebracht. Freude, die durch Parkers Tod verloren gegangen war. Es gab so vieles, was Jaxon in der kurzen Zeit, die wir uns kannten, in mir bewegt hatte. Mittlerweile war ich mir sicher, dass er mich wirklich liebte. So wie ich ihn. Auch wenn es das Letzte war, was ich mir eingestehen wollte, so war es eine Tatsache, an der ich nicht vorbeikam – ich liebte Jaxon. Die Dinge, die er über mich gewusst hatte, waren Oberflächlichkeiten gewesen, kleine Vorlieben und Ängste, die ich meiner Schwester mitgeteilt hatte. Aber mein Herz hatte er nicht damit berührt, dass er wusste, dass ich Erdnussbutter mochte. Es war nichts Verwerfliches dabei, dem Menschen, den man liebte, Wünsche oder Träume zu erfüllen. Er hatte meine Seele berührt. In seiner Nähe hatte ich mich sicher und geborgen gefühlt. Mit ihm hatte ich das Gefühl gehabt, ich könnte alles erreichen, wenn ich es nur wollte.

»Er hat sich nicht mehr gemeldet, so, wie ich es von ihm verlangt habe«, sagte ich. Die Sonne war fast verschwunden. Das Meer sah aus, als würde es brodeln.

»Ich mochte ihn.«

»Ich liebe ihn.« Tränen sammelten sich in meinen Augen. Ich schluckte dagegen an.

Lexie blieb stehen. »Aber wenn du ihn liebst, warum gibst du dir nicht einen Ruck und rufst ihn an?«

Ich schüttelte den Kopf. »Weil ich ihm seinen Verrat nicht verzeihen kann. Selbst wenn ich es wollte, würde seine Lüge zwischen uns stehen. Vertrauen ist einer der Grundpfeiler einer Beziehung. Bricht dieser Pfeiler weg, dann ist das Gleichgewicht nicht mehr da. Ich kann nicht anders.«

»Hat Hilly noch mal etwas von ihm gehört?«

»Nein. Ich habe sie vor zwei Tagen getroffen. Sie war ziemlich unglücklich über den Ausgang der ganzen Sache. Ich glaube, sie mag Jaxon ziemlich. Er war so etwas wie der Sohn, den sie nie hatte.« Ich dachte an mein Gespräch mit Hilly. Die ältere Frau hatte Tränen in den Augen gehabt, als ich ihr von Jaxon erzählt hatte. »Weißt du, was sie gesagt hat?« Ich holte tief Luft. Die Sonne war untergegangen, und die ersten Sterne funkelten bereits am Horizont. Ein einsamer Vogel flog dicht über der Wasserlinie. »Sie meinte: ‚Er hat das Glück in Bildern gesucht und gefunden. Nun muss er es in der Realität finden.‘ Ziemlich eigenartig, findest du nicht?«

»Alles an Hilly ist eigenartig.« Lexie kickte einen Stein zur Seite. »Und was willst du jetzt tun?«

33

Molly

Liebe Lexie,

eigentlich könnte ich dir ja alles am Telefon erzählen, aber irgendwie habe ich mich so an unseren E-Mail-Verkehr gewöhnt, dass ich nicht mehr darauf verzichten möchte.

Paris ist wunderschön. Stell dir vor, ich kann den Eiffelturm von meinem Zimmer aus sehen! Heute Morgen war ich in einem typischen französischen Café. Die Franzosen frühstücken ganz anders als wir Amerikaner. Hier gibt es keine Eier mit Speck, sondern die leckersten Croissants, die du dir vorstellen kannst. Man taucht sie in seinen Café au lait und beißt dann ab. Köstlich! Ich habe gleich zwei gegessen. Wenn es so weitergeht, werde ich noch zur Tonne. Dazu habe ich die Zeitung gelesen und mich wie eine Französin gefühlt.

Überhaupt sind die Französinnen viel schicker gekleidet als wir Amerikanerinnen. Ich bin mir wie eine Provinzmaus vorgekommen, als ich heute Mittag über die Champs-Élysées gegangen bin. Chanel, Yves Saint Laurent und Haute Couture, so weit das Auge reicht. Man trägt hier Kostüme und Kleider wie in den Filmen. Heute Abend bin ich zum Essen eingeladen. Ich habe ein paar Leute kennengelernt. Ich sehe schon, wie du fragend die Augenbrauen hochziehst, aber es ist kein Mann dabei, der mich interessiert. Ich genieße es einfach, in Gesellschaft netter Menschen zu sein.

Alleine durch die Welt zu reisen, ist eine ganz neue Erfahrung. Ich entdecke mich mehr und mehr selbst. Ich dachte immer, ich wäre ein Feigling, aber wie sich herausstellt, bin ich ganz schön mutig. Morgen habe ich mich zum Bungee-Jumping angemeldet. Ja, du hörst richtig! Deine große Schwester springt an einem Seil in den Abgrund! Hier gibt es ein altes Viadukt aus den Zeiten der Römer vor den Toren von Paris, von dem die verrückten Franzosen springen – und ich bin dabei.

Nächste Woche geht es dann nach Rom. Der Rest der Gruppe will noch ein paar Tage länger in Paris bleiben, aber mich zieht es weiter. Es gibt noch so viel zu entdecken. Ich bin schon sehr gespannt.

Es ist jetzt mittlerweile sechs Monate her, seit Jaxon aus meinem Leben verschwunden ist. *Es tut noch immer weh, wenn ich daran denke, aber gleichzeitig bin ich dankbar für jeden Moment, den wir miteinander hatten. Ohne ihn hätte ich mich niemals getraut, diese Reise anzutreten.*

Ich weiß, du verdammst ihn sehr für das, was er getan hat. Ja, er hat sich mein Herz durch einen Trick erschlichen. Nichtsdestotrotz hat er mir nichts als seine Liebe geschenkt.

Eine alte Frau im Zug auf dem Weg nach Paris hat zu mir gesagt: On se demande parfois si la vie a un sens ... Et puis on rencontre des êtres qui donnent un sens à la vie – *Manchmal fragt man sich, ob das Leben einen Sinn hat. Und dann trifft man einen Menschen, der dem Leben einen Sinn gibt.*

Genau so war es mit Jaxon und mir. Er hat mir den Sinn des Lebens zurückgegeben.

Wo wir schon dabei sind: Wie läuft es mit dir und Brandon? Nach unserem letzten Gespräch hatte ich den Eindruck, dass du dich ziemlich in ihn verknallt hast.

Du fehlst mir. Alles fehlt mir. Das Haus, Dog, das Meer. Aber es ist kein schlimmes Gefühl, so wie bei dir damals in Afrika. Es ist schön zu wissen, dass es einen Ort gibt, der mein Zuhause ist, und dass dort Menschen auf mich warten, die ich liebe. Es freut mich zu hören, dass Dog sich gut bei James eingelebt hat. und die beiden sich gegenseitig auf Trab halten. Als ich James das letzte Mal gesprochen habe, klang er ziemlich glücklich.

Ich genieße jeden Tag meiner Reise. Mein Tagebuch quillt über, und ich werde mir ein zweites kaufen müssen, um alles dort hineinschreiben zu können, was ich erlebe.

Aber es vergeht keine Minute, an der ich nicht an Jaxon denke. Er fehlt mir, und jedes Mal, wenn ich mir eine neue Stadt anschaue, ist er in Gedanken bei mir. Es ist, als hätte er mich niemals verlassen, und ich bin mir sicher, dass wir uns in diesem Leben irgendwann wiederbegegnen werden.

Ich nehme dich in meine Arme und schicke dir tausend Küsse. Bitte gib auch Dog und James einen Kuss von mir.

Ich liebe dich.

Deine Schwester Molly

***

Liebste Molly,

ich kann es gar nicht glauben – meine große Schwester geht Bungeespringen! Wahnsinn! Das würde ich mich niemals trauen. Im Grunde meines Herzens wusste ich schon immer, dass du die Mutigere von uns beiden bist. Ich habe meine Reisen nur unternommen, weil ich eine innere Unruhe verspürt habe. Wirklich schön fand ich es nie. Aber das weißt du ja.

Mit Brandon an meiner Seite habe ich zum ersten Mal das Gefühl, angekommen zu sein. Durch ihn weiß ich endlich, wo ich hingehöre.

Tom ist letzte Woche ausgezogen. Du wirst nicht glauben wohin! ZU HILLY. Ist das nicht verrückt? Irgendwie scheint sie die jungen Männer anzuziehen. Brandon, Tom, Hilly und ich haben letzte Woche bei Joe zusammengesessen. Ich weiß gar nicht, wie die Idee aufkam, aber irgendwann meinte Hilly, dass sie nichts dagegen hätte, wenn Tom bei ihr wohnen würde. Sie meinte, Jaxon hätte ihr das Alleinsein verdorben. Wie es aussieht, hat er nicht nur dein Leben verändert. Jedenfalls fand Tom die Idee gut und ist keine fünf Tage später zu ihr gezogen. Hilly wohnt im Erdgeschoss, und Tom hat das obere Stockwerk bezogen. Ob das wirklich funktioniert, wird sich zeigen, aber bisher sind beide Parteien ziemlich glücklich mit dem Arrangement.

Ansonsten sind Brandon und Tom unermüdlich am Arbeiten. Du würdest das Bootshaus nicht wiedererkennen. Alles ist frisch gestrichen und strahlt in einem leuchtenden Blau. Der Anbau ist ebenfalls fast fertig. Das neue Boot wird nächste Woche geliefert. Ich muss sagen, ich bin richtig stolz auf die beiden. James kommt jeden Tag mit Dog vorbei. Er behauptet immer, es wäre Zufall, aber wir alle wissen, dass er einfach nur neugierig ist und sehen will, was die Jungs so treiben. Außerdem springt immer eine Tasse Tee dabei raus. Seit Dog bei ihm ist, ist James förmlich aufgeblüht. Er lacht viel und steht den Männern mit guten Ratschlägen zur Seite. Ich glaube, er ist genauso begeistert wie wir von dem Anbau. Ich habe offiziell das Marketing übernommen. Eine Arbeit, die mir wirklich Spaß macht. Wenn du Zeit hast, dann schau doch mal auf unserer Webseite vorbei. Die ersten Buchungen sind bereits eingetrudelt, und so, wie es aussieht, haben wir im nächsten Monat gut zu tun.

Mum und Dad geht es prima. Brandon und ich haben die beiden vor ein paar Tagen besucht. Mum hat alle Register gezogen, um Brandon mit ihren hausfraulichen Fähigkeiten zu überzeugen. Sie hat sogar einen Kuchen gebacken. Das hat sie schon seit Jahren nicht mehr gemacht. Ich bin froh, dass die beiden Brandon mögen. Dad hat ihn in seine Werkstatt entführt und ihm jedes Windrad (Dads neue Leidenschaft) gezeigt.

Du siehst, hier läuft alles.

Brandon hat mich zu meinem Geburtstag zum Konzert von Ed Sheeran im Madison Square Garden nach New York eingeladen. Der Wahnsinnige! Ich weiß nicht, wie er es angestellt hat – eigentlich war das Konzert ausverkauft. Ich denke, er hat seine Beziehungen spielen lassen. Ich bin schon ziemlich aufgeregt deswegen. Madison Square Garden, das ist schon mal ne Hausnummer – und noch dazu Ed Sheeran! Cathy und ich wollen morgen in die Stadt fahren und shoppen gehen. Ich will schließlich chic aussehen, wenn ich schon mal auf ein Weltklassekonzert gehe.

Ich bin sehr gespannt, was du mir von deinem Bungeesprung erzählst. Pass auf dich auf. Ich brauche meine große Schwester

In Liebe

Deine Lexie

***

Hallo Lexie,

mittlerweile bin ich in Rom angekommen. Es ist traumhaft schön hier. Bei jedem Schritt, den man macht, berührt man historischen Boden. Die ganze Stadt ist ein einziges Museum, und ich komme aus dem Staunen nicht mehr raus. Überall sind prächtige Bauten, und ich habe das Gefühl in die Geschichte einzutauchen.

Mit meinen blonden Haaren bin ich hier eine Attraktion, und ständig pfeift mir irgendein Kerl hinterher. Die Frauen sind bildschön und sehr laut. Überhaupt unterhalten sich die Italiener in einer Lautstärke, als wären alle schwerhörig. Was ich am meisten liebe, sind die vielen kleinen Cafés. Ich habe noch nie so leckeren Kaffee getrunken. Na, und das Essen ist einfach unglaublich!

Ich war gestern mit ein paar Leuten aus dem Hostel in Trastevere aus. Das ist das Vergnügungsviertel von Rom. Restaurants pflastern die Straßen. Überall stehen Tische und Stühle auf den Gehwegen. Wenn du denkst, dass du schon mal eine leckere Pizza gegessen hast – vergiss es! Das ist nichts gegen die von Alfredo. Die Pizzen sind so groß wie Wagenräder und im Gegensatz zu denen, die wir kennen, dünn belegt, aber dafür besonders lecker. Der Teig ist ein Gedicht. Fluffig und trotzdem knusprig. Allein bei dem Gedanken daran läuft mir das Wasser im Mund zusammen. Dann sind da noch die Desserts ... Hammer! Ich glaube, ich werde nie wieder ein Tiramisu an einem anderen Ort essen können.

Morgen geht es nach Mailand. Ich bin schon sehr gespannt.

Aber nun genug von mir berichtet. Ich freue mich, dass in Kitty Hawk alles so gut läuft und du glücklich bist. Das mit Brandon und dir scheint etwas Ernstes zu sein. Ich kann mich nicht erinnern, dass du schon mal so begeistert von einem Mann erzählt hast. Brandon ist ein toller Mann, der dich wirklich zu lieben scheint. Ich meine, welcher Mann lädt einen schon zum Ed-Sheeran-Konzert nach New York ein? Das muss Liebe sein!

Ich bin froh, dass es James gut geht und Dog sich bei ihm wohlfühlt. Ich habe gehofft, dass es so kommen würde. Aber wissen tut man es nie. Und Tom und Hilly? Das ist eine interessante Kombination! Ich denke, bei den beiden wird es nie langweilig. Bin gespannt, wie sich das weiterentwickelt.

So, ich muss jetzt leider los. Ich bin mit ein paar Leuten zum Essen verabredet.

Bitte grüß Mum und Dad und alle anderen von mir.

Ich liebe dich.

Deine sehr glückliche Molly

***

Hallo Molly,

ich habe versucht, dich telefonisch zu erreichen, aber leider warst du nicht da. Was ich dir zu erzählen habe, kann allerdings nicht warten. Ich komme gerade vom Konzert zurück. In meinem Kopf dreht sich immer noch alles. Es ist etwas Unglaubliches passiert.

BRANDON HAT MIR EINEN ANTRAG GEMACHT!

Ja, du hast richtig gelesen. Ich kann es selbst kaum glauben. Alles fing ganz harmlos an. Wir sind ja bereits gestern nach New York geflogen. Brandon hat uns ein wunderschönes Hotel mitten in Manhattan gebucht. Wir hatten von unserer Suite einen gigantischen Blick auf den Central Park. Ja, du hast richtig gelesen – wir hatten eine Suite. Als wir ankamen, wartete schon eine Flasche Champagner auf uns. Brandon hat einen Tisch in einem der angesagtesten Restaurants im Meat District reserviert. Lauter hippe Leute in stylischen Klamotten. Ich war froh, dass Cathy und ich noch mal einkaufen waren, ansonsten wäre ich mir wie eine arme Kirchenmaus vorgenommen. Mehrere Leute haben Brandon erkannt und um ein Autogramm gebeten. Das war ein eigenartiges Gefühl. Für mich ist Brandon einfach Brandon, der Mann, den ich liebe. Das ich mit einer Berühmtheit zusammen bin, hatte ich nie wirklich auf dem Zeiger.

Es war ein toller Abend, und ich dachte, es könnte nicht schöner werden. Doch dann kam das Konzert.

Wir hatten Plätze in der vorderen Reihe. Ich konnte quasi die Nasenhaare von Ed zählen, so nah dran war ich. Das Konzert war der Knall im All. Der Mann hat einfach eine unglaubliche Stimme.

Brandon hat die ganze Zeit meine Hand gehalten, und ich hatte das Gefühl zu schweben. Dann kam die Zugabe. Ed hat das Mikrofon genommen und angefangen zu quatschen. Plötzlich hat er zu uns geschaut. Er meinte, dass das nächste Lied für mich sei. Sekunden später war er bei uns und hat zusammen mit Brandon gesungen. Ich habe geheult wie ein Schlosshund. Als das Lied zu Ende war, ist Brandon auf die Knie gegangen und hat mich gefragt, ob ich seine Frau werden möchte. Kannst du dir das vorstellen?! Ich meine, so etwas gibt es doch eigentlich nur im Film. Aber ich schwöre dir – es war genau so!

Ich habe mein JA förmlich geschrien! Wie es aussieht, ist deine kleine Schwester verlobt und wird heiraten. Den Termin haben wir noch nicht festgelegt. Meine einzige Bedingung ist, dass du dabei bist. Ich kann schließlich nicht ohne dich vor den Altar treten. Also überleg dir bitte, wann du planst, wieder nach Hause zu kommen. Von dir hängt es ab, ob ich bald eine Braut bin.

Deine überglückliche Lexie

34

Jaxon

Zwei Jahre später

Langsam ging ich die kleine Seitenstraße fernab vom Trubel entlang. Hier gab es keine langen Autoschlangen, die sich durch die engen Straßen quälten. Hier waren die New Yorker noch unter sich. Es gab kleine Läden, die sich speziell auf die Bedürfnisse der Nachbarschaft eingestellt hatten. Sogar einen Schuster und einen Uhrmacher konnte man hier finden. Mehrere junge Frauen in zu kurzen Kleidern und für ihr Alter zu stark geschminkten Gesichtern gingen kichernd an mir vorbei, wahrscheinlich auf dem Weg zu einer Party. Es war bereits dunkel, und die Häuser warfen ihre langen Schatten auf den Gehweg. Mein Herz trommelte wie verrückt gegen meine Brust. Mit jedem Schritt, den ich tat, wurde das Schlagen noch stärker.

Wie lange hatte ich auf diesen Moment gewartet? All die Zeit der Einsamkeit und der Sehnsucht nach dem einzigen Menschen, der meinen Schmerz beenden konnte. Nachdem ich Kitty Hawk verlassen hatte, war ich in ein tiefes Loch gefallen. Wochenlang war ich wie ein Zombie durch die Straßen gelaufen. Suzie war der einzige Mensch gewesen, der in dieser Zeit zu mir gestanden und mir geholfen hatte.

Irgendwann hatten wir uns zusammen ein Büro gemietet und unser Start-up-Unternehmen gegründet. Ein voller Erfolg, der uns innerhalb kruzer Zeit einen zahlungskräftigen Kundenstamm eingebracht hatte.

Vor einem halben Jahr war Mum gestorben. Ich hatte sie in den letzten Wochen so oft besucht, wie ich konnte, und sie auf ihrem Weg in die Dunkelheit begleitet. Aber der Tod war gnädig mit ihr gewesen und hatte ihr einige wenige lichte Momente geschenkt, in denen sie ihre Umwelt und auch mich wahrgenommen hatte. Sie war friedlich in meinen Armen eingeschlafen.

Nachdem unser Business so erfolgreich lief, hatten Suzie und ich beschlossen, uns zu vergrößern. Erst vor vier Wochen hatten wir unseren zweiten Standpunkt in New York eröffnet. Suzie war mit ihrem Freund zur Einweihungsfeier gekommen. Die beiden waren zusammengezogen, kurz nachdem Mum gestorben war, und dachten ans Heiraten. Deshalb war es klar gewesen, dass ich den Standort in New York betreuen würde, während sie im Hauptquartier des Unternehmens blieb.

Als ich letzte Woche Mollys Buch im Schaufenster entdeckt hatte, hatte es mir fast den Boden unter den Füßen weggezogen. Ich hatte eine der letzten Kopien erstanden und den Roman noch in derselben Nacht durchgelesen. Schon nach der ersten Seite hatte ich gewusst, dass es unsere Geschichte war, die dort in Worten festgehalten war. Die Liebe, die aus jedem geschriebenen Wort sprach, hatte mir fast die Luft zum Atmen genommen. Am Ende hatte ich gewusst, dass das eingetreten war, was ich niemals zu hoffen gewagt hatte: Molly hatte mir verziehen.

Ich hatte mein Ziel erreicht. Neugierig betrachtete ich den kleinen Buchladen in Manhattan. Mein Blick fiel auf das Holzschild über dem Eingang.

Lisas Leseliebe

Gelbliches Licht fiel durch die Schaufenster auf den Gehweg. Ich lächelte, als ich das handgeschriebene Plakat neben dem Stapel Bücher entdeckte.

Molly Wilson liest exklusiv aus ihrem neuen Erfolgsroman und New-York-Times-Bestseller
,Das Glück in Bildern'!
Einlass ab 19:00 Uhr
Tickets im Vorverkauf erhältlich.

Die Lesung war bereits einen Tag nach Bekanntmachung des Termins ausverkauft gewesen. Nur durch Beziehungen hatte ich noch eine Karte ergattert – natürlich zu einem horrenden Preis, aber das war mir egal. Ich hätte alles dafür gegeben, nur um ihr noch einmal nahe zu sein.

Es gab keinen Tag, an dem ich nicht an sie dachte. Nachts lag ich stundenlang wach und stellte mir vor, wie sie mich anlächelte. Manchmal hatte ich Glück und träumte von ihr. Dann war ihr Gesicht zum

Greifen nah. Ich konnte ihren Duft riechen und spürte ihre warmen Lippen auf meinem Mund. Der Morgen danach war umso schlimmer, wenn mich die Sehnsucht von innen auffraß.

Aber egal, wie schwer es mir gefallen war, ich hatte mein Wort gehalten und sie nie wieder aufgesucht. Heute würde ich mein Versprechen brechen. Vielleicht … wenn mich mein Mut nicht im letzten Moment verließ.

Ich atmete tief durch und drückte die schwere Holztür auf. Als ich eintrat, schlug mir der vertraute Duft von Büchern entgegnen, der sich mit dem Geruch nach Kerzenwachs mischte. Unzählige Besucher drängten sich zwischen den vollgestellten Regalen. Niemand schien mich zu bemerken. Ich nutzte die Zeit, um mir einen Überblick zu verschaffen. Überwiegend waren hier Frauen, aber ich fand auch einige Herren unter den Anwesenden. Die alten Holzregale waren entlang der Wände aufgestellt und reichten bis zur Decke. Überall, wohin das Auge sah, lagen Bücher zu kleinen Haufen gestapelt auf Tischen, die im Raum verteilt standen. Bunt gemischte Stühle waren dazwischen aufgebaut. Von der Decke hing ein riesiger Kronleuchter, dessen Lichter sich in den Kristallen tausendfach brachen. Stimmgemurmel lag in der Luft, untermalt durch die leise Musik im Hintergrund. Mehrere junge Frauen liefen mit Tabletts bewaffnet durch den Raum und boten den Gästen Häppchen und Getränke an. Rechts neben dem Eingang befand sich der Verkaufstresen, auf dem eine uralte Registrierkasse stand, wie man sie sonst nur noch in Antiquitätenläden fand. Darüber war ein Emaille-Schild an der Wand befestigt mit der Aufschrift:

Alles, was man zum Glücklichsein braucht, ist ein gutes Buch und Kaffee.

»Hallo. Haben Sie eine Einladung?« Eine junge Frau mit einem sympathischen Gesicht kam auf mich zu. Ich kramte in meiner Jackentasche und zog die Karte hervor. Die Augen der Frau flogen über die Zeilen. »Sie sind leider zu spät. Die Lesung ist bereits vorbei«, sagte sie mit Bedauern in der Stimme. »Aber Sie haben noch die Gelegenheit, ein Buch von der Autorin persönlich signieren zu lassen. Ich bin übrigens Lisa, die Besitzerin des Ladens.«

Ich schenkte Lisa ein Lächeln. »Sehr erfreut. Jaxon Davis.«

»Möchten Sie ein Exemplar kaufen?«

»Ich habe mein eigenes Exemplar dabei, wenn es nichts ausmacht.« Ich schielte hinter Lisas Rücken, in der Hoffnung, einen Blick auf Molly zu erhaschen. Fehlanzeige. Die Schlange der Wartenden war so dicht, dass der Blick auf den Schreibtisch versperrt war. Ich fühlte eine wachsende Unruhe.

»Kein Problem. Stellen Sie sich einfach in die Schlange.« Sie deutete auf mehrere Frauen, die geduldig hintereinanderstanden.

»Danke, das werde ich tun.« Ich reihte mich hinter der letzten Wartenden ein.

»Ich freue mich, dass Ihnen das Buch gefallen hat.«

Bei dem Klang von Mollys Stimme setzte mein Herz einen Schlag aus. Ich erstarrte auf der Stelle. Ein Schauer lief mir über den Rücken, und die feinen Härchen entlang meiner Arme stellten sich auf. Meine Finger umklammerten krampfhaft das Buch. Ich hätte diese Stimme unter tausenden erkannt. Der weiche, melodische Klang hatte sich für immer in mein Gedächtnis gebrannt.

Wir rückten ein Stück vor. Ich stellte mich auf die Zehenspitzen, um einen Blick auf Molly zu erhaschen. Das Erste, was ich sah, waren ihre blonden Haare, die ihr wie gesponnenes Gold über die Schultern fielen. Die Frau in der vorderen Reihe trat zur Seite. Bei dem Anblick von Mollys Gesicht stockte mir der Atem, und ich schnappte hörbar nach Luft. Sie sah genauso schön aus wie in meinen Träumen. Die Haare, der Mund, die Augen. Alles an Molly war perfekt.

Lächelnd reichte sie das signierte Buch zurück an die Frau. Ich konnte mich gar nicht sattsehen an ihrem Anblick. Ich scannte jeden Millimeter ihres Gesichts. Winzige Lachfältchen hatten sich unter ihre Augen geschlichen. Sie hatte ein leichtes Make-up aufgelegt, das ihrer Natürlichkeit keinen Abbruch tat.

»Hi.« Die ältere Frau vor mir reichte Molly ihr Exemplar des Buches.

»Hallo. Für wen soll ich das Buch signieren?«, fragte Molly routiniert. Sie hatte bereits Dutzende Bücher signiert.

»Könnten Sie bitte *Für Caroline* schreiben?« Die Stimme der Frau zitterte vor Aufregung, endlich ihrem Star gegenüberzustehen.

»Natürlich. Gerne.« Molly setzte den Stift an. Ich bewunderte, mit welcher Eleganz und Leichtigkeit sie die Widmung schrieb.

»Ich finde die Geschichte von Chloe und Ryan wundervoll«, flötete die Frau. »So ergreifend. Ich hätte mir nur ein Happy End gewünscht.« Unbewusst hielt ich die Luft an, gespannt, was Molly antworten würde. Sie reichte der Frau das Buch zurück. »Aber das ist es doch. Chloe findet sich selbst und verwirklicht ihre Träume.«

»Ja, aber was ist mit Ryan?«

Für einen winzigen Moment hielt Molly inne, so als müsste sie nachdenken. Ein dunkler Schatten hatte sich auf ihr Gesicht gelegt. »Er wird sein Glück gefunden haben.«

Ich trat vor, ohne Rücksicht auf die Frau zu nehmen.

»Bist du dir da sicher?« Mein Herz hämmerte gegen meine Brust, so dass ich Angst hatte, es könnte herausspringen.

Wie in Zeitlupe hob Molly den Kopf. Ihre kristallblauen Augen sahen mich an. »Jaxon!«

»Hallo, Molly.« Das Blut rauschte in meinen Ohren. Mein ganzer Körper kribbelte bei ihrem Anblick. Die Anziehungskraft, die sie schon immer auf mich ausgeübt hatte, war sofort wieder da, und mit ihr der Wunsch, sie zu küssen.

»Was machst du hier?«

In meinem Kopf herrschte ein absolutes Vakuum. »Ich wohne hier.« Meine Mundwinkel kräuselten sich. »Und du?«

»Ähm, ich gebe eine Signierstunde.« Sie leckte sich mit der Zungenspitze über die Lippen. So wie früher. Ein sicheres Zeichen dafür, dass sie nervös war.

»Das sehe ich.« Ich versank in ihren Augen. Alles um mich herum verschwamm. »Ich wollte eigentlich wissen, wo du lebst.«

»Kitty Hawk.« Ihre Unterlippe zitterte leicht.

»Dann bist du deiner Heimat treu geblieben.«

»Ja. Ich reise viel, und Kitty Hawk ist mein sicherer Hafen.«

»Du hast deine Träume also wahrgemacht.«

»Ja … Ganz alleine.«

Ich dachte daran, wie wir die Reise zusammen geplant hatten, wie aufgeregt Molly gewesen war. Ich nickte. »Wie ich sehe, hast du es geschafft.«

Sie lächelte.»So wie Hilly es prophezeit hat.«

Bei der Erwähnung von Hillys Namen musste auch ich lächeln.»Wie geht es ihr?«

»Gut. Sie ist immer noch genauso verrückt und liest Fremden aus der Hand. Sie hat Tom als Mieter bei sich aufgenommen.«

Anscheinend hatten die beiden Frauen ihren Kontakt bis heute aufrechterhalten. Ich hatte mich nicht mehr bei Hilly gemeldet, auch wenn mir bewusst war, dass ich sie damit verletzt hatte. Aber ich hatte Molly versprochen, aus ihrem Leben zu verschwinden, und den Kontakt zu Hilly zu halten, wäre mir wie ein Verrat vorgekommen.

Ich nickte, ohne den Blick von Molly zu nehmen. Ich versuchte so viele Einzelheiten wie möglich in der kurzen Zeit aufzusaugen, an die ich mich erinnern konnte, wenn ich nachts alleine in meinem Bett liegen würde.

»Lexie hat geheiratet«, fuhr Molly fort.»Brandon und sie erwarten im Frühjahr ihr erstes Baby.«

Ich zog überrascht die Augenbraue hoch.»Das ging aber schnell.«

»Wenn man den Richtigen trifft, dann weiß man es eben.« Die Emotionen, die aus ihren Augen sprachen, ließen mein Herz höherschlagen.

Konnte es sein, dass sie mich nach all der Zeit noch liebte?

Für einen Moment legte sich ein dumpfes Schweigen zwischen uns.

»Hast du das Buch gelesen?« Mollys Stimme zitterte.

»Jedes einzelne Wort.« Die Welt hörte auf zu existieren. Es gab nur noch Molly und mich.»Wo warst du die ganze Zeit?«

»Ich habe mich selbst gefunden.« Molly streckte mir ihr Gesicht entgegen. Ich spürte ihren warmen Atem auf meiner Haut.»Bist du glücklich?«

»Zum Glücklichsein gehören zwei.« Ich nahm ihre Hand. Kleine elektrische Schläge wanderten über meine Haut.»Deshalb bin ich hier.«

Danksagung

Ich möchte mich von ganzem Herzen bei Ulla Leuwer, Claudia Perc, Petra Kastenberger, Gudrun Media, Christa Fisch, Christiane Schäfer, Nicoll Heuß und Andrea Salzberger bedanken. Wie bei jedem Buch zittere ich gespannt, bis die Erste von euch sich bei mir meldet und mir ihre ehrliche Meinung sagt. Ihr nehmt kein Blatt vor den Mund und dafür schätze ich euch sehr. Eure Begeisterung ist für mich die größte Belohnung. Danke für die Mühe, die ihr euch jedes Mal macht, und für eure Unterstützung.

Ein dickes Dankeschön geht an meine Testleserinnen Susi, Liz, Petra, Carolin, Gabriele, Christiane, Roswitha, Julia, Karin und Mone, die immer mit voller Begeisterung dabei sind. Ihr seid klasse und ich bin dankbar, dass ich euch an meiner Seite habe.

Ein ganz besonderes Dankeschön geht an meine Leser, die meine Figuren zu Leben erwecken. Ich bin immer wieder auf das Neue überwältigt von eurer Begeisterung und Teilnahme an meinen Büchern. Ihr seid die besten Leser, die sich eine Autorin wünschen kann. Danke, dass ihr es mir ermöglicht, das zu tun, was ich am liebsten mache – schreiben.

Kay. Für immer. Du und ich.

Lisa und Maximilian. Ihr seid das größte Geschenk auf Erden. Ich liebe euch.